大学者随笔书系 | DAXUEZHE SUIBI SHUXI

文心书魂

启功随笔

Qigong Suibi
WENXIN SHUHUN

北京大学出版社
PEKING UNIVERSITY PRESS

图书在版编目(CIP)数据

文心书魂　启功随笔/启功著.—北京:北京大学出版社,2009.1
(大学者随笔书系)
ISBN 978-7-301-14679-8

Ⅰ.文…　Ⅱ.启…　Ⅲ.随笔－作品集－中国－当代　Ⅳ.I267.1

中国版本图书馆 CIP 数据核字(2008)第 186699 号

书　　　　名:	文心书魂　启功随笔
著作责任者:	启　功　著
策划组稿:	王炜烨
责任编辑:	王炜烨
封面制作:	石枕寒流设计坊
标准书号:	ISBN 978-7-301-14679-8/B·0772
出版发行:	北京大学出版社
地　　　址:	北京市海淀区成府路 205 号　100871
网　　　址:	http://www.pup.cn　电子信箱: zpup@pup.pku.edu.cn
电　　　话:	邮购部 62752015　发行部 62750672　编辑部 62750673
	出版部 62754962
印　刷　者:	北京中科印刷有限公司
经　销　者:	新华书店
	787 毫米×1092 毫米　16 开本　17.5 印张　230 千字
	2009 年 1 月第 1 版　2010 年 10 月第 2 次印刷
定　　　价:	37.00 元

未经许可,不得以任何方式复制或抄袭本书之部分或全部内容。
版权所有,侵权必究
举报电话:(010)62752024　电子信箱:fd@pup.pku.edu.cn

娱而戒盈求阙之义开快得鉴赏独书法超妙遒劲精工
为是盖人神智已我夫孙子膑而史迁宫犹足致靡涓死
而汉武惧令若重合断壁竟使余心动经年夜眠不著其
余盛烈不尕概可见乎其书者刻者拓者装者名氏虽
不可知然吾知其下泉偶得睹对此将相与拊双掌登臣
壁欣然共庆又获一异代赏音曰毂功元伯马而余之钩
填浓淡洗耻於秋毫之末神明焕然旧观用以颓还者又
恨诸贤之不及见也因为六绝句以赞之诗曰
清颂碑流异代芳真书天骨最开张小人何废通温清一
字千金泪数行　数行古刻有余师焦尾奇音续色丝始

目 录

师友风范

003 夫子循循然善诱人
　　——陈垣先生诞生百年纪念
019 记齐白石先生轶事
026 记我的几位恩师
029 平生风义兼师友
　　——怀龙坡翁
032 读《静农书艺集》
035 忆先师吴镜汀先生
037 溥心畬先生南渡前的艺术生涯
055 玩物而不丧志
059 文征明原名和他写的《落花诗》
062 我心目中的郑板桥
067 恽南田的书髓文心
　　——记恽南田赠王石谷杂书册

金石书画

077 论书随笔
095 《东海渔歌》书后
098 论书札记
103 关于法书墨迹和碑帖
111 书法入门二讲

Contents

- 133 《书法常识》序言
- 137 真宋本《淳化阁帖》的价值
- 140 故宫古代书画给我的眼福
- 147 金石书画漫谈
- 160 鉴定书画二三例
- 166 书画鉴定三议
- 174 米芾画
- 176 李白《上阳台帖》墨迹
- 180 唐人摹《兰亭帖》二种
- 187 在北师大对书法专业师生的谈话

论书绝句

- 195 论书绝句一百首

师友风范

>>> 启功 文心书魂>>> 文心书魂>>> 文心书魂

夫子循循然善诱人

——陈垣先生诞生百年纪念

陈垣先生是近百年的一位学者,这是人所共知的。他在史学上的贡献,更是国内国外久有定评的。我既没有能力一一叙述,事实上他的著作俱在,也不待这里多加介绍。现在当先生降诞百年,又是先生逝世第十年之际,我以亲受业者心丧之余,回忆一些当年受到的教导,谨追述一些侧面,对于今天教育工作者来说,仍会有所启发的。

我是一个中学生,同时从一位苏州的老学者戴姜福先生读书,学习"经史辞章"范围的东西,作古典诗文的基本训练。因为生活困难,等不得逐步升学,1933 年由我祖父辈的老世交傅增湘先生拿着我的作业去介绍给陈垣先生,当然意在给我找一点谋生的机会。傅老先生回来告诉我说:"援庵说你写作俱佳。他的印象不错,可以去见他。无论能否得到工作安排,你总要勤向陈先生请教。学到做学问的门径,这比得到一个职业还重要,一生受用不尽的。"我谨记着这个嘱咐,去见陈先生。初见他眉棱眼角肃穆威严,未免有些害怕。但他开口说:"我的叔父陈简墀和你祖父是同年翰林,我们还是世交呢!"其实陈先生早就参加资产阶级革命,对于封建的科举关系焉能那样讲求？但从我听了这句话，我和先生之间，像先拆了一堵生疏的墙壁。此后随着漫长的岁月，每次见面，都给我换去旧思想，灌注新营养。在今天如果说予小子对文化教育事业有一滴贡献，那就是这位老园丁辛勤灌溉时的汗珠。

一 怎样教书

我见了陈老师之后不久，老师推荐我在辅仁大学附属中学教一班"国文"。在交派我工作时，详细问我教过学生没有，多大年龄的，教什么，怎么教。我把教过家馆的情形述说了，老师在点点头之后，说了几条"注意事项"。过了两年，有人认为我不够中学教员的资格，把我解聘。老师后便派我在大学教一年级的"国文"。老师一贯的教学理论，多少年从来未间断地对我提醒。今天回想，记忆犹新，现在综合写在这里。老师说：

（一）教一班中学生与在私塾屋里教几个小孩不同，一个人站在讲台上要有一个样子。人脸是对立的，但感情不可对立。

（二）万不可有偏爱、偏恶，万不许讥诮学生。

（三）以鼓励夸奖为主。不好的学生，包括淘气的或成绩不好的，都要尽力找他们一小点好处，加以夸奖。

（四）不要发脾气。你发一次，即使有效，以后再有更坏的事件发生，又怎么发更大的脾气？万一发了脾气之后无效，又怎么下场？你还年轻，但在讲台上即是师表，要取得学生的佩服。

（五）教一课书要把这一课的各方面都预备到。设想学生会问什么。陈老师还多次说过，自己研究几个月的一项结果，有时并不够一堂时间讲的。

（六）批改作文，不要多改，多改了不如你替他作一篇。改多了他们也不看。要改重要的关键处。

（七）要有救课日记。自己和学生有某些优缺点，都记下来，包括作文中的问题，记下以备比较。

（八）发作文时，要举例讲解。缺点尽力在堂下个别谈；缺点改好了，有所进步的，尽力在堂上表扬。

（九）要疏通课堂空气，你总在台上坐着，学生总在台下听着，成了套子。学生打呵欠，或者在抄别人的作业，或看小说，你讲的多么用力也是白费。不但作文课要在学生座位行间走走。讲课时，写了板书之后，也可下台看看。既回头看看自己板书的效果如何，也看看学生会记不会记。有不会写的或写错了的字，在他们座位上给他们指点，对于被指点的人，会有较深的印象，旁边的人也会感觉兴趣，不怕来问了。

这些"上课须知"，老师不止一次地向我反复说明，唯恐听不明，记不住。

老师又在楼道挂了许多玻璃框子，里边随时装入一些各班学生的优秀作业。要求有顶批，有总批，有加圈的地方，有加点的地方，都是为了标志出优点所在。这固然是为了学生观摩的大检阅、大比赛，后来我才明白也是教师教学效果、批改水平的大检阅。

我知道老师并没搞过什么教学法、教育心理学，但他这些原则和方法，实在符合许多教育理论，这是从多年的实践经验中辛勤总结得出来的。

二 对后学的诱导

陈老师对后学因材施教，在课堂上对学生用种种方法提高他们的学习兴趣，在堂下对后学无论是否自己教过的人，也都抱有一团热情去加以诱导。当然也有正面出题目、指范围、定期限、提要求的时候，但这是一般师长、前辈所常有的、共有的，不待详谈。这里要谈的是陈老师一些自身表率和"谈言微中"的诱导情况。

陈老师对各班"国文"课一向不但是亲自过问，每年总还自己教一班课。各班的课本是统一的，选哪些作品，哪篇是为何而选，哪篇中讲什么要点，通过这篇要使学生受到哪方面的教育，都经过仔细考虑，并向任课的人加以说明。学年末全校的一年级"国文"课总是"会考"，由陈老师自己出题，统一评定分数。现在我才明白，这不但是学生的会考，也是教师们的会考。

我们这些教"国文"的教员，当然绝大多数是陈老师的学生或后辈，他经常要我们去见他。如果时间隔久了不去，他遇到就问："你忙什么呢？怎么好久没见？"见面后并不考察读什么书，写什么文等等，总是在闲谈中抓住一两小问题进行指点，指点的往往是因小见大。我们每见老师总有新鲜的收获，或发现自己的不足。

我很不用功，看书少，笔懒，发现不了问题，老师在谈话中遇到某些问题，也并不尽关史学方面的，总是细致地指出，这个问题可以从什么角度去研究探索，有什么题目可作，但不硬出题目，而是引导人发生兴趣。有时评论一篇作品或评论某一种书，说它有什么好处，但还有什么不足处，常说："我们今天来作，会比它要好。"说到这里就止住。好处在哪里，不足处在哪里，怎样作就比它好？如果我们不问，并不往下说。我就错过了许多次往下请教的机会。因为绝大多数是我没读过的书，或者没有兴趣的问题。假如听了之后随时请教，或回去赶紧补读，下次接着上次的问题尾巴再请教，岂不收获更多？当然我也不是没有继续请教过，最可悔恨的是请教过的比放过去的少得多！

陈老师的客厅、书房以及住室内，总挂些名人字画，最多的是清代学者的字，有时也挂些古代学者字迹的拓片。客厅案头或沙发前的桌上，总有些字画卷册或书籍，通常是宾主谈话的资料，也是对后学的教材。他曾用三十元买了一开章学诚的手札，在30年代买清代学者手札墨迹，这是很高价钱了。但章学诚的字，写得非常拙劣，老师把它挂在那里，既备一家学者的笔迹,又常当做劣书的例子来警告我们。我们去了,老师常指着某件字画问:"这个人你知道吗?"如果知道,并且还说得出一些有关的问题,老师必大为高兴,连带地引出关于这位学者和他的学问、著述种种评价和介绍。如果不知道,则又指引一黔头绪后就不往下多说,例如说"他是一个史学家",就完了。我们因自愧没趣,或者想知道个究竟,只好去查有关这个人的资料。明白了一些,下次再向老师表现一番,老师必很高兴。但又常在我的棱缝中再点一下,如果还知道,必大笑点头,我也像考了个满分,感觉自傲。如果词穷了,也必再告诉一点头绪,容回去再查。

老师最喜欢收学者的草稿,细细寻绎他们的修改过程。客厅桌上常摆着这类东西。当见我们看得发生兴趣时,便提出问题说:"你说他为什么改那个字?"

老师常把自己研究的问题向我们说,什么问题,怎么研究起的。在我们的疑问中,如果有老师还没有想到的,必高兴地肯定我们的提问,然后再进一步地发挥给我们听。老师常说,一篇论文或专著,作完了不要忙着发表。好比刚蒸出的馒头,须要把热气放完了,才能去吃。蒸的透不透,熟不熟,才能知道。还常说,作品要给三类人看:一是水平高于自己的人,二是和自己平行的人,三是不如自己的人。因为这可以从不同角度得到反映,以便修改。所以老师的著作稿,我们也常以第三类读者的关系,而得到先睹。我们提出的意见或问题,当然并非全无启发性的,但也有些是很可笑的。一次稿中引了两句诗,一位先生看了,误以为是长短两句散文,说稿上的断句有误。老师因而告诉我们要注意学诗,不可闹笑柄。但又郑重嘱咐我们,不要向那位先生说,并说将由自己劝他学诗。我们同从老师受业的人很多,但许多并非同校、同班,以下只好借用"同门"这个旧词。那么那位先生也可称为"同门"的。

老师常常驳斥我们说"不是"、"不对",听着不免扫兴。但这种驳斥都是有代价的,当驳斥之后,必然使我们知道什么是"是"的,什么是"对"的。后来我们又常恐怕听不到这样的驳斥。

三 对中华民族历史文化的一片丹诚

历史证明,中国几千年来各地方的各民族从矛盾到交融,最后团结成为一体,构成了伟大的中华民族和它的灿烂文化。陈老师曾从一部分历史时期来论证这个问题,即是他精心而且得意的著作之一《元西域人华化考》。

在抗战时期,老师身处沦陷区中,和革命抗敌的后方完全隔绝,手无寸铁的老学者,发愤以教导学生为职志。环境日渐恶劣,生活日渐艰难,老师和几位志同道合的老先生著书、教书越发勤奋。学校经费不足,《辅仁学志》将要停刊,几位老先生相约在《学志》上发表文章,不收稿费。这时期他们发表的文章比收稿费时还要多。老师曾语重心长地说:"从来敌人消灭一个民族,必从消灭它的民族历史文化着手。中华民族文化不被消灭,也是抗敌根本措施之一。"

辅仁大学是天主教的西洋教会所办的,当然是有传教的目的。陈老师的家庭是有基督教信仰的,他在20年代做教育部次长时,因为在孔庙行礼迹近拜偶像,对"祀孔"典礼,曾"辞不预也"。但他对教会,则不言而喻是愿"自立"的。20年代有些基督教会也曾经提出过"自立自养",并曾进行过募捐。当时天主教会则未曾提过这个口号,这又岂是一位老学者所能独力实现的呢?于是老师不放过任何机会,大力向神甫们宣传中华民族文化,曾为他们讲佛教在中国所以能传播的原因。看当时的记录,并未谈佛教的思想,而是列举中华民族的文化艺术对佛教存在有什么好处,可供天主教借鉴。吴历,号渔山,是清初时一位深通文学的大画家,他是第一个国产神甫,老师对他一再撰文表彰。又在旧恭王府花园建立"司铎书院",专对年轻的中国神甫进行历史文化基本知识的教育。这个花园中有几棵西府海棠,从前每年花时旧主人必宴客赋诗,老师这时也在这里宴客赋诗,以"司铎书院海棠"为题,自己也作了许多首。还让那些年轻神甫参加观光,意在造成中国司铎团体的名声。

这种种往事,有人不尽理解,以为陈老师"为人谋"了。若干年后,想起老师常常口诵《论语》中两句:"施于有政,是亦为政。"才懂得他的"苦心孤诣"!还记得老师有一次和一位华籍大主教拍案争辩,成为全校震动的一个事情。辩的是什么,一直没有人知道。现在明白,辩的是什么,也就不问可知了。

一次我拿一卷友人收藏找我题跋的纳兰成德手札卷,去给老师看。说起成德的汉文化修养之高。我说:"您作《元西域人华化考》举了若干人,如果我作'清东域人华化考',成容若应该列在前茅。"老师指着我的题跋说:"后边是启元伯。"相对大笑。中华民族的历史文化是民族的生命和灵魂,更是各兄弟民族团结融合的重要纽带,也是陈老师学术思想中的一个重要组成部分,甚至可以说是个中心。

四 竭泽而渔地搜集材料

老师研究某一个问题,特别是做历史考证,最重视占有材料。所谓占有材料,并不是指专门挖掘什么新奇的材料,更不是主张找人所未见的什么珍秘材料,而是说要了解这一问题各个方面有关的材料。尽量搜集,加以考查。在人所共见的平凡书中,发现问题,提出见解。自己常说,在准备材料阶段,要"竭泽而渔",意思即是要不漏掉每一条材料。至于用几条,怎么用,那是第二步的事。

问题来了,材料到哪里找?这是我最苦恼的事。而老师常常指出范围,上哪方面去查。我曾向老师问起:"您能知道哪里有哪方面的材料,好比能知道某处陆地下面有伏流,刨开三尺,居然跳出鱼来,这是怎么回事?"后来逐渐知道老师有深广的知识面,不管多么大部头的书,他总要逐一过目。好比对于地理、地质、水道、动物等等调查档案都曾过目的人,哪里有伏流,哪里有鱼,总会掌握线索的。

他曾藏有三部佛教的《大藏经》和一部道教的《道藏经》,曾说笑话:"唐'三藏'不稀奇,我有'四藏'。"这些"大块文章"老师都曾阅览过吗?我脑中时常泛出这种疑问。一次老师在古物陈列所发现了一部嘉兴地方刻的《大藏经》,立刻知道里边有哪些种是别处没有的,并且有什么用处。即带着人去抄出许多本,摘录若干条。怎么比较而知哪些种是别处没有的呢?当然熟悉目录是首要的,但仅仅查目录,怎能知道哪些有什么用处呢?我这才"考证"出老师藏的"四藏"并不是陈列品,而是都曾一一过目,心中有数的。

老师自己曾说年轻时看清代的《十朝圣训》、《朱批谕旨》、《上谕内阁》等书,把各书按条剪开,分类归并。称它为《柱下备忘录》。整理出的问题,即是已发表的《宁远堂丛录》。可惜只发表了几条,仅是全份分类材料的几百分之一。又曾说年轻时为应科举考试,把许多八股文的书全都拆开,逐篇看去,分出优劣等级,重新分册装订,以备精读或略读。后来还能背诵许多八股文的名篇给我们听。这种干法,有谁肯干!又有几人能做得到?

解放前,老师对于马列主义的书还未曾接触过。解放初,才找到大量的小册子,即不舍昼夜地看。眼睛不好,册上的字又很小,用放大镜照着一册册看。那时已是七十岁的老人了,结果累得大病一场,医生制止看书,这才暂停下来。

老师还极注意工具书,20年代时《丛书子目索引》一类的书还没出版,老师带了一班学生,编了一套各种丛书的索引,这些册清稿,一直在自己书案旁边书架上,后来虽有出版的,自己还是习惯查这份稿本。

另外还有其他书籍,本身并非工具书,但由于善于利用,而收到工具书的效果。例如一次有人拿来一副王引之写的对联,是集唐人诗句。一句知道作者,一句不知道。老师走到藏书的房间,不久出来,说了作者是谁。大家都很惊奇地问怎么知道的,原来有一种小本子的书,叫《诗句题解汇编》,是把唐宋著名诗人的名作每句按韵分编,查者按某句末字所属的韵部去查即知。科举考试除了考八股文外,还考"试帖诗"。这种诗绝大多数是以一句古代诗为题,应考者要知道这句的作者和全诗的内容,然后才好着笔,这种小册子即是当时的"夹带",也就是今天所谓"小抄"的。现在试帖诗没有人再作了,而这种"小抄"到了陈老师手中,却成了查古人诗句的索引。这不过是一个例,其余不难类推。

胸中先有鱼类分布的地图,同时烂绳破布又都可拿来做网,何患不能竭泽而渔呢?

五 一指的批评和一字的考证

老师在谈话时,时常风趣地用手向人一指。这无言的一指,有时是肯定的,有时是否定的。使被指者自己领会,得出结论。一位"同门"满脸连鬓胡须,又常懒得刮,老师曾明白告诉他,不刮属于不礼貌。并且上课也要整齐严肃,"不修边幅"去上课,给学生的印象不好,但这位"同门"还常常忘了刮。当忘刮胡子见到老师时,老师总是看看他的脸,用手一指,他便局蹐不安。有一次我们一同去见老师,快到门前了,忽然发觉没有刮胡子,便跑到附近一位"同门"的家中借刀具来刮。附近的这位"同门"的父亲,也是我们的一位师长,看见后说:"你真成了子贡。"大家以为是说他算大师的门徒。这位老先生又说:"入马厩而修容!"这个故事是这样:子贡去到一个贵人家,因为容貌不整洁,被守门人拦住,不许入门,子贡临时钻进门外的马棚"修容"。大家听了后一句无不大笑。这次这位"同门"才免于一指。

一次作"司铎书院海棠诗",我用了"西府"一词,另一位"同门"说:"恭王府当时称西府呀?"老师笑着用手一指,然后说:"西府海棠啊!"这位"同门"说:"我想远了。"又谈到当时的美术系主任溥忻先生,他在清代的封爵是"贝子"。我说"他是孛堇",老师点点头。这位"同门"又说:

"什么孛堇?"老师不禁一愣,"哎"了一声,用手一指,没再说什么。我赶紧接着说:"就是贝子,《金史》作孛堇。"这位"同门"研究史学,偶然忘了金源官职。老师这无言的一指,不啻开了一次"必读书目"。

老师读书,从来不放过一个字,做历史考证,有时一个很大的问题,都从一个字上突破、解决。以下举三个例。

北京图书馆影印一册于敏中的信札,都是从热河行宫寄给在北京的陆锡熊的。陆锡熊那时正在编辑《四库全书》,于的信札是指示编书问题的。全册各信札绝大部分只写日子,既少有月份,更没有年份。里边一札偶然记了大雨,老师即从它所在地区和下雨的情况勾稽得知是某年某月,因而解决了这批信札大部分写寄的时间,而为《四库全书》编辑经过和进程得到许多旁证资料。这是从一个"雨"字解决的。

又在考顺治是否真曾出家的问题时,在蒋良骐编的《东华录》中看到顺治卒后若干日内,称灵柩为"梓宫",从某日以后称灵柩为"宝宫",再印证其他资料,证明"梓宫"是指木制的棺材,"宝宫"是指"宝瓶",即是骨灰坛。于是证明顺治是用火葬的。清代《实录》屡经删削修改,蒋良骐在乾隆时所摘录的底本,还是没太删削的本子,还存留"宝宫"的字样。《实录》是官修的书,可见早期并没讳言火葬。这是从一个"宝"字解决的。

又当撰写纪念吴渔山的文章时,搜集了许多吴氏的书画影印本。老师对于画法的鉴定,未曾做专门研究,时常叫我去看。我虽曾学画,但那时鉴定能力还很幼稚,老师依然是垂询参考的。一次看到一册,画的水平不坏,题"仿李营邱",老师直截了当地告诉我说:"这册是假的!"我赶紧问什么原因,老师详谈:孔子的名字,历代都不避讳,到了清代雍正四年,才下令避讳"丘"字,凡写"丘"字时,都加"邑"旁作"邱",在这年以前,并没有把"孔丘"、"营丘"写成"孔邱"、"营邱"的。吴渔山卒于雍正以前,怎能预先避讳?我真奇怪,老师对历史事件连年份都记得这样清,提出这样快!在这问题上,当然和作《史讳举例》曾下的功夫有关,更重要的是亲手剪裁分类编订过那部《柱下备忘录》。所以清代史事,不难如数家珍,唾手而得。伪画的马脚,立刻揭露。这是从一个"邱"字解决的。

这类情况还多，凭此三例，也可以概见其余。

六　严格的文风和精密的逻辑

　　陈老师对于文风的要求，一向是极端严格的。字句的精简，逻辑的周密，从来一丝不苟。旧文风，散文多半是学"桐城派"，兼学些半骈半散的"公牍文"。遇到陈老师，却常被问得一无是处。怎样问？例如用些漂亮的语调、古奥的词藻时，老师总问："这些怎么讲？"那些语调和词藻当然不易明确翻成现在语言，答不出时，老师便说："那你为什么用它？"一次我用了"旧年"二字，是从唐人诗"江春入旧年"套用来的。老师问："旧年指什么？是旧历年，是去年，还是以往哪年？"我不能具体说，就被改了。老师说："桐城派作文章如果肯定一个人，必要否定一个人来做陪衬。语气总要摇曳多姿，其实里边有许多没用的话。"30年代流行一种论文题目，像"某某作家及其作品"，老师见到我辈如果写出这类题目，必要把那个"其"字删去，宁可使念着不太顺嘴，也绝不容许多费一个字。陈老师的母亲去世，老师发讣闻，一般成例，孤哀子名下都写"泣血稽颡"，老师认为"血"字并不诚实，就把它去掉。在旧社会的"服制"上，什么"服"的亲属，名下写什么字样。"泣稽颡"是比儿子较疏的亲属名下所用的，但老师宁可不合世俗旧服制的习惯用语，也不肯向人撒谎，说自己泣了血。

　　唐代刘知几作的《史通》，里边有一篇《点烦》，是举出前代文中啰嗦的例子，把他所认为应删去的字用"点"标在旁边。流传的《史通》刻本，字旁的点都被刻板者省略，后世读者便无法看出刘知几要删去哪些字。刘氏的原则是删去没用的字，而语义毫无损伤、改变。并且只往下删，绝不增加任何一字。这种精神，是陈老师最为赞成的。屡次把这《点烦》篇中的例文印出来，让学生自己学着去删。结果常把有用的字删去，而留下的却是废字废话。老师的秘书都怕起草文件,常常为了一两字的推敲,能经历许多时间。

老师常说,人能在没有什么理由,没有什么具体事迹,也就是没有什么内容的条件下,作出一篇骈体文,但不能作出一篇散文。老师六十岁寿辰时,老师的几位老朋友领头送一堂寿屏,内容是要全面叙述老师在学术上的成就和贡献,但用什么文体呢？如果用散文,万一遇到措辞不恰当、不周延、不确切,挂在那里徒然使陈老师看着别扭,岂不反为不美？于是公推高步瀛先生用骈体文作寿序,请余嘉锡先生用隶书来写。陈老师得到这份贵重寿礼,极其满意。自己把它影印成一小册,送给朋友,认为这才不是空洞堆砌的骈文。还告诉我们,只有高先生那样富的学问和那样高的手笔,才能写出那样的骈文,不是初学的人所能"摇笔即来"的。才知老师并不是单纯反对骈体文,而是反对那种空洞无物的。

老师对于行文,最不喜"见下文"。说,先后次序,不可颠倒。前边没有说明,令读者等待看后边,那么前边说的话根据何在？又很不喜在自己文中加注释。说,正文原来就是说明问题的,为什么不在正文中即把问题说清楚？既有正文,再补以注释,就说明正文没说全或没说清。除了特定的规格、特定的条件必须用小注的形式外,应该锻炼,在正文中就把应说的都说清。所以老师的著作中除《元典章校补》是随着《元典章》的体例有小注,《元秘史译音用字考》在木板刻成后又发现应加的内容,不得已刓改板面,出现一段双行小字外,一般文中连加括弧的插话都不肯用,更不用说那些"注一""注二"的小注。但看那些一字一板的考据文章中,并没有使人觉得缺什么该交代的材料出处,因为已都消化在正文中了。另外,也不喜用删节号。认为引文不会抄全篇,当然都是删节的。不衔接的引文,应该分开引用。引诗如果仅三句有用,那不成联的单句必然另引,绝不使它成为瘸腿诗。

用比喻来说老师的考证文风,既像古代"老吏断狱"的爰书,又像现代科学发明的报告。

七　诗情和书趣

陈老师的考证文章，精密严格，世所习见。许多人有时发生错觉，以为这位史学家不解诗赋。这里先举一联来看："百年史学推瓯北，万首诗篇爱剑南。"这是老师带有"自况"性质的"宣言"，即以本联的对偶工巧、平仄和谐，已足看出是一位老行家。其实不难理解，曾经应过科举考试的人，这些基本训练，不可能不深厚。曾详细教导我关于骈文中"仄顶仄，平顶平"等等韵律的规格，我作的那本《诗文声律论稿》中的论点，谁知道许多是这位庄严谨饬的史学考据家所传授的呢？

抗战前他曾说过，自己六十岁后，将卸去行政职务，用一段较长时间，补游未到过的名山大川，丰富一下诗料，多积累一些作品，使诗集和文集分量相称。不料战争突起，都成了虚愿。

现在存留的诗稿有多少，我不知道，一时也无从寻找。最近只遇到《司铎书院海棠》诗的手稿残本绝句七首，摘录二首，以见一斑：

> 十年树木成诗谶，劝学深心仰万松。
> 今日海棠花独早，料因桃李与争秾。
>
> 自注：万松野人著《劝学罪言》，为今日司铎书院之先声。"十年树木"楹帖，今存书院。

功按：万松野人为英华先生的别号。先生字敛之，姓赫舍里氏，满族人，创"补仁社"，即是辅仁大学的前身。陈垣先生每谈到他时，总称他为"英老师"。

> 西堂曾作竹枝吟，玫瑰花开玛窦林。
> 幸有海棠能嗣响，会当击木震仁音。
>
> 自注：尤西堂《外国竹枝词》："阜成门外玫瑰发，杯酒还浇利泰西。""击木震仁惠之音"，见《景教碑》。

功按：利玛窦，明人以"泰西"作地望称之，又或称之为"利子"。《景教碑》即唐代《景教流行中国碑》，今在西安碑林。

又在1967年时，空气正紧张之际，我偷着去看老师，老师口诵他最近给一位朋友题什么图的诗共两首。我没有时间抄录，匆匆辞出，只记得老师手捋胡须念："老夫也是农家子，书屋于今号励耘。"抑扬的声调，至今如在。

清末学术界有一种风气，即经学讲《公羊》，书法学北碑。陈老师平生不讲经学，但偶然谈到经学问题时，还不免流露公羊学的观点；对于书法，则非常反对学北碑。理由是刀刃所刻的效果与毛笔所写的效果不同，勉强用毛锥去模拟刀刃的效果，必致矫揉造作，毫不自然。我有些首《论书绝句》，其中二首云："题记龙门字势雄，就中尤属《始平公》。学书别有观碑法，透过刀锋看笔锋。""少谈汉魏怕徒劳，简牍摩挲未几遭。岂独甘卑爱唐宋，半生师笔不师刀。"曾谬蒙朋友称赏，其实这只是陈老师艺术思想的韵语化罢了。

还有两件事可以看到老师对于书法的态度：有一位退位的大总统，好临《淳化阁帖》，笔法学包世臣。有人拿着他的字来问写得如何，老师答说写得好。问好在何处，回答是"连枣木纹都写出来了"。宋代刻《淳化阁帖》是用枣木板子，后世屡经翻刻，越发失真。可见老师不是对北碑有什么偏恶，对学翻板的《阁帖》，也同样不赞成的。另一事是解放前故宫博物院影印古代书画，常由一位院长题签，写得字体歪斜，看着不太美观。陈老师是博物院的理事，一次院中的工作人员拿来印本征求意见，老师说："你们的书签贴的好。"问好在何处，回答是："一揭便掉。"原来老师所存的故宫影印本上所贴的书签，都被揭掉了。

八　无价的奖金和宝贵的墨迹

辅仁大学有一位教授，在抗战胜利后出任北平市的某一局长，从辅仁的教师中找他的帮手,想让我去管一个科室。我去向陈老师请教,老师问:"你母亲愿意不愿意?"我说:"我母亲自己不懂得,教我请示老师。"又问:"你自己觉得怎样?"我说:"我'少无宦情'。"老师哈哈大笑说:"既然你无宦情,我可以告诉你:学校送给你的是聘书,你是教师,是宾客;衙门发给你的是委任状,你是属员,是官吏。"我明白了,立刻告辞回来,用花笺纸写了一封信,表示感谢那位教授对我的重视,又婉言辞谢了他的委派。拿着这封信去请老师过目。老师看了没有别的话,只说:"值三十元。"这"三十元"到了我的耳朵里,就不是银元,而是金元了。

1963年,我有一篇发表过的旧论文,由于读者反映较好,修改补充后,将由出版单位做专书出版,去请陈老师题签。老师非常高兴,问我:"你曾有专书出版过吗?"我说:"这是第一本。"又问了这册的一些方面后,忽然问我:"你今年多大岁数了?"我说:"五十一岁。"老师即历敷戴东原只五十四,全谢山五十岁,然后说:"你好好努力啊!"我突然听到这几句上言不搭下语而又比拟不恰的话,立刻懵住了,稍微一想,几乎掉下泪来。老人这时竟像一个小孩,看到自己浇过水的一棵小草,结了籽粒,便喊人来看,说要结桃李了。现在又过了十七年,我学无寸进,辜负了老师夸张性的鼓励。

陈老师对于作文史教育工作的后学,要求常常既广且严。他常说做文史工作必须懂诗文、懂金石,否则怎能广泛运用各方面的史料。又说做一个学者必须能懂民族文化的各个方面;做一个教育工作者,常识更须广博。还常说,字写不好,学问再大,也不免减色。一个教师板书写得难看,学生先看不起。

老师写信都用花笺纸,一笔似米芾又似董其昌的小行书,永远那么匀称,绝不潦草。看来每下笔时,都提防着人家收藏装裱。藏书上的眉批和学生作业上的批语字迹是一样的。黑板上的字,也是那样。板书每行四五字,绝不写到黑板下框处,怕后边坐的学生看不见。写哪些字,好像都曾计划过的,但我却不敢问:"您的板书还打草稿吗?"后来无意中谈到"备课"问题,老师说:"备课不但要准备教什么,还要思考怎样教。

哪些话写黑板,哪些话不用写。易懂的写了是浪费,不易懂的不写则学生不明白。"啊!原来黑板写什么,怎样写,老师确是都经过考虑的。

老师在名人字画上写题跋,看去潇洒自然,毫不矜持费力,原来也一一精打细算,行款位置,都要恰当合适。给人写扇面,好写自己作的小条笔记,我就求写过两次,都写的小考证。写到最后,不多不少,加上年月款识、印章,真是天衣无缝。后来得知是先数好扇骨的行格,再算好文词的字数,哪行长,哪行短。看去一气呵成,谁知曾费如此匠心呢?

我在1964年、1965年间,起草了一本小册子,带着稿子去请老师题签。这时老师已经病了,禁不得劳累。见我这一叠稿子,非看不可。但我知道他老人家如看完那几万字,身体必然支持不住,只好托词说还需修改,改后再拿来,先只留下书名。我心里知道老师以后恐连这样书签也不易多写了,但又难于先给自己定出题目,请老师预写。于是想出"启功丛稿"四字,准备将来作为"大题",分别用在各篇名下。就说还有一本杂文,也求题签。老师这时已不太能多谈话,我就到旁的房间去坐。不多时间,秘书同志举着一叠墨笔写的小书签来了,我真喜出望外,怎能这样快呢?原来老师凡见到学生有一点点"成绩",都是异常兴奋的。最痛心的是这个小册,从那年起,整整修改了十年,才得出版,而他老人家已不及见了!

现在我把回忆老师教导的千百分之一写出来,如果能对今后的教育工作者有所帮助,也算我报了师恩的千百分之一!我现在也将近七十岁了,记忆力锐减,但"学问门径"、"受用无穷"、"不对"、"不是"、"教师"、"官吏"、"三十元"、"五十岁"种种声音,却永远鲜明地在我的耳边。

老师逝世时,是1971年,那时还祸害横行,纵有千言万语,谁又敢见诸文字?当时私撰了一副挽联,曾向朋友述说,都劝我不要写出。现在补写在这里,以当"回向"吧!

依函丈卅九年,信有师生同父子;

刊习作二三册,痛余文字答陶甄!

1980年6月16日

记齐白石先生轶事

齐白石先生的名望，可以说是举世周知的，不但中国人都熟悉，在世界各国中，也不是陌生人。他的篆刻、绘画、书法、诗句，都各有特点，用不着在这里多加重复叙述。现在要写的，只是我个人接触到的几件轶事，也就是老先生生活中的几个侧面，从这里可以看到他的生活、风趣，对于从旁印证他的性格和艺术的特点，大概也不是没有点滴的帮助吧！

我有一位远房的叔祖，是个封建官僚，曾买了一批松柏木材，就开起棺材铺来。齐先生有一口"寿材"，是他从家乡带到北京来的，摆在跨车胡同住宅正房西间窗户外的廊子上，棺上盖着些防雨的油布，来的客人常认为是个长案子或大箱子之类的东西。一天老先生与客人谈起棺材问题，说道"我这一个……"如何如何，便领着客人到廊子上揭开油布来看，我才吃惊地知道了那是一口棺材。这时他已经委托我的这位叔祖另做好木料的新寿材，尚未做成，这旧的也还没有换掉。后来新的做成，也没放在廊上，廊上摆着的还是那个旧的。客人对于此事，有种种不同的评论，有人认为老先生好奇，有人认为是一种引人注意的"噱头"，有人认为是"达观"的表现。后来我到过了湖南的农村，才知道这本是先生家乡的习惯，人家有老人，预制寿材,有的做出板来,有的做成棺材,往往放在户外窗下,并没什么稀奇。那时我以一个生长在北京城的青年,自然不会不"少见多怪"了。

我的认识齐先生,即是由我这位叔祖的介绍,当时我年龄只有十七八岁。我自幼喜爱画画,这时已向贾義民先生学画,并由贾先生介绍向吴镜汀先生请教。对于齐先生的画,只听说是好,至于怎么好,应该怎么学,则是茫然无所知的。我那个叔祖因为看见齐先生的画大量卖钱,就以为只要画齐先生那样的画便能卖钱,他却没想,他自己做的棺材能卖钱,是因为它是木头做的,如果是纸糊的即使样式丝毫不差,也不会有人买去做秘器。即使是用澄心堂、金粟山纸糊的也没什么好看,如果用金银铸造,也没人抬得动啊!

齐先生大于我整整五十岁,对我很优待,大约老年人没有不喜爱孩子的。我有一段较长时间没去看他,他向胡佩衡先生说:"那个小孩怎么好久不来了?"我现在的年龄已经超过了齐先生初次接见我时的年龄,回顾我在艺术上无论应得多少分,从齐先生学了没有,即由于先生这一句殷勤的垂问,也使我永远不能不称他老先生是我的一位老师!

齐先生早年刻苦学习的事,大家已经传述很多,在这里我想谈两件重要的文物,也就是齐先生刻苦用功的两件"物证":一件是用油竹纸描的《芥子园画谱》,一件是用油竹纸描的《二金蝶堂印谱》。那本画谱,没画上颜色,可见当时根据的底本并不是套版设色的善本。即那一种多次重翻的印本,先生描写的也一丝不苟,连那些枯笔破锋,都不"走样"。这本,可惜当时已残缺不全。尤其令人惊叹的是那本赵之谦的印谱,我那时虽没见过许多印谱,但常看蘸印泥打印出来的印章,它们与用笔描成的有显著的差异,而宋元人用的墨印,却完全没有见过。当我打开先生手描的那本印谱时,惊奇地、脱口而出地问了一句话:"怎么?还有黑色印泥呀?"及至我得知是用笔描成的,再仔细去看,仍然看不出笔描的痕迹。惭愧呵!我少年时学习的条件不算不苦,但我竟自有两部《芥子园画谱》,一部是巢勋重摹的石印本,一部是翻刻的木板本,我从来没有从头至尾临仿过一次。今天齐先生的艺术创作,保存在国内外各个博物馆中，而我在中年青年时也曾有些绘画作品，即使现在偶然有所存留，将来也必然与我的骨头同归腐朽。诸位青年朋友啊，这个客观的真理，无情的事例，是多么值得深思熟虑的啊！这里我也要附带说明，艺术的成就，绝不是单靠照猫画虎地描摹，我也不是在这里提倡描摹，我只是要说明齐老先生在青年时得到参考书的困难，偶然借到了，又是如何仔细地复制下来，以备随时翻阅借鉴，在艰难的条件下是如何刻苦用功的。他那种看去横涂竖抹的笔画，又是怎样走过精雕细琢的道路的。我也不是说这种精神只有齐先生在清代末年才有，即如在浩劫中，我们学校里有不少同学偷偷地借到几本参考书，没日没夜地抄成小册后，还订成硬皮包脊的精装小册，这岂能不说是那些罪人们灭绝民族文化罪恶企图意外的相反后果呢！

齐先生送给过我一册影印手写的《借山吟馆诗草》，有樊樊山先生题签，还有樊氏手写的序。册中齐先生抄诗的字体扁扁的，点画肥肥的，和有正书局影印的金冬心自书诗稿的字迹风格完全一样。那时王壬秋先生已逝，齐先生正和樊山先生往来，诗草也是樊山选定的。齐先生说："我的画，樊山说像金冬心，还劝我也学冬心的字，这册即是我学冬心字体所写的。"其实先生学金冬心还不止抄诗稿的字体，金有许多别号，齐先生也曾一一仿效。金号"三百砚田富翁"，齐号"三百石印富翁"，金号"心出家庵粥饭僧"，齐号"心出家庵僧"，亦步亦趋，极见"相如慕蔺"之意。但微欠考虑的是：田多为富，印多为贵，兼官多的人，当然俸禄多，但自古官僚们却都讳言因官致富，大概是怕有贪污的嫌疑。如果称"三百石印贵人"，岂不更为恰当。又粥饭僧是寺院中的服务人员，熬粥做饭，在和尚中地位是最为卑下的。去了"粥饭"二字，地位立刻提高了。老先生自称木匠，而不甘做粥饭僧，似尚未达一间。金冬心又有"稽留山民"的别号，齐先生则有"杏子坞老民"之号，就无从知是模拟还是另起的了。金冬心别号中最怪的是"苏伐罗吉苏伐罗"，因冬心又名"金吉金"，"苏伐罗"是外来语"金"的音译，把两个译音字夹着一个汉字"吉"字来用，竟使得齐老先生束手无策。胆大如斗的齐先生，还没敢用"齐怀特斯动"("怀特斯动"是英语"白石"二字音译)。我还记得,当年我双手捧过先生面赐的那本《借山吟馆诗草》后,又听先生讲了如何学金冬心的画和字,我就问了一句:"先生的诗也必学金冬心了。"先生说:"金冬心的诗并不好,他的词好。"我当时只有一小套石印的《金冬心集》,里边没有词,我忙向先生请教到哪里去找冬心的词。先生回答说:"他是博学鸿词啊!"

齐先生对于写字,是不主张临帖的。他说字就那么写去,爱怎么写就怎么写。他又说碑帖里只有李邕的《云麾李思训碑》最好。他家里挂着一副宋代陈抟写的对联拓本:"开张天岸马,奇逸人中龙。抟(下有'图南'印章)。"这联的字体是北魏《石门铭》的样子,这十个字也见于《石门铭》里。但是扩大临写的,远看去,很似康南海写的。老先生每每对人夸奖这副对联写的怎么好,还说自己学过多次总是学不好,以说明这联上字的水平之高。我还看见过齐先生中年时用篆书写的一副联:"老树著花偏有态,春蚕食叶例抽丝。"笔画圆润饱满,转折处交代分明,一个个字,都像老先生中年时刻的印章,又很像吴让之刻的印章,也像吴昌硕中年学吴让之的印章。又曾见到他四十多岁时画的山水,题字完全是何子贞样。我才知道老先生曾用过什么功夫。他教人爱怎么写就怎么写的理论,是他老先生自己晚年想要融化从前所学的,也可以说是想摆脱从前所学的,是他内心对自己的希望。当他对学生说出时,漏掉了前半。好比一个人消化不佳时,服用药物,帮助消化。但吃的并不甚多,甚至还没吃饱的人,随便服用强烈的助消化剂,是会发生营养不良症的。

有一次我向老先生请教刻印的问题,先生到后边屋中拿出一块寿山石章,印面已经磨平,放在画案上。又从案面下面的一层支架上掏出一本翻得很旧的《六书通》,查了一个"迟"字,然后拿起墨笔在印面上写起反的印文来,是"齐良迟"三个字。写成了,对着案上立着的一面小镜子照了一下,镜中的字都是正的,用笔修改了几处,即持刀刻起来。一边刻一边向我说:"人家刻印,用刀这么一来,还那么一来,我只用刀这么一来。"讲说时,用刀在空中比划。即是每一笔画,只用刀在笔画的一侧刻下去，刀刃随着笔画的轨道走去就完了。刻成后的笔画，一侧是光光溜溜的，另一侧是剥剥落落的。即是所谓的"单刀法"。所说的"还那么一来"，是指每笔画下刀的对面一边也刻上一刀。这方印刻完了，又在镜中照了一下，修改几处，然后才蘸印泥打出来看，这时已不再作修改了。然后刻"边款"，是"长儿求宝"，下落自己的别号。我自幼听说过：刻印熟练的人，常把印面用墨涂满，就用刀在黑面上刻字，如同用笔写字一般。这个说法，流行很广，我却没有亲眼见过。我在未见齐先生刻印前，我想象中必应是幼年听到的那类刻法，又见齐先生所刻的那种大刀阔斧的作风，更使我预料将会看到那种"铁笔"在黑色石面上写字的奇迹。谁知看到了，结果却完全两样，他那种小心的态度，反而使我失望，遗憾没有看到那样铁笔写字的把戏。这是我青年时的幼稚想法，如今渐渐老了，才懂得：精心用意地做事，尚且未必都能成功；而鲁莽灭裂地做事，则绝对没有能够成功的。这又岂但刻印一艺是如此呢？

齐先生画的特点，人所共见，亲见过先生作画的，就不如只见到先生作品的那么多了。一次我看到先生正在作画，画一个渔翁，手提竹篮，肩荷钓竿，身披蓑衣，头戴箬笠，赤着脚，站在那里，原是先生常画的一幅稿本。那天先生铺开纸，拿起炭条，向纸上仔细端详。然后一一画去。我当时的感想正和初见先生刻印时一样，惊讶的是先生画笔那样毫无拘束，造形又那么不求形似，满以为临纸都是信手一挥，没想到起草时，却是如此精心！当用炭条画到膝下小腿到脚趾部分时，只见画了一条长勾短股的九十度的线条，又和这条线平行着另画一个勾股。这时忽然抬头问我："你知道什么是大家，什么是名家吗？"我当时只曾在《桐阴论画》上见到秦祖永评论明清画家时分过这两类，但不知怎么讲，以什么为标准。既然说不出具体答案来，只好回答："不知道。"先生说："大家画，画脚，不画踝骨，就这么一来，名家就要画出骨形了。"说罢，然后在这两道平行的勾股线勾的一端画上四个小短笔，果然是五个脚趾的一只脚。我从这时以后，大约二十多年，才从八股文的选本上见到大家名家的分类，见到八股选本上的眉批和夹批，才了然《桐阴论画》中不但分大家名家是从八股选本中来的,即眉批夹批也是从那里学来的。齐先生虽然生在晚清,但没听说学作过八股,那么无疑也是看了《桐阴论画》的。

一次谈到画山水,我请教学哪一家好,还问老先生自己学哪一家。老先生说:"山水只有大涤子(即石涛)画的好。"我请教好在哪里?老先生说:"大涤子画的树最直,我画不到他那样。"我听着有些不明白,就问:"一点都没有弯曲处吗?"先生肯定地回答说:"一点都没有的。"我又问当今还有谁画的好?先生说:"有一个瑞光和尚,一个吴熙曾(吴镜汀先生名熙曾),这两个人我最怕。瑞光画的树比我画的直,吴熙曾学大涤子的画我买过一张。"后来我问起吴先生,先生说确有一张画,是仿石涛的,在展览会上为齐先生买去。从这里可见齐先生如何认为"后生可畏"而加以鼓励的。但我自那时以后,很长时间,看到石涛的画,无论在人家壁上的,还是在印本画册上的,我都怀疑是假的。旁人问我的理由,我即提出"树不直"。

齐先生最佩服吴昌硕先生,一次屋内墙上用图钉钉着一张吴昌硕的小幅,画的是紫藤花。齐先生跨车胡同住宅的正房南边有一道屏风门,门外是一个小院,院中有一架紫藤,那时正在开花。先生指着墙上的画说:"你看,哪里是他画的像葡萄藤(先生称紫藤为葡萄藤,大约是先生家乡的话),分明是葡萄藤像它呀!"姑且不管葡萄藤与画谁像谁,但可见到齐先生对吴昌硕是如何的推重的。我们问起齐先生是否见过吴昌硕,齐先生说两次到上海,都没有见着。齐先生曾把石涛的"老夫也在皮毛类"一句诗刻成印章,还加跋说明,是吴昌硕有一次说当时学他自己的一些皮毛就能成名。当然吴所说的并不会是专指齐先生,而齐先生也未必因此便多疑是指自己,我们可以理解,大约也和郑板桥刻"青藤门下牛马走"印是同一自谦和服善吧!

齐先生在出处上是正义凛然的,抗日战争后,伪政权的"国立艺专"送给他聘书,请他继续当艺专的教授,他老先生即在信封上写了五个字"齐白石死了",原封退回。又一次伪警察挨户要出人,要出钱,说是为了什么事。他和齐先生表白他没教齐家出人出钱,因此便提出要齐先生一幅画,先生大怒,对家里人说:"找我的拐杖来,我去打他。"那人听到,也就跑了。

齐先生有时也有些旧文人自造"佳话"的兴趣。从前北京每到冬天有菜商推着手推独输车,卖大白菜,用户选购,做过冬的储存菜,每一车菜最多值不到十元钱。一次菜车走过先生家门,先生向卖菜人说明自己的画能值多少钱,自己愿意给他画一幅白菜,换他一车白菜。不料这个"卖菜佣"并没有"六朝烟水气",也不懂一幅画确可以抵一车菜而有余,他竟自说:"这个老头儿真没道理,要拿他的假白菜换我的真白菜。"如果这次交易成功,于是"画换白菜","画代钞票"等等佳话,即可不胫而走。没想到这方面的佳话并未留成,而卖菜商这两句煞风景的话,却被人传为谈资。从语言上看,这话真堪入《世说新语》;从哲理上看,画是假白菜,也足发人深思。明代收藏《清明上河图》的人如果参透这个道理,也就不致有那场祸患。可惜的是这次佳话,没能属于齐先生,却无意中为卖菜人所享有了。

记我的几位恩师

我在十岁以前,受家塾的教育,看到祖父案边墙上挂着一大幅山水,是先叔祖画的,又常见祖父拿过我的手头小扇,画上竹石花卉,几笔而成,感觉非常奇妙。从此就有"做一个画家"的愿望。十五岁时经一位长亲带领,拜贾羲民先生为师学画。贾先生一家都是老塾师,贾先生也做过北洋政府时期的部曹小官,但博通书史,对于书画鉴赏也极有素养。论作画的技术,虽不甚精,但见解却具有非常的卓识。常带着我去故宫博物院看陈列的古书画,有时和些朋友随看随加评论,我懂得一些鉴定知识,实受贾老师的启迪教诲。

我想进一步多学些画法技巧,先生看出我的意向,就把我介绍给吴镜汀先生。吴先生那时专学王石谷,贾先生则一向反对王石谷画法的那样琐碎刻露的风格,而二位先生的交谊却非常融洽。吴先生教画法,极为耐心,如果我们求教的人画了一幅有进步的作品,先生总是喜形于色地说:"这回是真踏下心去画出的啊!"先生教人,绝不笼统空谈,而是专门把极关重要的窍门提出,使学生不但听了顿悟,而且一定行之有效。先生如说到某家某派的画法,随手表演一下,无不确切地表现出那一家、那一派的特点。我自悔恨的是先生盛年时精力过人,所画长卷巨幛,胜境不穷,但我只临习一鳞半爪,是由于不能勤恳;其次后来迫于工作的性质不同,教书要求"专业思想",无力兼顾学画,青年时所学的,也成了半途而废。

我在高中读书时,由于基础不好,许多功课常不及格,因而厌倦学校所学,恰好一家老世交介绍我从戴绥之先生攻读经、史、文学,我大感兴趣,这中间的原因,是多方面的,这里不及详细解剖,只说我遇到戴先生,真可说顿开茅塞。那时我在十八岁左右,先生说:"你已这么大年纪,不易再从头诵读基本的经书了,只好用这个途径。"什么办法呢?即拿没标点的木版古书,先从唐宋古文读起,自己点句。每天留的作业,厚厚的一叠,灯下点读,理解上既吃力,分量上又沉重。我又常想:这些句没经老师讲授,我怎能懂呢?老师看我的点句,顺文念去,点错的地方才加以解释,这样"追赶"式地读了一部《古文辞类纂》,又读《文选》,返回来读《五经》。至今对当时那种似懂非懂的味道,还有深刻的印象。但从此懂得几项道理:不懂的向哪里查;加读一遍有深一步的理解;先跑过几条街道,再逐门去认店铺,也就是先了解概貌,再逐步求细节。此后又买了一部《二十二子》,选读了《老子》、《列子》、《庄子》、《韩非子》、《吕览》、《淮南子》等,老师最不喜《墨子》,只让我看《备城门》诸篇,实在难懂,也就罢了。老师喜《说文》、地理、音韵诸学,给我们选常用字若干,逐字讲它在"六书"中的性质和原理,真使我如获至宝。但至今还只有常识阶段的知识,并未深入研究。先生的地理、音韵之学,我根本没提出请教。先生谆谆嘱咐要常翻《四库简明目录》,又教我们用《历代帝王年表》做纲领,来了解古代历史的概貌,再逐事件去看《资治通鉴》。这粗略的回忆,可以得知戴老师是如何教一个青年掌握这方面知识的有效办法。先生还出题令学作文,常教我们在行文上要先能"连"。听老师讲解连的道理,用现在的话说,就是要求语言的逻辑性;其次要求我们懂得"搭架子",听讲它的道理,也就是要文章有主题有层次。旁及作诗填词,只要拿出习作,老师无不给予修改。

回忆自我二十二岁到中学教书以来直到今日,中间也卖过画(那只是"副业"),主要都在教古典文学,从一个字到一首诗、一篇文,哪个又不是从戴老师栽培的土壤中生出的幼芽呢？我这小小的一间房屋基础，又哪一筐土不是经过戴老师用夯夯过的呢？

最后一位恩师是陈援庵先生，自从见到陈先生，对知识的面，才懂得有那么宽，学问的流派、门径，有那么多，初次看到学术界的"世面"是那么广。恩师对我的爱护，也就是许多老学者大都具有的一种高度的热情和期望，是多么至深且厚！陈老师千古了，许多细节中可见大节处，这里不及详写。也有只有老师知，我心知，而文字形容难尽的，我这拙笔又怎能表达出来呢？我作过一篇《夫子循循然善诱人》，写过陈老师的几点侧面，和我的仰止之私。这里的篇幅，也容不下再做重述了。

1986 年 4 月 29 日

平生风义兼师友

——怀龙坡翁

从前社会上学技艺的人有一句名言："投师不如访友。"不难理解，"师道尊严"，"请教"容易，"探讨"不容易。其实在某些条件下，"请教"也不完全容易。老师没时间、不耐烦，老师对那个问题没兴趣，甚至没研究，怎能"请"得他的"教"呢！纯朋友又不然，"君居终日，言不及义"，乃至"博弈饮酒"，哪还有时间讨论技艺、学问呢！只有益友、畏友、可敬的朋友、可师的朋友，才可算是"不如访友"的"友"。也就是谊兼师友的"友"。

我在二十一二岁"初出茅庐"时，第一位相识的朋友是牟润孙先生，比我长四岁；第二位是台静农先生，比我长十岁。与牟先生在一起，也曾饮酒、谈笑，谁又知道，他在这种时候，也常谈学术问题。他从老师那里得来的只言片义，我正在不懂得，他甚至用村俗的比喻解剖一下，我便能豁然开朗。这是友呢，是师呢？台先生则不然。他的性格极平易，即在受到沉重打击之后，谈笑一如平常。宋朝范纯仁在被贬处见到客人来时，令仆人拿出两份被褥，他与客人对床而睡；明朝黄道周在逆境中不愿与客人谈话，便令客人下棋，客人不会，他说你就随便跟着我下棋子。不难比较，睡觉、下棋，多么黏滞；

谈笑如常，又多么超脱！台先生对我也不是没有过有深意的指教，只是手段非常艺术。例如面对一本书、一首诗、一件书画等等，发出轻松的评论，当时听着还觉得"不过瘾"，日后回思，不但很中肯、很深刻，甚至是为我而发的耳提面命。以一些小事为例：

一次台先生自厦门回到当时北平接家眷，我在一个下午去看他，他正喝着红蒲桃酒。这以前他并不多喝酒，更不在非饭时喝酒，我幼稚地问他怎么这时喝酒，他回答了两个"真实不虚"的字："麻醉。"谁不知道，酒是麻醉剂，但是今天我才懂得了，当我沉痛地失眠时，愈喝浓酒愈清醒。近年听说台老喝酒，愈喝愈烈，大概是"量逐年增"吧！

当年一次牟先生问台先生哪家散文好，台先生答是《板桥杂记》。清初，余淡心感念沧桑，寄情于"醇酒妇人"，牟先生盛年纵酒，有时也蹈余氏行踪，不言而喻，举这本书，其意婉而多讽，岂是真论散文。

我写字腕力既弱，又受宗老雪斋翁之教，摹临赵松雪。台先生一次论起王梦楼的字，说道"侧媚"，我当时虽并不喜王梦楼的字，但对"侧媚"的评语，还不太理解。后来屡见台先生的法书，错节盘根，玉质金相，固足使我惊服；并且因此而理解了王梦楼为什么侧媚，更理解了赵松雪当然也难逃挞伐。而他对于我临松雪的箴规，也就不待言了。做朋友，讲"温恭直谅"，从这几事中可证字字无忝吧！像这样事理通达、心气和平的襟度，我在平生交游的人中，确实并不多见。

去年托朋友带去我出版的一些拙作打油诗，那位朋友再来时告诉我："台老说，他（指启功）还是那么淘气。"他给我写了一个手卷，临苏东坡的苏州寒食诗二首。

"自我来黄州，已过三寒食，年年欲惜春，春去不容惜。……何殊病少年，病起头已白。""春江欲入户，雨势来不已，小屋如渔舟，蒙蒙水云里。……那知是寒食，但感乌衔纸。……也拟哭涂穷，死灰吹不起。"这是苏东坡，还是台龙坡？姑且不管，再看卷后还加跋说明，苏书真迹以重价归故宫收藏，所以喜而临写。我既笑且喜，赶紧好好装裱收藏，仿佛我比故宫还富了许多。

今年春天，台老托朋友带来他的论文集、法书集等三本书，都有亲笔题字，不是写"留念"，而都是写"永念"，字迹有些颤抖。我拿到不是三本书，而是三块石头。不久在香港好友家给他通了电话，他是在病榻上接电话，但声音气力都很充沛，我那三块石头，才由心中落到地上。

我衷心祝愿龙坡翁疾病速愈，福寿绵长！

1990 年 10 月

读《静农书艺集》

《颜氏家训》说:"尺牍书疏,千里面目。"在思友怀人的时候,相晤无由,得到传来的片语只词,都感到极大的安慰。如果再看到亲笔的字迹,那种亲切感,确实有摄影相片所起不到的作用。

回忆我二十一周岁"初出茅庐"还是一个幼稚的青年时,到辅仁大学附中教初中一年的"国文",第一个认识的,是牟润孙先生,第二个认识的,即是台静农先生。对我来说,他们真可算"平生风义兼师友"。牟润老比我大四岁,台静老则十年以长。他们对这个小弟弟,既关怀,又鼓励。回忆当时岁月中,有多少一生受用不尽的箴规、鼓舞,得知多少为学的门径。而由于当时不懂得重视,年长以后,再想质证所疑,甚至印证所得,都因远隔天涯,而求教无从了。

一个十年成长的政治脓包溃烂了,"四人帮"倒了,我才又和牟润老流泪聚首,每谈总提到静农先生,而他居住的距离更远一程,真是音尘渺然,心情是无法形容的沉重。今年春天,忽然由友人带来《静农书艺集》一大本,我拿到手后,高兴得几乎跳起来,因为这不只是片纸书疏,其中具有篆、隶、草、真各体俱备的书法,屏、联、扇、册长短俱备的格式。更重要的是从这些作品中看到书者的精神面目,一一跃然纸上。孔子说:"父母之年不可不知也,一则以喜,一则以惧。"朋友的关系当然与父母有所不同,但关心的喜和惧,应是有共同之点的。我从册中各件作品上看,虽然不尽是一年所写,但大致上总属近年的作品。各件的书风,表现了写时的精神健旺。隶书的开阔,草书的顿挫,如果没有充沛的气力,是无法写出的,这是足以欣慰的一面;再看行书,有时以战掣表现苍劲,这种效果自然是出于主动要求,但谛观一些笔道,又实有自然颤抖处。在上年纪的人,手腕有些颤抖,并不奇怪,但这毕竟说明静老已到八十之外了。我这个五十年前的小青年,今年也周岁七十又三,每一念及,海峡两岸何时通航,生平老友何时聚首,又不能不使我心有"如捋"之感。

台先生从人品、性情、学问,以至他对文学艺术的兴趣和成就,可以说是综合而成的一位完美的艺术家,有时又天真得像一个小孩。记得那年他将到厦门大学去执教,束装待发之际,大家在他家吃饭送行,用大碗喝绍兴黄酒。谈起沈尹默先生的字,并涉及他的书斋平日所挂的那一幅尹老的条幅。这时早已装入行李箱中,捆得整齐。他为证明某些笔法,回手去翻,结果无从找到。

我记得五十多年前,他写一些瘦劲的字,并不多似古代某家某派,完全是学者的行书。抗战时他在四川江津白沙女子师范学院执教,余暇较多,一本本地临古帖。传到北京的一些自书"字课",我见到一本临宋人尺牍。不求太似,又无不神似,得知他是以体味古代名家的精神入手的。稍后又见到用倪元璐、黄道周体写的诗,真是沉郁顿挫,与其说是写倪、黄的字体,不如说是写倪、黄的感情,一点一画,实际都是表达情感的艺术语言。

今年见到的这一册中的作品,和以前日本印的一小册合并来看,老而弥壮,意境又高了一层。具体说:从西汉的阳泉熏鲈到新嘉量、《石门颂》,看出他对汉隶爱好的路子。再看形是汉隶的形,下笔之际,却不是俯首临摹的,而各有自己的气派。清代写隶书的,像邓石如、伊秉绶、何绍基,不能不说是大家、是巨擘,在他们之后写隶书,不难在精工,而难在脱俗。静老的作品,是《石门颂》,却不是李瑞清的《石门颂》;是隶书,却不是邓伊何的隶书。谁知从来没有疾言厉色的台先生,而有这等虎虎生气的字迹。"猛志固常在",又岂止陶渊明呢?

至于行书,从外表看来,仍然是倪、黄风格为基础的,更多倪元璐法,这在他自序中也有明文。但如熟观倪书,便会发现他发展了倪法之处。清代商盘说过,陈洪绶的字如绳、倪元璐的字如菱。倪字结体极密,上下字紧紧衔接,但缺少左顾右盼的关系。倪字用笔圆熟,如非干笔处,便不见生辣之致。而台静老的字,一行之内,几行之间,信手而往,浩浩落落。到了酣适之处,直不知是倪是台,这种意境和乐趣,恐怕倪氏也不见得尝到的。

他的点画,下笔如刀切玉,常见毫无意识地带入汉隶的古拙笔意。我个人最不赞成那些有意识地在行楷中硬搀入些汉隶笔画,但无意中自然融入的不在此列。所以雅俗之判,就在于此吧?

台先生最不喜王文治的字,常说他"侧媚",予小子功,也写了几十年的字,到现在也冒得了一份"书家"的虚衔。回忆起来,也曾有过超越张照、王文治的妄想。但最近在友人家看到一本王文治自书诗册,不觉嗒焉若丧,原来今天我连侧媚的功力也有所不及。若干年来,总想念这位老朋友,更盼望再得相见。若从我这薄劣的书艺看,又不免有些怕见他了。

最后拿定主意,如果见到他,绝不把我的字拿给他看。

忆先师吴镜汀先生

启功年十五，从贾羲民先生学画。年十九，经贾老师介绍入中国画学研究会。从吴镜汀先生问业。吴先生当时专宗王石谷，贾先生壁上挂有吴师所画小幅山水，蒙贾师手摘命临，并说：你没见过石谷画吧，要知此画与石谷无甚异处，如说有异处，即是去掉了石谷晚年战掣笔道的习气。功当时虽曾从影印本中见过些王画，但还不能深入体会贾师的训导。

后来亲炙于吴师多年，比较多方面了解了吴先生画诣的来龙法脉，大致是十几岁从金北楼先生学画。金先生创办中国画学研究会，广收学员，并延请各科名宿协助辅导。如俞涤凡、萧谦中、贺履之、陈半丁诸先生，都常莅会，指授六法。后来金先生病逝，由周养庵先生继办，诸名宿多年高，或且病逝（如俞先生），吴师遂主讲山水一科，造就人才，今年逾八十的，已五六家，若功这学不加进，有愧师门的，就不足数了。

先生对于持画求教的，没有不至诚指导，除非太荒唐幼稚的，莫不循循然顺其习性相近处加以指引。以功及身亲受的二三小事为例：点苔总是乱七八糟，先生说，你别把苔点点在皴法笔道上，先把应加苔点处，擦染糊涂了，然后再在糊涂部分去点苔，必然格外醒目。又画松针总觉不够,而且层次不明,先生说,凡画松针,都用焦墨,画完如有必要,再加一些淡墨的,便既见苍劲,又有云烟了。又一次画石青总嫌太重,先生说,你在里边加些石绿呀,果然青翠欲滴。同时又说,石绿不可往空白的山石面上涂,那样永远感觉不足,先在山石石面染上赭石以至草绿,再加石绿,即能有所衬托。诸如此类,不胜枚举。虽然可说属技法上的小节,但就是这类"小节",你去问问手工艺人以及江湖画手,虽至亲好友,他肯轻易相告吗?

又在观看古代名画时,某件真假,先生指导,必定提出根据。画的重要关键处是笔法,各家都有各自的习惯特点。元明以来,流传的较多,比较常能看到。每见某件画是仿本时,先生指出后,听者如果不信,先生常常用笔在手边的乱纸上表演出来,某家的特点在哪里,而这件仿本不合处又在哪里,旁观者即使是未曾学画的人,也会啧啧称奇,感喟欢服。

溥心畬先生南渡前的艺术生涯

一 心畬先生的家世,和我家的关系

心畬先生讳溥儒,初字仲衡,后改字心畬,是清代恭忠亲王奕䜣之孙。王有二子,长子载澄;次子载滢,都封贝勒。载澄先卒,无子。恭亲王卒时,以载滢的嫡出长子溥伟继嗣载澄为承重孙,袭王爵(恭王生前曾被赐"世袭罔替"亲王爵)。心畬先生行二,和三弟溥僡,字叔明,俱侧室项夫人所生。民国后,嗣王溥伟奉母居青岛,又居大连。心畬先生与三弟奉母居北京西郊。原府第为嗣王典给西洋教会,心畬先生与教会涉讼,归还后半花园部分,即迁入定居,直至抗战后迁出移居。

滢贝勒号清素主人,夫人是敬懿太妃的胞妹(益龄字菊农,姓赫舍里氏之女),是我先祖母的胞姊。我幼年时先祖母已逝世,但两家还有往来。我幼时还见有从大连带来的礼物,有些日本制作的小巧玩具,到现在还有保存着的。曾见清素主人与徐花农(琪)和先祖有唱和的诗,惜早已失落。清素在民国以前逝世,也未见有诗文集传下来。

嗣王溥伟既东渡居大连,恭忠亲王(世俗常称老恭王)遗留的古书画都在北京,与心畬先生本来具有的天赋相契合,至成了这一代的"三绝"宗师,不能不说是具有殊胜的因缘。

先祖逝世时,我刚满十周岁,先父在九年前先卒。孤儿寡母,与一位未嫁的胞姑共度艰难的岁月。这时平常较熟悉的老亲戚已多冷淡不相往来,何况远在海滨的远亲,心畬先生一支原来就没有往来,我当然更求教无从了。

二 我受教于心畬先生的缘起

我在二十岁左右,渐渐露些头角。一次在敬懿太妃的丧事上遇到心畬先生,蒙得欣然奖誉,令我有时间到园中去。这时也见到了溥雪斋先生(伒),也令我可以常到家中去。但我自幼即得知一些位"亲贵"的脾气,不易"伺候",宁可淡些远些。后来屡在其他场合见到,催问我何以不去,此后才逐渐登堂请教。有人知道我家也属于清代贵族,何以却说这两位先生是"亲贵"呢?因为我的八世祖是清高宗乾隆的胞弟,封和亲王,讳弘昼,传到我的高祖即被分出府来。我的曾祖由教家馆、应科举、做翰林官、做学政,还做过顺天乡试、礼部会试的考官、殿试的读卷官等等。我先祖也是一样的什么举人、进士、翰林、主考、学政等等过了一生。用今天的话说即是寒士出身的知识分子,所以族虽贵而非亲。在一般"亲贵"的眼中,不过是"旗下人"而已。但这两位,虽被常人视为"亲贵",究竟是学者、是艺术家,日久证明他们既与别人不同,对我就更加青睐了。

由于居住较近,到雪斋先生家去的时候较多些。虽然也常到萃锦园中,登寒玉堂,专诚向心畬先生请教,而雪斋先生家有松风草堂,常常招集些位画家聚集谈艺作画,俨然成为一个小型"画会"。心畲先生当然也是成员之一,也是我获得向雪、心二位宗老和别位名家请教的一项机会。

松风草堂的集会,据我所知,最初只有溥心畲、关季笙、关稚云、叶仰曦、溥毅斋(僩,雪老的五弟)几位。后来我渐成长,和溥尧仙(佺,雪老的六弟,少我一岁)继续参加,最后祁井西常来,聚会也快停止了。

松风草堂的集会,心畲先生来时并不经常,但先生每来,气氛必更加热闹。除了合作画外,什么弹古琴、弹三弦、看古字画、围坐聊天,无拘无束,这时我获益也最多。因为登堂请益,必是有问题、有答案,有请教、有指导,总是郑重其事。还不如这类场合中,所见所闻,常有出乎意料之外的东西。我所存在的问题,也许无意中获得理解;我自以为没问题的事物,也许竟自发现另外的解释。现在回忆起来,今天除我之外,自溥雪老至祁井西先生俱已成了古人,临纸记录,何胜凄黯!

我从心畲先生受教的另一种场合是每年萃锦园中许多棵西府海棠开花的时候,先生必以兄弟二人的名义邀请当时的若干文人来园中赏花赋诗。被约请的有清代的遗老,有老辈文人,也有当时有名气的(旧)文人。海棠种在园中西院一座大厅的前面,厅上廊子很宽,院中花下和廊上设些桌椅,来宾随意入座。廊中桌上有签名的素纸长卷,有一大器皿中装着许多小纸卷,签名人随手拈取一个,打开看,里边只写一个字,是分韵作诗的韵字。从来未见主人汇印分韵作诗的集子,大约不一定作的居多。我在那时是后生小子,得参与盛会已足荣幸了,也每次随着拈一个阄,回家苦思冥想,虽不能每次都能作得什么成品,但这一次一次的锻炼,还是受益很多的。

再一种受教的场合,是先生常约几位要好的朋友小酌,餐馆多是什刹海北岸的会贤堂。最常约请的是陈仁先、章一山、沈羹梅诸老先生,我是敬陪末座的小学生,也不敢随便发言。但席间饭后,听诸老娓娓而谈,特别是沈羹梅先生,那种安详周密的雅谈,辛亥前和辛亥后的掌故,不但有益于见闻知识,即细听那一段段的掌故,有头有尾,有分析有评论,就是一篇篇的好文章。可恨当时不会记录,现在回想,如果有录音机录下来,都是珍贵的史料档案。这中间插入别位的评论,更是起画龙点睛的作用。心畲先生的一位新朋友,是李释堪先生,在寒玉堂中常常遇见。我和李先生的长子幼年同学,对这位老伯也就更熟悉些。他和心畲先生常拿一些当时名家的诗文来共同评论,有时也拿起我带去的习作加以指导。他们看后,常常指出哪句是先有的,哪句是后凑的,哪处好,哪处坏。这在今天我也会同样去看学生的作品,但当时我却觉得是很可惊奇的事了。

"举一隅"可以"三隅反",我从先生那里直接或间接受益的,真可说数不清的。《礼记》云:"独学而无友,则孤陋而寡闻。"俚语也说:"投师不如访友。"原因是师是正面的教,友是多方面的启发。师的友,既有从高向下垂教的尊严一面,又有从旁辅导的轻松一面。师的友自然学问修养总比自己同等学力的小朋友丰富高尚的多多,我从这种场合中所受的教益,自是不言可喻的!

总起来说我和心畲先生的关系,论宗族,他是溥字辈的,是我曾祖辈的远房长辈;论亲戚,他相当是我的表叔;论文学艺术,是我一位深承教诲的恩师。若讲最实际的关系,还是这末一条应该是最恰当的。

三 心畲先生的文学修养

先生幼年的启蒙老师和读书的经历,我全无所知。但知道先生早年曾在西郊戒台寺读书,至今戒台寺中还有许多处留有先生的题字。

何以在晚清时候,先生以贵介公子的身份,不在府中家塾读书,却远到西郊一个庙里去读书,岂不与古代寒士寄居寺庙读书一样吗?说来不能不远溯到恭忠亲王。这位老王爷好佛,常游西山或西郊诸寺庙,当然是"大檀越"(施主)了。有一有趣的事,一次戒台寺传戒,老王爷当然是"功德主"。和尚便施展"苦肉计"来吓老施主。有稍犯戒律的一个和尚,戒师勒令他头顶方砖，跪在地上受罚，老王爷代为说情，不许！这还轻些。一次在斋堂午斋，一个和尚手持钵盂放到案上时，立时破裂。戒师便声称戒律规定，要"与钵俱亡"，须将此僧立即打死。老王爷为之劝说，坚决不予宽免。老王爷怒责，僧人越发要严格执行，最后老王爷不得不下台，拂袖而去，只好饬令宛平县知县处理。告诫知县说："如此人被打死，唯你是问！"其实这场闹剧就是演给老王爷看的。有一句谚语，"在京的和尚出外的官"，足以深刻地说明他们的势力问题。当然和尚再凶，也凶不过"现管"的县官，王爷走了，戏也演完了。只从这类事看，恭忠亲王与戒台寺的关系之深，可以想见。那么心畬先生兄弟在寺中读书，不过是一个远些的书房，也就不难理解了。

　　心畬先生幼年启蒙师是谁，我不知道，但知道对他们兄弟（儒、僡二先生）文学书法方面影响最深的是一位湖南和尚永光法师（字海印）。这位法师大概是出于王闿运之门的，专作六朝体的诗，写一笔相当洒脱的和尚风格的字。心畬先生保存着一部这位法师的诗集手稿，在七七事变前夕，他们兄弟二位曾拿着商量如何选定和打磨润色，不久就把选定本交琉璃厂文楷斋木版刻成一册，请杨雪桥先生题签，标题是"碧湖集"。我曾得到红印本一册，今已可惜失落了。心畬先生曾有早年手写石印的《西山集》一册，诗格即如永光，书法略似明朝的王宠，而有疏散的姿态，其实即是永光风格的略为规矩而已。后来看见先生在南方手写的《寒玉堂诗集》，里边还有一个保存着《西山集》的小题，但内容已与旧本不同了。先生曾告诉我说有一本《瀛海坟籟》诗集，是先生与三弟同游日本时的诗稿，但我始终没有见着。可惜的是大约先生的诗词集稿本，可能大部分已经遗失。有许多我还能背诵的，在新印的诗集中已不存在了。下面即举几首为例：

　　《落叶》四首：

　　　　昔日千门万户开，愁闻落叶下金台；
　　　　寒生易水荆卿去，秋满江南庾信哀。
　　　　西苑花飞春已尽，上林树冷雁空来；

平明奉帚人头白，五柞宫前梦碧苔。

微霜昨夜蓟门过，玉树飘零恨若何；
楚客离骚吟木叶，越人清怨寄江波。
不须摇落愁风雨，谁实摧伤假斧柯；
衰谢兰成应作赋，暮年丧乱入悲歌。

萧萧影下长门殿，湛湛秋生太液池；
宋玉招魂犹故国，袁安流涕此何时；
洞房环佩伤心曲，落叶哀蝉入梦思；
莫遣情人怨遥夜，玉阶明月照空枝。

叶下亭皋蕙草残，登楼极目起长叹；
蓟门霜落青山远，榆塞秋高白露寒。
当日西陲征万马，早时南内散千官；
少陵野老忧君国，奔门宁知行路难。

这是先生一次用小行草写在一片手掌大的高丽笺上的，拿给我看，我捧持讽诵，先生即赐予我了。归家珍重地夹在一本保存的师友手札黏册中。这些年几经翻腾，不知在哪个箱中了，但诗句还有深刻的记忆。现在居然默写全了，可见青年时脑子的好用。"时过而后学，则勤苦而难成"，真觉得有"老大徒伤悲"之感！先生还曾在扇面上给我用小行草写过许多首"天津杂诗"，现在也不见于南方所印的诗集中，我总疑是旧稿因颠沛遗失，未必是自己删去的。

先生对于后学青年，一向非常关心，谆谆嘱咐好好念书。我向先生问书画方法和道理，先生总是指导怎样作诗，常常说画不用多学，诗作好了，画自然会好。我曾产生过罪过的想法，以为先生作画每每拿笔那么一涂，并没讲求过什么皴、什么点。教我作好诗，可能是一种搪塞手段。后来我那位学画的启蒙老师贾羲民先生也这样教导我，他们两位并没有商量过啊,这才扭转了我对心畬先生教导的误解。到今天六十年来,又重拾画笔画些小景,不知怎么回事,画完了,诗也有了。还常蒙观者谬奖,说我那些小诗比画好些,使我自忏当年对先生教导的半信半疑。

有一次在听到先生鼓励作诗后,曾问该读哪些家的作品,先生很具体地指示:有一种合印的王维、孟浩然、韦应物、柳宗元四家合集,应该好好地读。我即找来细看:王维的诗曾读过,也爱读的;孟浩然实在无味;柳宗元也不对胃口;只有韦应物使我有清新的感觉,有些作品似比王维还高。这当然只是那时的幼稚感觉,但六十年后的今天,印象还没怎么大变,也足见我学无寸进了!

又一次自己画了一个小扇面,是一个淡远的景色。即模仿先生的诗格题了一首五言律诗,拿着去给先生看。没想到先生看了好久,忽然问我:"这是你作的吗?"我忍着笑回答说:"是我作的。"先生又看,又问,还是怀疑的语气。我不由得笑着反问:"像您作的吧!"先生也大笑着加以勉励。这首诗是:

八月江南岸,平林欲著黄。
清波凝暮霭,鸣籁入虚堂。
卷幔吟秋色,题书寄雁行。
一丘犹可卧,摇落漫神伤。

这次虽承夸奖,但究竟是出于孩子淘气的做作,后来也继续仿不出来了。

先生最不喜宋人黄庭坚、陈师道一派的诗,有一次向我谈起陈师傅(宝琛)的诗,说:"他们竟自学陈后山(师道)。"言下表现出非常奇怪似的开口大笑。我那时由于不懂陈后山,当然也不喜欢陈后山,也就随着大笑。后来听溥雪斋先生谈起陈师傅对心畬先生诗的评论,说:"儒二爷尽作那空唐诗。"是指只模仿唐人腔调和常用的词藻,没有什么自己独具的情感和真实的经历有得的生活体会,所以说"空唐诗"。这个词后来误传为"充唐诗",是不确的。

为什么先生特别喜爱唐诗,这和早年的家教薰习是有关系的。恭忠亲王喜作诗,有《乐道堂集》。另有一部《萃锦吟》,全是集唐人诗句的作品。见者都惊讶怎能集出那么些首?清代人有些集句诗集,像《钉短吟》、《香屑集》之类的,究竟不是多见的。至于《萃锦吟》体裁博大,又出前者之外,所以相当值得惊诧。近几十年前,哈佛燕京学会编印了一部《杜诗引得》,逐字编码,非常精密。有人用来集杜句成诗,即借重这部工具。后来我在故宫图书馆见到一部《唐诗韵汇》是以句为单位,按韵排开,集起来,比用《引得》整齐方便,我才恍然这位老王爷在上书房读书时必然用过这种工具书。而心畬先生偏爱唐诗,未必与此毫无关系。先生对于诗,唐音之外,也还爱"文选体",这大约是受永光法师的影响吧!

四 心畬先生的书艺

心畬先生的书法功力,平心而论,比他画法功力要深得多。曾见清代赵之谦与朋友书信中评论当时印人的造诣,有"天几人几"之说,即是说某一家的成就是天才几分、人力几分。如果借用这种评论方法来谈心畬先生的书画,我觉得似乎可以说,画的成就天分多,书的成就人力多。

他的楷书我初见时觉得像学明人王宠,后见到先生家里挂的一副永光法师写的长联,是行书,具有和尚书风的特色。先师陈援庵先生常说,和尚袍袖宽博,写字时右手提起笔来,左手还要去拢起右手袍袖,所以写出的字,绝无扶墙摸壁的死点画,而多具有疏散的风格。和尚又无需应科举考试,不用练习那种规规矩矩的小楷。如果写出自成格局的字,必然常常具有出人意表的艺术效果。我受到这样的教导后,就留意看和尚写的字。一次在嘉兴寺门外见到黄纸上写"启建道场"四个大斗方,分贴在大门两旁。又一次在崇效寺门外看见一副长联,也是为办道场而题的,都有疏散而近于唐人的风格。问起寺中人,写者并非什么"方外有名书家",只是普通较有文化的和尚。从此愈发服膺陈老师的议论,再看心畬先生的行书,也愈近"僧派"了。

我看到永光法师的字,极想拍照一个影片,但那一联特别长,当时摄影的条件也并不容易,因而竟自没能留下影片。后来又见许多永光老年的字迹,与当年的风采很不相同了。总的来说,心畬先生早年的行楷书法,受永光的影响是相当可观的。

有人问,从前人读书习字,都从临摹碑帖入手,特别楷书几乎没有不临唐碑的,难道心畬先生就没临过唐碑吗?我的回答是,从前学写字的人,无不先临楷书的唐碑,是为了应考试的基本功夫。但不能写什么都用那种死板的楷体,必须有流动的笔路,才能成行书的风格。例如用欧体的结构布下基础,再用赵体的笔画姿态和灵活的风味去把已有结构加活,即叫做"欧底赵面"(其他某底某面,可以类推)。据我个人极大胆地推论心畬先生早年的书法途径,无论临过什么唐人楷书的碑版,及至提笔挥毫,主要的运笔办法,还是从永光来的,或者可说"碑底僧面"。

据我所知,心畬先生不是从来没临过唐碑,早年临过柳公权的《玄秘塔碑》,后来临过裴休的《圭峰碑》,从得力处看,大概在《圭峰碑》上所用功夫最多。有时刀斩斧齐的笔画,内紧外松的结字,都是《圭峰碑》的特点。接近五十多岁时,写的字特别像成亲王(永瑆)的精楷样子,也见到先生不惜重资购买成王的晚年楷书。当时我曾以为是从柳、裴发展出来,才接近成王,喜好成王。不对,颠倒了。我们旗下人写字,可以说没有不从成王入手,甚至以成王为最高标准的,心畬先生岂能例外!现在我明白,先生中年以后特别喜好成王,正是反本还原的现象,或者是想用严格的楷法收敛早年那种疏散的永光体,也未可知。

先生家藏的古法书,真堪敌过《石渠宝笈》。最大的名头,当然要推陆机的《平复帖》,其次是唐摹王羲之《游目帖》,再次是《颜真卿告身》,再次是怀素的《苦笋帖》。宋人字有米芾五札、吴说游丝书等。先生曾亲手双勾《苦笋帖》许多本,还把勾本令刻工上石。至于先生自己得力处,除《苦笋帖》外,则是《墨妙轩帖》所刻的《孙过庭草书千字文》,这也是先生常谈到的。其实这卷《千文》是北宋末南宋初的一位书家王升的字迹。王升还有一本《千文》,刻入《岳雪楼帖》和《南雪斋帖》,与这卷的笔法风格完全一致。这卷中被人割去尾款,在《千文》末尾半行空处添上"过庭"

二字,不料却还留有"王升印章"白文一印。王升还有行书手札,与草书《千文》的笔法也足以印证。论其笔法,圆润流畅,确极妍妙,很像米临王羲之帖,但毕竟不是孙过庭的手迹。后来先生得到延光室(出版社)的摄影本《书谱》,临了许多次。有一天告诉我说:"孙过庭《书谱》有章草笔法。"我想《书谱》中并无任何字有章草的笔势,先生这种看法从何而来呢?后来了然,《书谱》的字,个个独立,没有连绵之处。比起王升的《千文》,确实古朴得多。先生因其毫无连绵之处的古朴风格,便觉近于章草,是完全可以理解的。米芾说唐人《月仪帖》"不能高古",是"时代压之",那么王升之比孙过庭,当然也是受时代所压了。最可惜的是先生平时临帖极勤,写本极多,到现在竟自烟消云散,平时连一本也不易见了,思之令人心痛。

先生藏米芾书札五件,合装为一卷,清代周于礼刻入《听雨楼帖》的。五帖中被人买走了三帖,还剩下《春和》、《腊白》二帖,先生时常临写。还常临其他米帖,也常临赵孟頫帖。先生临米帖几乎可以乱真,临赵帖也极得神韵,只是常比赵的笔力挺拔许多,容易被人看出区别。古董商人常把先生临米的墨迹,染上旧色,裱成古法书的手卷形式,当做米字真迹去卖。去年我在广州一位朋友家见到一卷,这位朋友是个老画家,看出染色做旧色的问题,费钱虽不多,但是疑团始终不解:既非真迹,却又不是双勾廓填。既是直接放手写成,今天又有谁有这等本领,下笔便能这样自然痛快地"乱真"呢?偶然拿给我看,我说穿了这种情况,这位朋友大为高兴,重新装裱,令我题了跋尾。

先生有一段时间爱写小楷,把好写的宣纸托上背纸,接裱成长卷,请纸店的工人画上小方格,好像一大卷连接的稿纸,只是每个小方格都比稿纸的小格大些。常见先生用这样小格纸卷抄写古文。庾信的《哀江南赋》不知写了几遍,常对我说:"我最爱这篇赋。"诚然,先生的文笔也正学这类风格。曾见先生撰写的《灵光集序》手稿,文章冠冕堂皇,多用典故,也即是庾信一派的手法。可惜的是这些古文章小楷写本,今天一篇也见不着,先生的文稿也没见到印本。

项太夫人逝世时，正当抗战之际，不能到祖茔安葬，只得停灵在地安门外鸦儿胡同广化寺，髹漆棺木。在朱红底色上，先生用泥金在整个棺柩上写小楷佛经，极尽辉煌伟丽的奇观，可惜没有留下照片。又先生在守孝时曾用注射针撒出自己身上的血液，和上紫红颜料，或画佛像，或写佛经，当时施给哪些庙中已不可知，现在广化寺内是否还有藏本，也不得而知了。后来项太夫人的灵柩髹漆完毕，即厝埋在寺内院中，先生也还寓在寺中方丈室内。我当时见到室内不但悬挂有先生的书画，即隔扇上的空心处（每扇上普通有两块），也都有先生的字迹，临王、临米、临赵的居多，现在听说也不存在了。

先生好用小笔写字，自己请笔工定制一种细管纯狼毫笔，比通用的小楷笔可能还要尖些、细些。管上刻"吟诗秋叶黄"五个字，一批即制了许多支。曾见从一个大匣中取出一支来用，也不知曾制过几批。先生不但写小字用这种笔，即写约二寸大的字，也喜用这种笔。

先生臂力很强，兄弟二位幼年都曾从武师李子濂先生习太极拳，子濂先生是大师李瑞东先生的子或侄（记不清了）。瑞东先生是硬功一派太极拳的大师，不知由于什么得有"鼻子李"的绰号。心畬、叔明两先生到中年时还能穿过板凳底下往来打拳，足见腰腿可以下到极低的程度。溥雪斋先生好弹琴，有时也弹弹三弦。一次在雪老家中（松风草堂的聚会中），我正在里间屋中作画，宾主几位在外间屋中各做些事，有的人弹三弦。忽然听到三弦的声音特别响亮了，我起坐伸头一看，原来是心畬先生弹的。这虽是极小的一件事，却足以说明先生的腕力之强。大家都知道写字作画都是以笔为主要工具，用笔当然不是要用大力、死力，但腕力强的人，行笔时，不致疲软，写出、画出的笔画，自然会坚挺的多。心畬先生的画凡见笔画线条处，无不坚刚有力，实与他的腕力有极大关系。

先生执笔，无名指常蜷向掌心，这在一般写字的方法上是不适宜的。关于用笔的格言，有"指实掌虚"之说，如果无名指蜷向掌心，掌便不够虚了。但这只是一般的道理，在腕力真强的人，写字用笔的动力，是以腕为枢纽，所以掌即不够虚也无关紧要了。先生写字到兴高采烈时，末笔写完,笔已离开纸面,手中执笔,还在空中抖动,旁观者喝彩,先生常抬头张口,向人"哈"的一声,也自惊奇地一笑,好似向旁观者说:"你们觉得惊奇吧!"

五 心畲先生的画艺

心畲先生的名气,大家谈起时,至少画艺方面要居最大、最先的位置,仿佛他平生致力的学术必以绘画方面为最多。其实据我所了解,却恰恰相反。他的画名之高,固然由于他的画法确实高明,画品风格确实与众不同,社会上的公认也是很公平的。但是若从功力上说,他的绘画造诣,实在是天资所成,或者说天资远在功力之上,甚至竟可以说:先生对画艺并没用过多少苦功。有目共见的,先生得力于一卷无款宋人山水,从用笔至设色,几乎追魂夺魄,比原卷甚或高出一筹,但我从来没见过他通卷临过一次。

话又说回来,任何学术、艺术,无论古今中外,哪位有成就的人,都不可能是凭空就会了的,不学就能了的,或写出画出他没见过的东西的。只是有人"闻(或见)一以知十",有的人"闻(或见)一以知二"(《论语》)罢了。前边说心畲先生在绘画上天资过于功力,这是二者比较而言的,并非眼中一无所见,手下一无所试便能画出"古不乖时、今不同弊"(《书谱》)的佳作来。心畲先生家藏古画和古法书一样有许多极其名贵之品,据我所知所见,古画首推唐韩干画马的《照夜白图》(古摹本);其次是北宋易元吉的《聚猿图》,在山石枯树的背景中,有许多猴子跳跃游戏。卷并不高,也不太长,而景物深邃,猴子千姿百态,后有钱舜举题。世传易元吉画猿猴真迹也有几件,但绝对没有像这卷精美的。心畲先生也常画猴,都是受这卷的启发,但也没见他仔细临过这一卷。再次就要属那卷无款宋人《山水》卷,用笔灵奇,稍微有一些所谓"北宗"的习气,所以有人曾怀疑它出于金源或元明的高手。先不管它是哪朝人的手笔,以画法论,绝对是南宋一派,但又不是马远、夏珪等人的路子,更不同于明代吴伟、张路的风格。淡青绿设色,色调也不同于北宋的成法。先生家中堂屋里迎面大方桌的两旁挂着两个扁长四面绢心的宫灯,海面绢上都是先生自己画的山水。东边四块是节临的夏珪《溪山清远图》,那时这卷刚有缩小的影印本,原画是墨笔的,先生以意加以淡色,竟似宋人原本就有设色的感觉;西边四块是节临那个无款山水卷,我每次登堂,都必在两个宫灯之下仰头玩味,不忍离去。后来见到先生的画品多了,无论什么景物,设色的基本调子,总有接近这卷之处。可见先生的画法,并非毫无古法的影响,只是绝不同于"寻行数墨"、"按模脱墼"的死学而已。禅家比喻天才领悟时说,"从门入者,不是家珍",所以社会上无论南方北方,学先生画法的画家不知多少,当然有从先生的阶梯走上更高更广的境界的;也有专心模拟乃至仿造以充先生真迹的。但那些仿造品很难"丝丝入扣",因为有定法的,容易模拟;无定法的,不易琢磨。像先生那种腕力千钧,游行自在的作品,真好似和仿造的人开玩笑捉迷藏,使他们无法找着。

  我每次拿自己的绘画习作向先生请教时,先生总是不大注意看,随便过目之后,即问:"你作诗了没有?"这问不倒我,我摸着了这个规律,凡拿画去时,必兼拿诗稿,一问立即呈上。有时索性题在画上,使得先生无法分开来看。我又有时问些关于绘画的问题,抽象些的问画境标准,具体些的问怎么去画。而先生常常是所答非所问,总是说"要空灵",有一次竟自发出一句奇怪的话,说"高皇子孙的笔墨没有不空灵的",我听了几乎要笑出来。"高皇子孙"与"笔墨空灵"有什么相干呢?但可理解,先生的笔墨确实不折不扣的空灵,这是他老先生自我评价,也是愿把自己的造诣传给后学,但自己是怎样得到或达到空灵的境界,却无法说出,也无从说起。为了鼓励我,竟自憋出那句莫名其妙而又天真有趣的话来,是毫不可怪的!

  由于知道了先生的画法主要得力于那卷无款山水,总想何时能够临摹把玩，以为能得探索这卷的奥秘，便能了解先生的画诣。虽然久存渴望，但不敢启齿借临。因知这卷是先生夙所宝爱，又知它极贵重，恐无能得借出之理。真凑巧，一次我在旧书铺中见到一部《云林一家集》，署名是清素主人选定，是选本唐诗，都属清微淡远一派的。精钞本数册，合装一函，书铺不知清素是谁，定价较廉，我就买来，呈给先生，先生大为惊喜，说这稿久已遗失，正苦于寻找不着。问我价钱，我当然表示是诚心奉上。先生一再自言自语地说："怎样酬谢你呢？"我即表示可否赐借那卷山水画一临，先生欣然拿出，我真不减于获得奇宝。抱持而归，连夜用透明纸勾摹位置，不到一月间临了两卷。后来用绢临的一本比较精彩，已呈给了陈援庵师，自己还留有用纸临的一本。我的临本可以说连山头小树、苔痕细点，都极忠实地不差位置，回头再看先生节临的几段，远远不及我钩摹的那么准确，但先生的临本古雅超脱，可以大胆地肯定说竟比原件提高若干度（没有恰当的计算单位，只好说"度"）。再看我的临本，"寻枝数叶"，确实无误，甚至如果把它与原卷叠起来映光看去，敢于保证一丝不差，但总的艺术效果呢？不过是"死猫瞪眼"而已！因此放在箱底至今已经六十年，从来未再一观，更不用说拿给朋友来看了。今天可以自慰的，只是还有惭愧之心吧！

先生家藏明清人画还有很多，如陈道复的《设色花卉》卷，周之冕的《墨笔百花图》卷，沈士充设色分段《山水》卷、设色《桃源图》卷双璧。最可惜的是一卷赵文度绢本《山水》，竟被做成"贴落"，糊在东窗上边横楣上。还有一小卷设色米派山水，有许多名头不显的明代人题。号称米友仁，实是明人画。《桃源图》不知何故发现于地安门外一个小古玩铺，为我的一位老世翁所得，我又获得像临无款宋人山水卷那样仔细勾摹了两次，现在有一卷尚存箱底，也已近六十年没有再看过。我学画的根底功夫，可以说是从临摹这两卷开始，心畲先生对于绘画方法，虽较少具体指导，但我所受益的，仍与先生藏品有关，不能不说是胜缘了。

先生作画，有一毛病，无可讳言：即是懒于自己构图起稿。常常令学生把影印的古画用另纸放大，是用比例尺还是用幻灯投影，我不知道。

先生早年好用日本绢,绢质透明,罩在稿上,用自己的笔法去勾写轮廓。我记得有一幅罗聘的《上元夜饮图》,先生的临本,笔力挺拔,气韵古雅,两者相比,绝像罗临溥本。诸如此类,不啻点铁成金,而世上常流传先生同一稿本的几件作品,就给作伪者留下鱼目混珠的机会。后来有时应酬笔墨太多太忙时,自己勾勒出主要的笔道,如山石轮廓、树木枝干、房屋框架,以及重要的苔点等等,令学生们去加染颜色或增些石皴树叶。我曾见过这类半成品,上边已有先生亲自署款盖章。有人持来请我鉴定,我即为之题跋,并劝藏者不必请人补全,因为这正足以见到先生用笔的主次、先后,比补全的作品还有价值。我们知道元代黄子久的《富春山居图》有作者自跋,说明这卷是尚未画完的作品。因为求者怕别人夺去,请他先题上是谁所有,然后陆续再补。又屡见明代董其昌有许多册页中常有未完成的几开。恐怕也是出于这类情况。心畬先生有一件流传的故事,谈者常当做笑柄,其实就是这种普通情理,被人夸张。故事是有一次求画人问先生,所求的那件画成了没有?先生手指另一房屋说:"问他们画得了没有?"这句话如果孤立地听起来,好像先生家中即有许多代笔伪作,要知道先生的书画,只说那种挺拔力量和特殊的风格,已是没有任何人能够完全相似的。所谓"问他们画成"的,只是加工补缀的部分,更不可能先生的每件作品都出于"他们"之手。"俗语不实,流为丹青",这件讹传,即是一例。

先生画山石树木,从来没有像《芥子园画谱》里所讲的那么些样子的皴法、点法和一些相传的各派成法。有时勾出轮廓,随笔横着竖着任笔抹去,又都恰到好处,独具风格。但这种天真挥洒的性格,却不宜于画在近代所制的一些既生又厚的宣纸上,由于这项条件的不适宜,又出过一次由误会造成的佳话。一次有人托画店代请先生画一大幅中堂,送去的是一幅新生宣纸。先生照例是"满不在乎"地放手去画,甚至是去抹,结果笔到三分处,墨水浸淫,却扩展到了五六分,不问可知,与先生的平常作品的面目自然大不相同。当然那位拿出生宣纸的假行家是不会愿意接受的。这件生纸作品,反倒成了画店的奇货。由于它的艺术效果特殊，竟被赏鉴家出重价买去了。

我从幼年看到先祖拿起我手中小扇，随便画些花卉树石，便发生奇妙之感，懵懂的童心曾想，我大了如能做一个画家该多好啊！十几岁时拜贾羲民先生为师学画，贾先生又把我介绍给吴镜汀先生去学，但我的资质鲁钝，进步很慢，现在回忆，实在也由于受到《芥子园》一类成法束缚，每每下笔之前总是先想什么皴什么点，稍听老师说过什么家什么派，又加上家派问题的困扰。大约在距今六十年的那个癸酉年，一次在寒玉堂中大开了眼界，虽没能如佛家道家所说一举超生，但总算解开了层层束缚，得了较大的自在。

那次盛会是张大千先生来到心畲先生家中做客，两位大师见面并无多少谈话，心畲先生打开一个箱子，里边都是自己的作品，请张先生选取。记得大千先生拿了一张没有布景的骆驼，心畲先生当时题写上款，还写了什么题语我不记得了。一张大书案，二位各坐一边，旁边放着许多张单幅的册页纸。只见二位各取一张，随手画去。真有趣，二位同样好似不假思索地运笔如飞。一张纸上或画一树一石、或画一花一鸟，互相把这种半成品掷向对方，对方有时立即补全，有时又再画一部分又掷回给对方。大约不到三个多小时，就画了几十张。这中间还给我们这几个侍立在旁的青年画几个扇面。我得到大千先生画的一个黄山景物的扇面，当时心畲先生即在背后写了一首五言律诗，保存多少年，可惜已失于一旦了。那些已完成或半完成的册页，二位分手时各分一半，随后补完或题款。这是我平生受到最大最奇的一次教导，使我茅塞顿开。可惜数十年来，画笔抛荒，更无论艺有寸进了。追念前尘，恍如隔世。唉，不必恍然，已实隔世了！

先生的画作与社会见面，是很偶然的。并非迫于资用不足之时，生活需用所迫，因为那时生活还很丰裕的。约在距今六十多年前，北京有一位溥老先生，名勋，字尧臣，喜好结交一些书画家，先由自己爱好收集，后来每到夏季便邀集一些书画家各出些扇面作品，举行展览。各书画家也乐于参加，互相观摩，也含竞赛作用，售出也得善价。这个展览会标题为"扬仁雅集",取《世说新语》中谈扇子"奉扬仁风"的典故。心畬先生是这位老先生的远支族弟,一次被邀拿出十几件自己画成收着自玩的扇面参展,本是"凑热闹"的。没想到展出之后立即受观众的惊讶,特别是易于相轻的"同道"画家,也不禁诧为一种新风格、新面目。但新中有古,流中有源。可以说得到内外行同声喝彩。虽然标价奇昂,似是每件二十元银元,但没有几天,竟自被买走绝大部分。这个结果是先生自己也没料到的。再后几年,先生有所需用,才把所存作品大小各种卷轴拿出开了一次个人画展。也是几乎售空,从此先生累积的自珍精品,就非常稀见了。

六 余论

评论文学艺术,必须看到当时的背景,更需要看作者自己的环境和经历。人的性格虽然基于先天,而环境经历影响他的性格,也不能轻易忽视。我对于心畬先生的文学艺术以及个人性格,至今虽然过数十年了,但每一闭目回忆,一位完整的、特立独出的天才文学艺术家即鲜明生动地出现在眼前。先生为亲王之孙、贝勒之子,成长在文学教育气氛很正统、很浓郁的家庭环境中。青年时家族失去特殊的优越势力,但所余的社会影响和遗产还相当丰富,这包括文学艺术的传统教育和文物收藏,都培育了这位先天本富、多才多艺的贵介公子。不沾日伪的边,当然首先是学问气节所关,也不是没有附带的因素。许多清末老一代或中一代的亲贵有权力矛盾的,对"慈禧太后"常是怀有深恶的,先生对那位"宣统皇帝"又是貌恭而腹诽的,大连还有嫡兄嗣王。自己在北京又可安然地、富裕地做自己的"清代遗民"的文学艺术家,又何乐而不为呢!

文学艺术的陶冶,常需有社会生活的磨炼,才能对人情世态有深入的体会。而先生却无需辛苦探求,也无从得到这种磨炼,所以作诗随手即来的是那些"六朝体"和"空唐诗"。写自然境界的,能学王、韦,不能学陶。在文章方面喜学六朝人,尤其爱庾信的《哀江南赋》,自己用小楷写了不知几遍。但《哀江南赋》除起首四句有具体的"戊辰之年、建亥之月,大盗移国,金陵瓦解"之外,全用典故堆砌,与《史记》、《漠书》以来唐宋八家的那些丰富曲折的深厚笔法,截然不同。我怀疑先生的文风与永光和尚似乎也不无关系。但我确知先生所读古书,极其综博。藏园老人傅沅叔先生有时寄居颐和园中校勘古书,一次遇到一个有关《三国志》的典故出处,就近和同时寄居颐和园中的心畬先生谈起,心畬先生立即说出见某人传中,使藏园老人深为惊叹,以为心畬先生不但学有根底,而且记忆过人。又一次看见先生阅读古文,一看作者,竟是权德舆,又足见先生不但阅读唐文,而且涉及一般少人读的作家。那么何以偏作那些被人讥诮为"说门面话"的文章呢,不难理解,没有那种磨炼,可说是个人早年的幸福,但又怎能要求他作出深挚情感的文章、具有委婉曲折的笔法! 不止诗文,即常用以表达身世的别号,刻成印章的像"旧王孙"、"西山逸士"、"咸阳布衣"等,都是比较明显而不隐僻的,大约是属于同样原因。

还有一事值得表出的:以有钱、有地位、有名望年轻时代的心畬先生,一般看来,在风月场中,必有不少活动,其实并不如此。先生有姜媵,不能说"生平不二色",但从来不搞花天酒地的事。晚年宁可受制于箧室,也不肯"出之",不能不算是一位"不三色"的"义夫"!

先生以书画享大名,其实在书上确实用过很大功夫,在画上则是从天资、胆量和腕力得来的居最大的比重。总之,如论先生的一生,说是诗人,是文人,是书人,是画人,都不能完全无所偏重或罣漏,只有"才人"二字,庶几可算比较概括吧!

玩物而不丧志

"玩物丧志"这句话,见于所谓伪古文《尚书》,好似"玩物"和"丧志"是有必然因果关系的。近代番禺叶遐庵先生有一方收藏印章,印文是"玩物而不丧志"。表面似乎很浅,易被理解为只是声明自己的玩物能够不至丧志,其实这句印文很有深意,正是说明玩物的行动,并不应一律与丧志连在一起,更不见得每一个玩物者都必然丧志。

我的一位挚友王世襄先生,是一位最不丧志的玩物大家。"大家"二字,并非专指他名头高大,实为说明他的玩物是既有广度,又有深度。先说广度:他深通中国古典文学,能古文,能骈文,能作诗,能填词。外文通几国的我不懂,但见他不待思索地率意聊天,说的是英语。他写一手欧体字,还深藏若虚地画一笔山水花卉。喜养鸟、养鹰、养猎犬、能打猎;喜养鸽,收集鸽哨;养蟋蟀等虫,收集养虫的葫芦。玩葫芦器,就自己种葫芦,雕模具。制成的葫芦器,上有自己的别号,曾流传出去,被人误认为古代制品,印入图录,定为乾隆时物。

再说深度:他对艺术理论有深刻的理解和透彻的研究。把中国古代绘画理论条分缕析,使得一向说得似乎玄妙莫测而且又千头万绪的古代论画著作，搜集爬梳，即使纷繁纳入条理，又使深奥变为显豁。读起来，那些抽象的比拟，都可以了如指掌了。

王先生于一切工艺品不但都有深挚的爱好，而且都要加以进一步的了解。不辞劳苦地亲自解剖。所谓"解剖"，不仅指拆开看看，而是从原料、规格、流派、地区、艺人的传授等等，无一不要弄得清清楚楚。为弄清楚，常常谦虚地、虔诚地拜访民间老工艺家求教。因此，一些晓市、茶馆，黎明时民间艺人已经光临，他也绝不迟到，交下了若干行业中有若干项专长绝技的良师益友。"相忘江湖"，使得那些位专家对这位青年，谁也不管他是什么家世、学历、工作，更不用说有什么学问著述，而成了知己。举一个有趣的小例：他爱自己炒菜，每天到菜市排队。有一位老庖师和他谈起话来说："干咱们这一行……"，就这样把他真当成"同行"。因此也可以见他的衣着、语言、对人的态度，和这位老师傅是如何地水乳，使这位老人不疑他不是"同行"。

王先生有三位舅父，一位是画家，两位是竹刻家。那位画家门生众多，是一位宗师，那两位竹刻家除留下刻竹作品外，只有些笔记材料，交给他整理。他于是从头讲起，把刻竹艺术的各个方面周详地叙述，并阐发亲身闻见于舅氏的刻竹心得，出版了那册《刻竹小言》，完善了也是首创了刻竹艺术的全史。

他爱收集明清木器家具，家里院子大、房屋多，家具也就易于陈设欣赏。忽然全家凭空被压缩到一小间屋中去住，一住住了十年。十年后才一间一间地慢慢松开。家具也由一旦全部被人英雄般地搬走，到神仙般地搬回，家具和房屋的矛盾是不难想象的。就是这样地搬走搬回，这不止一次。那么家具的主人又是如何把这宗体积大、数量多的木器收进一间、半间的"宝葫芦"中呢？毫不神奇，主人深通家具制造之法，会拆卸，也会攒回，他就拆开捆起，叠高存放。因为怕再有英雄神仙搬来搬去，就没日没夜地写出有关明式家具的专书，得到海内外读者的剧烈喝彩。

最近又掏出尘封土积中的葫芦器，其中有的是他自己种出来的。制造器皿的过程是从画式样、旋模具起，经过装套在嫩小葫芦上，到收获时打开模子,选取成功之品,再加工镶口装盖以至髹漆葫芦器里子等。可以断言,这比亲口咀嚼"粒粒辛苦"的"盘中餐",滋味之美,必有过之而无不及!现在和那些木器家具一样,免于再积入尘土,赶紧写出这部《说葫芦》专书,使工艺美术史上又平添出一部重要的科学论著。我们优先获得阅读的人,得以分尝盘中辛苦种出的一粒禾,其幸福欣慰之感,并不减于种禾的主人。

写到这里,不能不再谈王先生深入研究的一项大工艺,他全面地、深入地研究漆工的全部技术。不止如上说到的漆葫芦器里子。大家都知道,木器家具与漆工是密不可分的。王先生为了真正地、内行地、历史地了解漆工技术,我确知他曾向多少民间老漆工求教。众所周知,民间工艺家,除非是自己可信的门徒是绝不轻易传授秘诀的。也不必问王先生是否屈膝下拜过那些身怀绝技的老师傅。但我敢断言,他所献出的诚敬精神,定比有形的屈膝下拜高多少倍,绝不是向身怀绝艺的人颐指气使地命令说"你们给我掏出来"所能获得的。我听说过漆工中最难最高的技术是漆古琴和修古琴,我又知王先生最爱古琴,那么他研究漆工艺术是由古琴到木器,还是由木器到古琴,也不必询问了。他注解过唯一的一部讲漆工的书《髹饰录》。我们知道,注艺术书注词句易,注技术难。王先生这部《髹饰录解说》不但开辟了艺术书注解的先河,同时也是许多古书注解所不能及的。如果有人怀疑我这话,我便要问他,《诗经》的诗怎么唱?《仪礼》的仪节什么样?周鼎商彝在案上哪里放?古人所睡是多长多宽的炕?而《髹饰录》的注解者却可以盎然自得地傲视郑康成。这一段话似乎节外生枝,与葫芦器无关。但我要郑重地敬告读者:王世襄先生所著的哪怕是薄薄的一本小册,内容讲的哪怕是区区一种小玩具,他所倾注的心血精力,都不减于对《髹饰录》的注解。

旧时社会上的"世家"中,无论为官的、有钱的、读书的,有所玩好,都讲"雅玩"。"雅"字不仅是艺术的观念,也是摆出身份的标准。"玩"字只表示是居高临下的欣赏,不表示研究。其实不研究的欣赏,没有不是"假行家"。而"假行家"又"上大瘾"的,就没有不丧志的。怎样丧志,不外乎巧取豪夺,自欺欺人,从丧志沦为丧德。而王世襄先生的"玩物",不是"玩物"而是"研物";他不但不曾"丧志"而是"立志"。他向古今典籍、前辈耆献、民间艺师取得的和自己几十年辛苦实践相印证,写出了这些部已出版、未出版、将出版的书。可以断言,这一本本、一页页、一行行、一字字,无一不是中华民族文化的注脚,并不止《说葫芦》这一本!

文征明原名和他写的《落花诗》

明代吴门文学巨匠宗师,多半身兼诗书画三绝之艺,即仕宦显赫的王鏊、吴宽之流,虽未见丹青遗笔,至少也是诗书兼擅的。三绝的大家,首推沈周,其次是文壁、唐寅。沈氏布衣终生,文氏仅官待诏,唐氏中了个解元还遭到斥革。但他们的名声远播,五百年来可以说是"妇孺皆知"。唐氏又经小说点染,名头之大,甚至超过沈、文,更不用说什么王宰相、吴尚书了。

这些位文艺大师,绝非是只凭书画而得虚名的,即以书画论,他们也从来没有靠贬低别人而窃登艺术宝座,更没有自称大师而忝居领袖高名。他们的真迹固然与日月同光,即在当时就有若干人伪作他们的书画,明代人记载屡次提到他们遇到这类情况,不但不加辩驳,甚至还成全贫穷朋友,宁肯在拿来的伪品上当面题字,使穷朋友多卖几个钱,而有钱的人买了真题假画,也损失不到多么巨大。而穷苦小名家得几吊钱,却可以维持一时的生活。所以明代记载这类事迹的文章,并不同于揭发沈、文诸公什么隐私,而是当做美德来称赞的。

这些位三绝大家,首推沈周。沈氏的诗笔敏捷,接近唐代的白居易。常常信笔一挥,趣味极其深厚而且自然。有一次他作了十首

《落花诗》，不久即有许多人和作。沈氏接着又作十首，再有人和，他再作十首。据已知的和者，有文壁、徐祯卿、吕㦂、唐寅，而沈周自己竟作了三十首。这些诗除曾见沈、唐自写本外，文氏以小楷抄录本流传最多，文氏写本，不仅写了他自己的和作，还常连带写了沈、徐、吕氏的诗。遗憾的是我所见各件文氏小楷写本卷子，多数是伪品，只有一卷真迹，还被不学的人妄加笔划和伪印，但究竟无碍它主体真实的价值。

这卷文氏小楷书《落花诗》真迹，是香港大鉴赏家刘均量先生（作筹）虚白斋中的藏品，刘先生早年受教于黄宾虹先生，不但自己擅画山水，而鉴别古书画，尤具特识。每遇流传名迹，常常看到深处、微处，绝不轻信著录。毕识又博，经验又多，所以一些伪品是瞒不过他的眼睛的。我最佩服而且喜欢听他的议论，遇到他指示伪品的伪在何处，常常使人拍案叫绝！他藏的这卷《落花诗》，不但楷法精工，而且署名无讹，可称是我平生所见文氏所写这一组诗的许多卷中唯一可证可信的一卷真品。理由如下：

文氏名壁（从土），字征明。兄名奎、弟名室，都用星宿名。约在四十岁后，以字行，又取字征仲。不知什么时候有人误传文征明原名璧（从玉），还加了一个故事，说因为宋末伟人文天祥抗敌被执，不屈而死，其子名璧（从玉），出仕元朝。文征明耻与同名，才以字行。按文征明二十多岁时，即以文章得名，受到老辈重视，并与同时名流文人定交，不应直到四十多岁才知道那个仕于元朝的文璧。即使果真知道的不早，但也会懂得土做的墙壁和玉做的拱璧不是同样的东西。可以说是避所不必避，改所不必改。于是出现了许多玉璧名款的文氏书画。又有人说两种写法名款的作品都是真迹，岂非咄咄怪事！清代同治时吴县叶廷琯撰《鸥陂渔话》卷一有一条题为《文衡山旧名》，详细考证文氏弟兄之名是星宿名的字，是土壁而非玉璧。此书流行版本很多，并不稀见。

清光绪时苏州顾文彬把所藏的法书刻成《过云楼帖》，第八册中节刻了文氏小楷所写《落花诗》。原卷计有沈氏诗三十首，文氏与徐祯卿、吕㦂各十首，共六十首。顾氏刻时刻了沈、文诗各十首和文氏一跋，见顾氏附刻的自书短跋。这二十首诗和一跋中，文氏自书名字处，都是从玉的璧。奇怪的是顾氏与叶氏同是苏州人（顾元和、叶吴县）时代又极接近，似乎未见叶氏的书，或是不承认叶氏的说法，或者他就是"二者都真"论的创始人。

刘氏虚白斋藏的这卷，次序是：沈周十首、文壁十首、徐祯卿十首、沈周十首、吕㦂十首、沈周十首、文壁一跋。其中文氏署名处凡五见，沈诗首唱十首后，文氏和答十首，题下署名文壁，那个土字中间一竖写得微短，遂给"玉璧说"者留下了空子，在"土"字上边挤着添了一小横，总算符合"玉璧说"了，谁知此人性子太急，见了土字就加小横，却没料到，文氏跋中还有四个"壁"字，那些土字都写得紧靠上边的口字，竟自无处下手去添那一小横，只成一玉四土，即投票选举，也不能不承认"土"字胜利了。不知何故，文氏未钤印章，于是"玉璧说"者又得机会，加盖了"文壁（从玉）印"和"衡山"两方假印。"文璧印"从"玉"自然不真，"衡山"印和真印校对也不相符。这两处蛇足，究竟无损于真迹。

文征明自己精楷所录的这卷师友诗篇，何以末尾不盖印章，这有两种可能：一是写成后还未盖印就被别人拿走了；二是自己感觉有不足处，再为重写，这卷暂置一旁，所以未盖印章。我做第二个推测的理由是，文征明学画于沈周、学文于吴宽、学书于李应祯，每谈到这三位老师时，总是说"我家沈先生、我家吴先生、我家李先生"（何良俊《四友斋丛说》）。这卷中徐祯卿、吕㦂的诗题中都称"石田先生"，而文氏自己的十首诗题却只题"和答石田落花十首"，分明是写漏了"先生"二字。又最后一首诗第三句"感旧最闻前度（客）"，写漏了"客"字，补写在最末句之下。文氏真迹中添注漏字、误字处极少，可见他下笔时的谨严。任何人录写诗文，不可能绝无错字漏字时，所以没有的，只是不把有错漏字的拿出来而已。这类事如在其他文人手下，本算不了什么问题，而在平生拘谨又极尊师的文征明先生来说，便应算是一件大事。所以写完了一卷，不忍弃去，又不愿算它是"正本"，便不盖印章。窃谓如此猜测，情理应该不远，不但虚白斋主人可能点头，即文氏有知，也会嘉奖我能深体他尊师的夙志！

我心目中的郑板桥

《书法丛刊》要出一辑郑板桥的专号,编辑同志约我写一篇谈郑板桥的文章。不言而喻,《书法丛刊》里的文章,当然是要谈郑板桥的书法。但我的腔子里所装的郑板桥先生,却是一大堆敬佩、喜爱、惊叹、凄凉的情感。一个盛满各种调料的大水桶,钻一个小孔,水就不管人的要求,酸甜苦辣一起往外流了。

我在十几岁时,刚刚懂得在书摊上买书,看见一小套影印的《郑板桥集》,底本是写刻的木板本,作者手写的部分,笔致生动,有如手迹,这有一些印章,也很像钤印上的,在我当时的眼光中,竟自是一套名家的字帖和印谱。回来细念,诗,不懂的不少;词,不懂句读,自然不懂的最多。读到《道情》,就觉得像作者亲口唱给我听似的,不论内容是什么,凭空就像有一种感情,从作者口中传入我的心中,十几岁的孩子,没经历过社会上的机谋变诈,但在祖父去世后,孤儿寡母的凄凉生活,也有许多体会。虽与《道情》所唱,并不密合,不知什么缘故,曲中的感情,竟自和我的幼小心灵融为一体。及至读到《家书》,真有几次偷偷地掉下泪来。我在祖父病中,家塾已经解散,只在邻巷亲戚的家塾中附学,祖父去世后,更只有在另一家家塾中附学。我深尝附学学生的滋味。《家书》中所写家塾主人对附学生童的体贴，例如看到生童没钱买川连纸做仿字本，要买了在"无意中"给他们。这"无意中"三字，有多么精深巨大的意义啊！我稍稍长大些，又看了许多笔记书中所谈先生关心民间疾苦的事，和做县令时的许多政绩，但他最后还是为擅自放赈，被罢免了官职。前些年，有一位同志谈起郑板桥和曹雪芹，他都用四个字概括他们的人格和作品，就是"人道主义"在当时哪里敢公开地说，更无论涉及板桥的清官问题了。

及至我念书多些了，拿起《板桥集》再念，仍然是那么新鲜有味。有人问我："你那样爱读这个集子，它的好处在哪里？"我的回答是"我懂得"。这时的懂得，就不只是断句和典故的问题了。对这位不值得多谈的朋友，这三个字也就够了，他若有脑子，就自己想去吧！又有朋友评论板桥的诗词，多说"未免俗气"，我也用"我懂得"三字说明我的看法。

板桥的书法，我幼年时在一位叔祖房中见一付墨拓小对联，问叔祖"好在哪里"？得到的解说有些听不懂，只有一句至今记得是"只是俗些"。大约板桥的字，在正统的书家眼里，这个"俗"字的批评，当然免除不了，由于正统书家评论的影响，在社会上非书家的人，自然也会"道听途说"。于是板桥书法与那个"俗"字便牢不可分了。

平心而论，板桥的中年精楷，笔力坚卓，章法连贯，在毫不吃力之中，自然地、轻松地收到清新而严肃的效果。拿来和当时张照以下诸名家相比，不但毫无逊色，还让观者看到处处是出自碑帖的，但谁也指不出哪笔是出于哪种碑帖。乾隆时的书家，世称"成刘翁铁"，成王的刀斩斧齐，不像写楷书，而像笔笔向观者"示威"；刘墉的疲惫骄蹇，专摹翻板阁帖，像患风瘫的病人，至少需要两人搀扶走路，如一撒手，便会瘫坐在地上。翁方纲专摹翻板《化度寺碑》，他把真唐石本鉴定为宋翻本，把宋翻本认为才是真唐石。这还不算，他有论书法的有名诗句说"浑朴常居用笔先"，真不知笔没落纸，怎样已经事先就浑朴了呢？所以翁的楷书，每一笔都不见毫锋，浑头浑脑，直接看去，都像用蜡纸描摹的宋翻《化度寺碑》，如以这些位书家为标准，板桥当然不及格了。

板桥的行书，处处像是信手拈来的，而笔力流畅中处处有法度，特别是纯连绵的大草书,有点画,见使转,在他的各体中最见极深、极高的造诣,可惜这种字体的作品流传不多。特别值得一提的是他批县民的诉状时,无论是处理什么问题,甚至有时发怒驳斥上诉人时,写的批字,也毫不含糊潦草,真可见这位县太爷负责到底的精神。史载乾隆有一次问刘墉对某一事的意见,刘墉答以"也好"二字,受到皇帝的申斥,设想这位惯说也好的"协办大学士"(相当今天的副总理),若当知县,他的批语会这样去写吗?

我曾作过一些《论书绝句》,曾说:"刻舟求剑翁北平,我所不解刘诸城。"又说:"坦白胸襟品最高,神寒骨重墨萧寥。朱文印小人千古,二十年前旧板桥。"任何人对任何事物的评论,都不可能毫无主观的爱憎在内。但客观情况究竟摆在那里,所评的恰当与否,尽管对半开、四六开、三七开、二八开、一九开,究竟还有评论者的正确部分在。我的《论书绝句》被一位老朋友看到,写信说我的议论"可以惊四筵而不可以适独坐",话很委婉,实际是说我有些哗众取宠,也就是说板桥的书法不宜压过翁刘,我当然敬领教言。今天又提出来,只是述说有过那么几句拙诗罢了!

板桥的名声,到了今天已经跨出国界。随着中国的历代书画艺术受到世界各国艺术家和研究者的重视,一位某代的书画家,甚至某家一件名作,都会有人拿来作为专题加以研究,写出论文,传播于世界,板桥先生和他的作品当然也在其中。我曾在拙作《论书绝句》中赞颂板桥先生的那首诗后,写过一段小注,这是我对板桥先生的认识和衷心的感受。现在不避读者赐以"炒冷饭"之讥,再次抄在下边,敬请读者评量印可:

二百数十年来,人无论男女,年无论老幼,地无论南北,今更推而广之,国无论东西,而不知郑板桥先生之名者,未之有也。先生之书,结体精严,笔力凝重,而运用出之自然,点画不取矫饰,平视其并时名家,盖未见骨重神寒如先生者焉。

当其休官卖画,以游戏笔墨博醵贾之黄金时,于是杂以篆隶,甚至谐称为六分半书,正其嬉笑玩世之所为,世人或欲考其余三分半书落于何处,此甘为古人侮弄而不自知者,宁不深堪悯笑乎?

先生之名高，或谓以书画，或谓以诗文，或谓以循绩，吾窃以为俱是而俱非也。盖其人秉刚正之性，而出以柔逊之行，胸中无不可言之事，笔下无不易解之辞，此其所以独绝今古者。

先生尝取刘宾客诗句刻为小印，文曰："二十年前旧板桥"。觉韩信之赏淮阴少年，李广之诛灞陵醉尉，甚至项羽之喻衣锦书行，俱有不及钤此小印时之躁释矜平者也。

板桥先生达观通脱，人所共知，自己在诗集之前有一段小叙云："板桥诗文，最不喜求人作叙。求之王公大人，既以借光为可耻；求之湖海名流，必至含讥带讪，遭其荼毒而无可如何，总不如不叙为得也。"多么自重自爱！但还免不了有些投赠之作。但观集中所投赠的人，所称赞的话，都是有真值得他称赞的地方，绝没有泛泛应酬的诗篇。即如他对袁子才，更是真挚地爱其才华，见于当时的一些记录。出于衷心的佩服，自然不免有所称赞，也就才有投赠的诗篇。但诗集末尾，只存两句："室藏美妇邻夸艳，君有奇才我不贫。"这又是什么缘故？袁氏《随园诗话》（卷九）有一条云："兴化郑板桥作宰山东，与余从未识面。有误传余死者，板桥大哭，以足踢地，余闻而感焉。……板桥深于时文，工画，诗非所长。佳句云：'月来满地水，云起一天山。'……"佳句举了三联，却说诗非所长，这矛盾又增加了我的好奇心。1963 年在成都四川省博物馆见到一件板桥写的堂幅，是七律一首，云：

晨兴断雁几文人，错落江河湖海滨。
抹去春秋自花实，逼来霜雪更枯筠。
女称绝色邻夸艳，君有奇才我不贫。
不买明珠买明镜，爱他光怪是先秦。

（款称："奉赠简齐老先生，板桥弟郑燮。"）

按："女称绝色"原是比喻，衬托"君有奇才"的。但那时候人家的闺阁中人是不许可品头论足的。"女称绝色"，确易被人误解是说对方的女儿。再看此诗，也确有许多词不达意处，大约正是孔子所说"有所好乐则不得其正"的。"诗非所长"的评语大概即指这类作品，而不是指"月来满地水"那些佳句。可能作者也有所察觉,所以集中只收两句,上句还是改作的。当时妾媵可以赠给朋友,夸上几句,是与夸"女公子"有所不同的。科举时代,入翰林的人,无论年龄大小,都被称老先生,以年龄论,郑比袁还大着二十二岁,这在今日也需解释一下的。

还有一事,也是袁子才误传的。《随园诗话》卷六有一条云:"郑板桥爱徐青藤诗,尝刻一印云'徐青藤门下走狗'。"又云:"童二树亦重青滕,题青藤小像云:'尚有一灯传郑燮,甘心走狗列门墙。'"其后有几家的笔记都沿袭了这个说法。今天我们看到了若干板桥书画上的印章,只有"青藤门下牛马走"一印。"牛马走"是司马迁自己的谦称,他既承袭父亲的职业,做了太史令,仍自谦说只是太史衙门中的一名走卒,板桥自称是徐青藤门下的走卒,是活用典故,童钰诗句,因为这个七言句中,实在无法嵌入"牛马走"三字。而袁氏即据此诗句,说板桥刻了这样词句的印章,可说是未达一间。对于以上二事,我个人的看法是:板桥一向自爱,但这次由于爱才心切,主动地对"文学权威"、翰林出身的袁子才作了词不达意的一首诗,落得了"诗非所长",又被自负博学的袁子才误解"牛马走"为"走狗",这就不能不说板桥也有咎由自取之处了。袁子才的诗文,我们不能不钦佩,他的处世方法,也不能说"门槛不精"。他对两江总督尹继善,极尽巴结之能事,但尹氏诗中自注说"子才非请不到",两相比较,郑公就不免天真多于世故了。

1993 年 7 月 17 日

恽南田的书髓文心
——记恽南田赠王石谷杂书册

江南从来是人文荟萃之乡，书画艺术历史上，更出现过不少的杰出名家。即明清两代特别著名的书画家，绝大多数生于江浙。书画名作，三百年来，当然以乾隆内府所收为最富，但自鸦片战争以后，陆续散失迁徙，解放后各博物馆大力搜集，才逐渐得到妥善的保存和系统的整理。全国博物馆虽不少，论收存最富的，不过三四个单位，而江南名迹，无疑以上海博物馆征集起来，最具优越条件。

我个人到上海博物馆参观，包括参加鉴定工作，已有若干次，在馆里获见的书画珍品，从晋唐到明清，真可说是"目不暇接"。如果从头记述，即千百张纸，也未必能够记全。现在为了建馆三十五周年的庆典，特把我今年年初在馆中所见的一件绝妙之品，略加阐述。对馆中藏品说，清初名家这一小册，几乎要算长江的尾闾；对恽南田（寿平）的艺术说，我的阐述只是管中的豹斑，勉为写出，以求馆内馆外的专家和读者指教。

恽南田杂书一册，共十七开，道光间人跋一开。计七言、五言古诗各一首，七言绝句题王石谷（翚）画四首，又赠石谷六首，散语八段，《记秋山图始末》一篇。其中纪年二处一为庚戌，南田三十八岁；

一为壬子,南田四十岁。各条散语,亦多记与石谷谈论之事,记秋山图,更是听了石谷述说那件往事而加以记载的。诗和几条散语都特别提出与石谷的交谊,以及对石谷画的赞扬。论书画的见解,更是异常透彻。最后记元代黄子久所画秋山图事,借一幅画的流传鉴定故事,发抒自己沧桑之感,措语无不平易晓畅,而一唱三叹,足使读者为之回肠荡气。这一册的书法,当然是南田的精品,只要打开册页,便可有目共见,而他的文章议论,就非详让细玩,是不易进一步剖析的。

南田的书法风格,大约可分三类:常见所作没骨花卉,彩翠绚烂,题字亦必作极其妍媚之体,用笔结字在褚登善、赵子昂之间,但绝没有丝毫忸怩之态,大大方方,却无不都丽。另一类是书札中常见的字体,取办于仓猝之间,无意求工,却有自然流动的风致。至于他最经意的字迹,则是一种接近黄山谷(庭坚)、倪云林(瓒)风格的,字的中心紧密、四外伸张,如吴带当风,在庄重之中,有潇洒之致。所见只有在他得意的山水画题跋中和一些比较郑重的文章上,才用这类字体。现在这一册即是用这种风格写出的。不见这册,不知南田书法的真造诣。

从前常听到有人指着南田自题没骨花卉那一体说这是"画家字",也就是说南田的字只是画面的附庸,不配算"书家"的字,变相说他缺少书家的专门修养。我觉得此类评论很不公道,并未全面了解南田的书法,因此作过一首小诗说:

头面顶礼南田翁,"画家字"说殊不公。
千金宝刀十五女,极妍尽利将无同。

古乐府有一首是:"千金买宝刀,悬著中梁柱,一日三摩挲,剧于十五女。"宝刀与美女的特点,是妍和利,岂不正是南田的书格吗?妍而且利的书风,在这册杂书中,是看得最清楚的。

南田的画,每构一圆,每落一笔,都是经过匠心思考的,这在画面上处处可见。而题画之语,也无不极意经营。我见过几页他的手稿,都是题画的底稿,即使是四字标题,一、二行年月名款,都经过起草,常常调整更换它的位置,这种稿本,听说在江南有数册之多,可见南田这种一丝不苟的精神是一贯的。其实这册中无论是诗,是散语,是长篇的文章,都是在这个精神指导下写的。不但写哪首、写哪段经过精心选择,写时的谨慎、写前的打磨,也是随处可见的,而南田"文心"之妙,又为书画所掩,表而出之,实是后学无可旁贷的职责。

南田与石谷交谊敦笃,无论在此册中,或在其他题跋中都随处可见。但少见石谷在文学上有所表现。大约石谷的文学修养,相当有限,所以在他画中很少有富于风味的题语。石谷也有几个大画卷后有长篇论画的题跋,总是整整齐齐的一大段,不能不令人怀疑是有人替他起草的。南田在此册中也明白地提到:

> 昔人云:不读万卷,不行万里,不可作画。故大年(赵令穰)有朝陵之讥,东村(周臣)遂不得贤于子畏(唐寅),而吾石谷子则不必然而画已登峰矣。

好一个"不必然",当面赠贻的话,恭维是常情,而这里竟自作如此不客气的客气话,石谷的文学修养,也就不问可知。那么石谷的那些长题,说不定就有南田捉刀的。

对书画的议论,鞭辟入里,玲珑剔透,也是南田所最擅长的,散语中论董香光(其昌)书法一段最为精到。董字风格,确实很难譬喻,他这风格的形成和利弊,也很难探索和评论,南田借与孙承公(我还没查出他的名字)的谈论,把董字讲得近情近理。他说:"文敏(董的谥)秀绝故弱,秀不掩弱,限于资地,故上石辄不得佳。孙子(承公)谓其不足在是,其高超亦在是。何也?昔人往往以己所不足处求进,伏习既久,研练益贯,必至偏重,所谓矫枉者过其正也;书家习气皆于此生。"所论这种道理,也适合于各类艺术,甚至许多事物。但能说得如此恰当深入的,却还少见。他又说:"气习者,即用力之过,不能适补其本分之不足,而转增其气力之有余,而涵养未至,陶铸琢磨之功不足以胜之。是以艺成习亦随之,或至纯任习气而无书者。"这种情况,不待远求,即以董氏同时的人如张二水的棱角,稍后傅青主的纠绕,岂不正是很好的例证?最后说:"唯文敏用力之久,如瘠者饮药,令举体充悦光泽,而不为腾溢,故宁恒见不足,勿使有余。其自许渐老渐熟,乃造平淡,此真千古名言,亦一生甘苦之至言,可与知者道也。"这虽是论董书,实际上也是南田"夫子自道也"。

这册中,南田自己的改笔,随处俱有,从所改的字句,可以见到他字斟句酌的匠心,添注涂改本是作家执笔起草时必不可免的。昔人从某些名家改稿中获得诗文做法道理的事,在文献记载中非常之多,都是极有价值的。这一册共十四段(一组诗算一段)。有修改字句的九段,有空字未填的一段。其中"记秋山图始末"一段改动最多,甚至有在已改处再改的。

现在略举最具匠心的几段为例:

> 余为石谷题画诗几数十首,将悉芟率尔酬应之作,择其意得者,另书一卷,为山人拊掌之资。

改笔把"意得"二字改为"小有致"三字。按"意得"是意"有所得",与"得意"不同,已较谦虚,又改为"小有致",更十分客气了。又在论董书一段中"是以书成习气亦成"句,改为"是以艺成习亦随之"。"书"改为"艺",范围转宽了,"习气亦成"改为"习亦随之",不但化僵硬为柔和,而且体现了安雅的风度。又提到董书"故恒见不足,勿使有余","勿使"是出于主动,则"不足"并非本有不足,已很明白,而改笔又添一"宁"字,于是"不足"完全由于主动,与"勿使"相应,就丝毫无可误会了。

有一条论写生花卉的习气更空了二字的地方:

> 写生家日研弄脂粉,寒花探蕊,致有□□习气,岂若董巨长皴大点,墨雨淋漓,吞吐造化之为快乎?剑门樵客(王石谷的别号)以此诮南田,宜也。

这分明是一段抑己扬人的客气话,写生家的"习气"是什么,抑重了,太屈心;抑轻了,又与下文扬处不相应,从起草至送到石谷手中,不知经过多少时间,还是一块空白纸,"富于千篇,穷于一字",虽南田亦不能免。也许是像昔人对天承认罪过所说的"两日科头,一朝露坐"那种"自我检讨"吧?

至于《记秋山图始末》一篇,更是洋洋洒洒的一篇大文,也是南田惨淡经营的一篇杰作。它的本事是这样:王烟客(时敏)早年听董香光谈论元代黄子久(公望)有一幅《秋山图》,如何如何精美。烟客经过京口,在藏者张氏家见到此图,感觉果然神妙,要求收买,藏家不同意,后来再去,藏者不见面了,烟客告诉王石谷,石谷告诉王长安(永宁),王长安是吴三桂的女婿,住在苏州拙政园,从张氏后人手中买到张家全部收藏的金石书画,其中就有《秋山图》。及至石谷见到原画,并不像烟客所形容的那么好,又请烟客和王玄照(鉴)看,也都不觉满意,王长安怀疑了,石谷与玄照设法假意赞赏,才算了事。

兹从其改笔顺序举几处例证,说明南田临文的匠心,也可看出他的苦心。谈到烟客首次拜访藏家,是拿着董香光的介绍信,及至再去,主人不见,说:

> 因知向所殷勤,在推宗伯(董的官)之余也。

烟客在当时为江南大族文人的重望,他的儿孙也在清朝通籍,做了大官。面子是不能有所损伤的。改为:

> 奉尝(奉常,王烟客的官,改写"常"为"尝",南田避明讳)徘徊淹久而去。

这不仅无损烟客的威望,在文情上既显得令人惆怅,又增加名画的可想而难见的神秘性。又记:

> 须臾传王奉尝来,先呼石谷与语。

在"来"字下,加"奉尝舟中"四字。显得烟客的身份,尚未下船,先与石谷相问,自与入门后私语有别。但不知当日苏州街道如何,在今日船是无从到拙政园门的。既在船中呼语,则石谷远迎,更见烟客之尊,石谷之敬。最后王玄照来:

> 又顷王玄照郡伯亦至,石谷亟先谕意郡伯,郡伯诺,乃入。大呼《秋山图》来,披指灵妙,赞叹缙缙不绝口,戏谓王氏非厚福不能得

奇宝。

改笔抹去"石谷亟先"至"乃入"十三字,而在"谓"上加一"戏"字。所抹十三字,确实累赘,于文中为败笔,抹去诚然应该,但如何交代王玄照并没有认假为真,也正是个难事。用一"戏"字,则省却若干事前的交代。这种稿本,最有益于学写作的人,可惜像南田这等水平的文章草稿,得之不易!

记王长安得了黄子久的次品画竟然不悟时,说他"至死不悟"。用墨涂去"死"字,改写"今"字,我想这或是嫌"死"字太硬,或是因这时王长安尚未死。按王应奎《柳南随笔》卷六记:

> 康熙乙巳,吴逆三桂遣人持数千金至吴收古书画器物。

按王长安名永宁,是吴三桂的女婿,在苏州买古物,无疑即包括这次收购的。乙巳为康熙四年,撤藩在康熙十二年。阮葵生《茶余客话》卷八记吴门拙政园为平西王婿王永宁所有,又说:

> 滇黔逆作,王永宁习惧而先死。

这册杂书中两处纪年,后一处是壬子,即康熙十一年,这时吴三桂还没叛,王永宁还没死,那么改为"今"字,只是修词之需了。册中改笔都用圈围或旁点办法表示删除,只有此二处用墨涂抹,我先从影印本上看字迹的大概形状,推测应是某字,这次从原迹上看,涂的墨并不浓,底字清楚可见,推测固然未误,又似南田有意给人留出谜底。

原稿记:"奉尝亦阅沧桑且五六十年。"改笔点去"六"字,又改"五"为"三"。按明亡在甲申,下距乙巳为二十二年。至壬子为二十九年,那么"且五六十年",实是南田误算到他起稿的时候了。"始末"中记烟客二次访张氏,张氏不再见他是"出使南还道京口"。烟客最后一次以尚寅卿出使福建,在天启七年,他三十六岁。那么初次到京口看画时,年龄比三十六岁还要小。到乙巳在吴门重看《秋山图》时,已七十六岁,相隔四十多年,感觉当然不会相同,而眼力增进,也是合理的事。文中说烟客在舟中先问石谷说:

王氏已得秋山乎？石谷诧曰未也，奉尝曰赝耶？曰"是真一峰（黄子久别号）物"。曰得矣，何诧为？曰昔者先生所说，历历不忘，今否否，乌覩所谓秋山哉！

改笔把"真"改为"亦"，"物"改为"也"，语意偏轻，几似说它是伪物，加上最末说："王郎（石谷）为予述此，且订异日同访秋山真本。"那么"真一峰物"，至此已成伪物，好似名图真会"幻化"了。

总之，烟客三十余岁时，先入董香光的吹嘘言辞，看到画后又买不到手，愈想慕愈觉其好，本是人所常有的极平常心理，而经南田这篇文章一写，反使人觉得扑朔迷离，成了疑案。但南田写此文，本不同于今天写"书画鉴定意见书"，而是用传奇笔法，借名画故事，以寓沧桑之感而已。论文章，是名作佳篇；论鉴定，是疑阵冤案。这册最可贵处，是修改的线索分明，加之书法的精良，确实堪称"双绝"。

金石书画

>>> 启功 文心书魂 >>> 文心书魂 >>> 文心书魂

论书随笔

一 论笔顺

什么叫做笔顺？习惯即指写字时各个笔画的先后顺序。例如写"人"字，先"丿"后"㇏"；写"二"字，先上横后下横。这个原则可以类推。

这种顺序是怎么产生的，谁给规定的？回答是由于写时方便的需要。写字用右手，不仅汉字，即世界各族人，也都如此。汉字写法习惯，每字各笔画的先上后下，先左后右，是怎么形成的？不难理解，如果倒过来写，先下后上，在写上笔时，自己的手和笔，遮住了下一笔，写起即不方便。"顺"字，即是便利的意思。

汉字的章法，每行自上而下，各行却由右而左，这种写法习惯，自商周的甲骨金文中已然如此。任何习惯的形成，都有它的复杂因素，后人可以推测，但难绝对全面确定它的原理。笔画之间，先上后下，先左后右，字与字之间，先上后下，这是一致的，单独"行际"是由右向左只能归之于"自古习惯","汉字习惯"。

每字的笔顺，比"行次"问题好理解，下面举几个例：

"宀"上一点在最上，左点在左，然后横划连右钩，是顺的。"宀"下边装进什么都是第二步的事。

"亻""丿"在上，从上向左下走，"丨"在"丿"下，即成为"亻"右边可以随便搭配了。

"小"，"亅"居中，定了标杆，左右相配，容易匀称。"业"，先"丨丨"，后配左右两点，亦是此理。

"中"，先写"口"，像剪彩的彩带，先扯平，中间下剪，比较容易。

"万"先写横，没问题。"丁"与"丿"谁先谁后，有争议。从方便讲，宜先写"丁"，"丁"的左下有一块空地，用"丿"把它分割，字中空白容易匀称。"衣"中的"亠"右"ㄟ"，也是分割空地的道理。

"日"、"目"，顺序如下：冂冃目目，为什么不先写"口"因为这长方格中，填进小横，不易匀称。先写"冂"，如果里边空地不够，末笔稍靠下，也还无妨，如果里边空地还多，"冂"的两个下脚露出些尖也不要紧。

"母"，先左连下成"㇄"后上连右成"𠃌"，即成"口"，一横平分，"母"，两小空格中各填一点，可谓"顺理成章"。

"太"，先一横，定了这个字的领地中主要位置，中分一横，从上向左下一"丿"，"ナ"的右下有一空地，用"乀"平分这块空地，即成"大"，再在下边空地中加一个点，也是自然便利的。

这个道理，再推到另一例："春"，"三"可以比"太"字的"一"，"人"与"太"字同一办法，下加"日"，可以比"太"字的下边一点。不管字中笔画多么繁，交叉多么乱，都可以从这种原理类推而得。

至于行书的笔顺，有时和楷书略有不同的。因为行书是楷书的快写，为了方便，有时顾不了像楷书那样太顺，例如"有"，楷书原则是先"一"后"丿"，以"丿"分割"一"。行书为了顺利，先"丿"转向左上连"一"，"一"的右端再转下连"丿"，再后成"月"。这种不合楷书的"顺"，却是行书的"顺"，不可固执看待。

草书比行书更简单、更活动了。无论从隶书变成的"章草"，还是从楷书变成的"今草"，它的构成，都不出两种原则：一是字形外框的剪影；二是笔画轨道的连接。前一种例如"海"，写作"㵘"，把"氵、亠、母"三部分按它们的位置各画出一个简化了的形状。又如"囬"或"回"，只作◎也可以了。又如"娄"，写作"𠃊"，便是由"婁"变"娄"，又把娄的头接上它的脚，只要"米"和"女"，抛去了它的腹部。还有几种公用的符号，如左边的"丨"，可代替"亻、彳、氵"等，下边的"一"，可代替"火、心、灬"等。

后一种例如"成"，写作"𠂆"，"厂"写作"𠃊"，"乚"写作"丨"，里边的"丁"写作左边的"𠂊"，右边的"丿"写作"𠃊"，右上的点不改。这即是把分写合为"成"字的各个笔画，按照它们的先后次序连接写得的一个内有笔序，外变形状的"成"字。又如"有"字，草书先从"丿"的头部写起，左弯的上代横，从右上转的左下代"月"的左竖，右转回钩，代"月"字的"彐"，便成了"𠂇"，略近外形，实是用笔顺构成的，和行书的"有"字又不同了。

草书不易认识，有许多人正在研究从草字查它是什么楷字的办法。还没有很简便的方案。现在姑且按上边两种例子做一试探：即看到一个草字后，先看它的外框像个什么楷字，再按它的笔顺断断续续地写一写，至少可以翻译出一半以上的草字。

二 论结字

字是用许多笔画构成的，笔画又具有各种不同的形状，如"丶 一 丨 丿 乀 乚 亅"，所谓点、横、竖、撇、捺、钩等。随着字形的需要，有多种排列组合的方式，成为"字形"，这是字的基本构造问题。每个字形的姿态，又与字中每个笔画的形状和笔画安排有关。如笔与笔之间的疏密、斜正、高矮、方圆等等，都影响着字的姿态，这是书法美术的问题。这里所说的"结字"，是指后者。"结字"，习惯上也称"结构"、"结体"，或称

"间架"。

元代书法家赵孟頫说:"书法以用笔为上,而结字亦须用工。"(见《兰亭十三跋》)用笔无疑是指每个笔画的写法,即笔毛在纸上活动所表现出的效果。当然笔毛不聚拢,或行笔时笔毛不顺,写出的效果当然不会好。又或写出的笔画,一边光滑,一边破烂,这笔是把笔头卧在纸上横擦而出的。笔画两面光滑,是写字最起码的条件。要使笔画两面光滑,就必须笔头正、笔毛顺。从前人所说的"中锋",并无神秘,只是笔头正、笔毛顺而已。好比人走路必定是腿站起,面向前的原则一样。躺着走不了,面向旁边必撞到别的东西上。不言而喻,赵氏这里所说的"用笔",必定不是指这个起码条件,而是指古代书法家艺术性的笔画姿态。究竟他所指的"用笔"和"结字"哪个重要呢?以次序论,当然先有笔画,例如先有"一"后有"丨"才成"十"字,"十"字的形成,后于"一"的写出。但如果没有"十"字的构想或设计方案,把"一""丨"排错,写成"丁""上",也是不行的。从书法艺术上讲,用笔和结字是辩证的关系。但从学习书法的深浅阶段讲,则与赵氏所说,恰恰相反。

举例来说,假如我们把古代书法家写得很好看的一个"二"字,从碑帖上把两横分剪下来,它的用笔可说是"原封未动",然后拿起来往桌上一扔,这二横的位置可以千变万化,不但能够变成另一个字,即使仍然是短横在上,长横在下,但由于它们的距离小有移动,这个字的艺术效果就非常不同了。倒过来讲,一个碑帖上的好字,我们用透明纸罩在上边,用钢笔或铅笔在每一笔画中间画上一个细线,再把这张透明纸拿起单看,也不失为一个好的硬笔字。不待言,钢笔或铅笔是没有毛笔那样粗细、方圆、尖秃、强弱的效果,只是一条条的匀称的细道,这种细道也能组成篆、隶、草、真、行各类字形。甚至李邕的欹斜姿态,欧阳询的方直姿态,也能从各笔画的中线上抓住而表现出来。

练写字的人手下已经熟悉了某个字中每个笔画直、斜、弯、平的确切轨道,再熟悉各笔画间距离、角度、比例、顾盼的各项关系,然后用某种姿态的点画在它们的骨架上加"肉";逐渐由生到熟,由试探到成就这个工程，当然是轨道居先，装饰居次。从前人讲书法有"某底某面"之说，例如讲"欧底赵面"，即是指用欧的结字，用赵的笔姿。也是先有底后有面的。

汉字书法的艺术结构问题，从来不断地有人探索。例如隋僧智果撰《心成颂》（或作《成心颂》），主要是讲结字的。后世流传一种《楷书九十二法》，说是欧阳询所作，实属伪托。书中的办法，是找每四个字排比并观，或偏旁相同相类，或字中主要笔画相近，或造四个字的轮廓相近，或解剖字是几大块拼成的。希望收到举一反三之效，用意未尝不好，但是不见得便能收到"触类旁通"的作用。习者照它做去，还不能抓住每字各笔的内在关系。其他在文章中提到结字的问题的，历代论书作品中随处都有，也不及详举了。

一次在解剖书法艺术结字时，无意中发现了几个问题，姑且列举出来，向读者请教：

发现经过是这样，因为临帖总不像，就把透明纸蒙在帖上一笔一画地去写。当我只注意用笔姿态时，每觉得一下子总写不出帖上点画的那样姿态，因只琢磨每笔的方圆肥瘦种种方面，以为古人邈不可及。一次想专在结构上探索一下，竟使我感觉吃惊。我只知横平竖直，笔在透明纸上按着帖上笔画轨道走起来，却没有一笔是绝对平直的。我脑中或习惯中某两笔或某两偏旁距离多么远近，及至体察帖上字的这两笔、两偏旁的距离，常和我想的并不一样。于是拿了一个为放大画图用的坐标小方格透明塑料片，罩在帖字上，仔细观察帖字中笔画轨道的方向角度、笔与笔之间的距离关系，字中各笔的聚处和散处、疏处和密处。如此等等方面，各做具体测量。测量办法是在塑料小方格片上画出帖字每笔的中间"骨头"，看它们的倾斜度和弯曲度。再把每条"骨头"延长，使它们向去路伸张，出现了许多交叉处。这些交叉处即是字中的聚点，尽管帖字中那处笔画并未一一交叉，但是说明笔画的攒聚方向，再看伸向字外的远处方向，很少有完全一致、平行的"去向"。凡是并列的二笔以上的轨道，无论是横竖撇捺，很少有绝对平行的。总是一端距离稍宽，一端距离稍窄。或中间稍弯处的位置以及弯度必有差别。

从这些测量过程中发现以下四点：

（一）字中有四个小聚点，成一小方格。

通用习字的九宫格或米字格并不准确，因为字的聚处并不在中心一点或一处，而是在距离中心不远的四角处。回忆幼年写九宫格、米字格纸时，一行三字的，常常第一字脚伸到第二格中，逼得第二字脚更多地伸入第三格中，于是第三字的下半只好写到格外，为这常受老师的指责。现在知道字的聚处不在"中心"处，再拿每串三大格的纸写字，就不致往下递相侵占了。

这种距离中心不远的四个聚处是：

A、B、C、D是四个聚处，当然写字不同机械制图，不需要那么精确。在它的聚处范围中，即可看出效果。（图一）

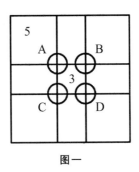

图一

从A到上框或左框是五，从A到下框或右框是八。其余可以类推。这种五比八，若往细里分，即是零点三八二比零点六一八，无论叫什么"黄金律"、"黄金率"、"黄金分割法"、"优选法"，都是这个而已矣。

需加说明的是，在测量过程中，碑帖上的字大小并不一律，当时只把聚点和边框的距离的实际数字记下来，然后换算它们的比例。例如甲帖中某字，A处到上框是X，A处到下框是Y，即列成：

X：Y＝5：8（或用0.382：0.618）

如果外项大于内项的，这个字便舒展好看，反之，便有长身短腿之感。也曾把帖字各按十三格分画后再看，更为清楚。

这个方形外框，并非任何字都可撑满的，如"一"、如"卜"、如"口"、如

"戈",等等,即属偏缺不满框格的,它是字形构造的先天特点。在人为的艺术处理上,写时也可近边框处略留余地。再细量古碑,有的几乎似有双重方框的(并非石上果有双重方框痕迹,只是从字的距离看去),似是:(图二、图三)

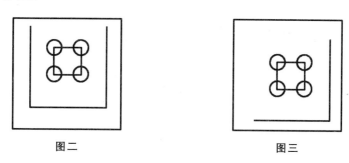

图二　　　　　　　　图三

也就是把那个中心四小聚处的小格再往中上或左上移些去写,或说大外框外再套两面或三面的一层外框,这在北朝碑中比较常见,若唐代颜真卿的《家庙碑》,把字撑满每格,于是拥挤迫塞,看着使人透不过气来。

这种格中写的字,可举几例:

大字的"一"至少挂住 A 处。"丿"至少通过 A 处,或还通过 B 处。"乀"自 A 处通过 D 处。(图四)

戈字"一"通过 A 处,"乀"通过 A、D 二处,"丿"交叉在 D 处,右上补一个点。(图五)

江字上一"丶"向 A 处去,"㇀"向 C 处去,"二"分别靠近 B、D。小"丨",上接近 B 下接 D。(图六)

图四　　　　　　图五　　　　　　图六

口,无可接触交叉处,但在不失口字的特点(比"曰"字小些、比"日"字短些)前提下,包围靠近小方格的四周。(图七)

"一"字在大格中的位置,总宜挂上A处。(图八)

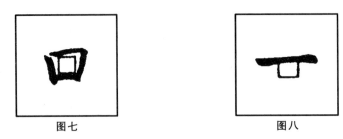

图七　　　　　　　　图八

其他的字,有不具备交叉或攒聚处的,也可用五比八的分割,或"图一"的中心小格"3",放在帖字上看,便易抓住此字的特征或要点。笔画的向外伸延处,要看每笔外向的末梢,向什么方向伸延,它们的距离疏密是如何分布,也是结字方法中的一个组成部分。

(二)各笔之间,先紧后松。

如"三",上两横较近,下一横较远,如"三"便好看。反之,如"三",便不好看。其他如"川"、"氵"、"彡"都是如此。若在某字中部,如"日"、"目"里边两个或三个白空,也宜愈下愈宽些,反之便不好看。此理可包括前条所谈的一字各笔向外伸延所呈现的角度。如果上方、左方的距离宽,下方、右方的距离窄,就不好看。如"米"字。

1、2小于3、4,3、4小于5、6,5、6又小于7、8。如果反过来写,效果是不问可知的了。(图九)

又字中的部件,也常靠上靠左,例如"国"、"玉"在"口"中,偏左偏上。如果偏靠右下,它的效果也是不问可知的。(图十)

图九

图十

(三) 没有真正的"横平竖直"。

根据用坐标小格测定,没有真正死平死直的笔画,画中都有些弯曲,横画都有些斜上。这大约是人用右手执笔的原因。铅字模比较方板,但试把报纸上铅字翻过来映着光看,它的横画,都有些微向字的右上方斜去的情况。在右端上边还加一个黑三角"一"(图十一)。给人的视觉上更觉得右上方是轨道的去向。铅笔的竖笔,都在上下两端有个斜缺处"丨"(图十四),这暗示了竖笔不是死直的,实际手写时,横有"～""∽"势(图十二、图十三),竖有"ʔ""S"势(图十五、图十六),前人常说"一波(捺)三折",其实何止波笔,每笔都不例外,只是有较显较隐罢了。

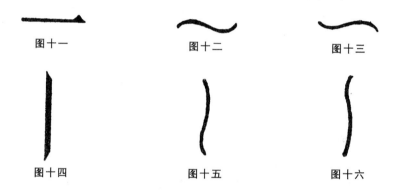

(四) 字的整体外形,也是先小后大。

由于先紧后松的原关系,结成整字也必呈现先小后大、先窄后宽的现象,例如"上",本来是上边小的,但若把"卜"靠近"一"的左半,"上"便成了"◸"势,即不好看。"上"成了"◿"势,便好看,因为它是左小右大的。"下"的"卜"也须偏右,若◹使不好看,因为下◺是左小,◹是右小,道理极其分明的。其余不难类推。也有本来左边长、重的,如"仁",谁也无法把"二"写得比"亻"高大。但"二"的宽度,万不能小于"亻"的宽度。"冂"势也是不得已的。至于各势也有,可以用点画去调剂了。

至于"行气"说法,总不易具体说清。若了解了中心四个小聚处的现象,即可看出,一行中各字,假若它们的 A 或 C 处站在一条竖线上,无论旁边如何左伸右扯,都能不失行气的连贯。当然写字时不易那么准确连贯,在写到偏离这条竖线时,另起竖线也有的,再在错了线的邻行近处加以补救,也是常见的,甚至是必不可少的,更是书家所各有妙法的。

以上只是曾向初学者谈的一些浅近的方法。至于早有成就、自具心得的书家,当然还有其他窍门和理论,我们相信必会陆续读到的。

从来学书法的人都知道,要写好行书宜先学楷书做基础。这个道理在哪里?也是"结字"的问题。行书是楷字的"连笔"、"快写",有些楷字的细节,在行书中,可以给以"省并"。如"纟"旁可以写成"纟",不但"幺"变成"纟"、"灬"也变成"丷"。

行书虽有这样便利处,但也有必宜遵守的,即是笔画轨道的架子、形状,以至疏密、聚散各方面,宜与楷字相一致,也就是"省并"之后的字形,使人一眼望去,轮廓形状,还与楷字不相违背。

再具体些说,即是楷字中的笔画,虽然快写,但不超越、绕过它们原有的轨道,譬如火车,慢车每站必停,可比楷书;快车有些站可以不停。快车虽然有不停的站,但不能抛开中间的站,另取直线去行车。近年有些人写行书太快了,一次我见到一个字,上部是"⺈",下部是"车"实在认不出。后从句义中知是"军"字,他把"冖"写成"⺈"了,缩得太浓了,便不好认。又有人写"口"字形"h"形,左竖太长,右边太小。虽然行笔的轨道方向不错,但外形全变,也就令人不识了。

这只是说"行"与"楷"的关系,至于草书,比行书又简略了一步,则当另论了。

三 琐谈五则

在书法方面的交流活动中,有青少年提出的询问,有中年朋友提出的商榷,有老年前辈发出的指数,常遇几项问题,综合起来,计:1. 学习书法的年龄问题;2. 工具和用法的问题;3. 临学和流派的问题;4. 改进和提高的问题;5. 关于"书法理论"的问题。

这里把走过弯路以后的一些粗浅意见,曾向不同年龄的同志们探讨后的初步理解,以下分别谈谈。因为对前列各章的专题无所归属,所以附在最后。

(一)学习书法的年龄问题。

常有人问,学习书法是否应有"幼工"？还常问："我已二三十岁了,还能学书法吗？"我个人的回答是：书法不同于杂技,腰腿灵活,须要自幼锻炼,学习书法艺术,甚至恰恰相反。小孩对那些字还不认识,怎提得到书写呢？现在小孩在"功课本"上用铅笔写字,主要的作用是使他记住笔画字形,实是认识字、记住字的部分手段。今天小孩练毛笔字,作为认字、记字的手段外,还有培养对民族传统艺术的认识和爱好的作用,与科举时代的学法和目的大有不同。

科举时代,考卷上的小楷,成百成千的字,要求整齐划一,有如印版一般,稍有参差,便不及格,这种功夫,当然越早练越深刻,它与弯腰抬腿,可以说"异曲同工",教法也是机械的、粗暴的。这种教法和目的,与今天的提倡有根本区别。但我有一次遇到一个家长,勒令他的几岁小孩,每天必须写若干篇字,缺了一篇,不许吃饭。我当面告诉他："你已把小孩对书法的感情、兴趣杀死,更无望他将来有所成就了。"

正由于人的年龄大了,理解力、欣赏力强了,再去练字,才更易有见解、有判别、有选择,以至写出自己的风格。所以我个人的答案是：练写字与练杂技不同,是不拘年龄的。但练写字要有合理的方法、熟练的功夫,也是各类年龄人同样需要的。

(二)执笔和指、掌、腕、肘等问题。

关于执笔问题,在这里再谈谈我个人遇到过的一些争论：什么单钩、双钩、龙睛、凤眼等等,固然已为大多数有实践经验的书法家所明白,无需多谈,也不必细辨,都知道其中由于许多误会,才造成一些不切实际的定论,这已不待言。这里值得再加明确一下的,是究竟是否执好了笔就能会用笔,写好字？进一步谈,究竟是否必须悬了腕、肘才能写好字？

据我个人的看法，手指执笔，当然是写字时最先一道工序，但把所有的精神全放在执法上未免会影响写字的其他工序。我觉得执笔和拿筷子是一样的作用，筷子能如人意志夹起食物来即算拿对了，笔能如人意志在纸上画出道来，也即是执对了。"指实、掌虚"之说，是一句骈偶的词组，指与掌相对言，指不实，拿不起笔来；它的对立词，是"掌虚"。甚至可以理解为说明"掌虚"的必要性，才给它配上这个"指实"的对偶词。"实"不等于用大力、死捏笔；掌的"虚"，只为表明无名指和小指不要抠到掌心处。为什么？如果后二指抠入掌心窝内，就妨碍了笔的灵活运动。这个道理，本极浅显。有人把"指实"误解为用力死捏笔管，把"掌虚"说成写字时掌心处要能攥住一个鸡蛋。诸如此类的附会之谈，作为谐谈笑料，固无不可，但绝不能信以为真！

不知从何时何人传起一个故事，《晋书》中说王献之六七岁时练写字，他父亲从后拔笔，竟没拔了去。有六七岁儿子的父亲，当然正在壮年，一个壮年男子，居然拔不动小孩手里的一支笔，这个小孩必不是"书圣"王羲之的儿子，而是一个"天才的大力士"。这个故事即使当年真有，也不过是说明小孩注意力集中，而且警觉性很灵，他父亲"偷袭"拔笔，立刻被他发现，因而没拔成罢了。这个故事，至今流传，不但家喻户晓，而且成了许多家长和教师启蒙的第一课，真可谓流毒甚广了！

至于腕肘的悬起，不是为悬而悬的，这和古人用"单钩"法执笔是一样的问题：大约五代北宋以前，没有高桌，席地而坐。左于拿纸卷，右手拿笔，纸卷和地面约成三十余度角，笔和纸面垂直，右手指拿笔当然只能像今天拿钢笔那样才合适，造就是被称的"单钩法"。这样写字时，腕和肘都是无所凭依的。不想悬也得悬，因为无处安放它们。这样写出的字迹，笔画容易不稳，而书家在这样条件下写好了的字，笔画一定是能在不稳中达到稳，效果是灵活中的恰当，比起手腕死贴桌面写出的字要灵活得多的。

从宋以后，有了高桌、桌面上升，托住腕臂，要想笔画灵活，只好主动地、有意地把腕臂抬起些。至于抬起多么高，是腕抬肘不抬，是腕抬肘同样平度地抬,是半臂在空中腕比肘高些有斜度地抬,都只能是随写时的需要而定。比如用筷,夹自己碗边的小豆,夹桌面中心处的一块肉,还是夹对面桌边处的大馒头,当时的办法必然会各有不同。拿筷时手指的活动,夹菜时腕肘的抬法,从来没有用筷夹菜的谱式,而人人都会把食品吃到口中。

书法上关于指、腕、肘、臂等等问题道理不过如此,按各个人的生理条件、使用习惯,讲求些也无妨碍,但如讲得太死、太绝对,就不合实际了。附带谈谈工具方面的事,主要是笔的问题。有人喜爱用硬毫笔,如紫毫(即兔毛中的硬毛部分),或狼毫(即黄鼬的尾毛),有人喜用软毫,如羊毛或兼毫(即软硬二种毫合制的)。硬毫弹力较大,更受人欢迎,但太容易磨秃,不耐用,软毫弹力小,用着费力而不易表现笔画姿态,这两种爱用者常有争论。我体会,如果写时注意力在笔画轨道上,把点画姿态看成次要问题,则无论用软毫硬毫,都会得心应手。写熟了结字,即用钢条在土上画字与拿着棉团蘸水在板上画字,一样会好看的。

(三)临帖问题。

常有人问,入手时或某个阶段宜临什么帖,常问:"你看我临什么帖好",或问"我学哪一体好",或问"为什么要临帖",更常有人问"我怎么总临不像",问题很多。据我个人的理解,在此试做探讨:

"帖"这里做样本、范本的代称。临学范本,不是为和它完全一样,不是要写成为自己手边帖上字的复印本,而是以范本为谱子,练熟自己手下的技巧。譬如练钢琴,每天对着名曲的谱子弹,来练基本功一样。当然初临总要求相似,学会了范本中各方面的方法,运用到自己要写的字句上来,就是临帖的目的。

选什么帖,这完全要看几项条件,自己喜爱哪样风格的字,如同口味的嗜好,旁人无从代出主意。其次是有哪本帖,古代不但得到名家真迹不易,即得到好拓本也不易。有一本范本,学了一生也没练好字的人,真不知有多少。现在影印技术发达,好范本随处可以买到,按照自己的爱好或"性之所近"的去学,没有不收"事半功倍"的效果的。

"选范本可以换吗?"学习什么都要有一段稳定的熟练的阶段,但发现手边范本实在有不对胃口或违背自己个性的地方,换学另一种又有何不可?随便"见异思迁"固然不好,但"见善则迁,有过则改"(《易经》语),又有何不该呢?

或问:"我怎么总临不像?"任何人学另一人的笔迹,都不能像,如果一学就像,还都逼真,那么签字在法律上就失效了。所以王献之的字不能十分像王羲之,米友仁的字不能十分像米芾。苏辙的字不能十分像苏轼,蔡卞的字不能十分像蔡京。所谓"虽在父兄,不能以移子弟"(曹丕语),何况时间地点相隔很远,未曾见过面的古今人呢?临学是为吸取方法,而不是为造假帖。学习求"似",是为方法"准确"。

问:"碑帖上字中的某些特征是怎么写成的?如龙门造像记中的方笔,颜真卿字中捺笔出锋,应该怎么去学?"圆锥形的毛笔头,无论如何也写不出那么"刀斩斧齐"的方笔画,碑上那些方笔画,都是刀刻时留下的痕迹。所以,见过那时代的墨迹之后,再看石刻拓本,就不难理解未刻之先那些底本上笔画轻重应是什么样的情况。再能掌握笔画疏密的主要轨道,即使看那些刀痕斧迹也都能成为书法的参考,至于颜体捺脚另出一个小道,那是唐代毛笔制法上的特点所造成,唐笔的中心"主锋"较硬较长,旁边的"副毫"渐外渐短,形成半个枣核那样,捺脚按住后,抬起笔时,副毫停止,主锋在抬起处还留下痕迹,即是那个像是另加的小尖。不但捺笔如此,有些向下的竖笔末端再向左的钩处也常有这种现象。前人称之为"蟹爪",即是主锋和副毫步调不能一致的结果。

又常有人问,应学"哪一体"?所谓"体",即是指某一人或某一类的书法风格,我们试看古代某人所写的若干碑、若干帖,常常互有不同处。我们学什么体,又拿哪里为那体的界限呢?那一人对他自己的作品还没有绝对的、固定的界限,我们又何从学定他那一体呢?还有什么当先学谁然后学谁的说法,恐怕都不可信。另外还有一样说法,以为字是先有篆,再有隶,再有楷,因而要有"根本"、"远源",必须先学好篆隶,才能写好楷书。我们看鸡是从蛋中孵出的,但是没见过学画的人必先学好画蛋,然后才会画鸡的!

还有人误解笔画中的"力量",以为必须自己使劲去写才能出现的。其实笔画的"有力",是由于它的轨道准确,给看者以"有力"的感觉,如果下笔、行笔时指、腕、肘、臂等任何一处有意识地去用了力,那些地方必然僵化,而写不出美观的"力感"。还有人有意追求什么"雄伟"、"挺拔"、"俊秀"、"古朴"等等被用做形容的比拟词,不但无法实现,甚至写不成一个平常的字了。清代翁方纲题一本模糊的古帖有一句诗说"浑朴当居用笔先",我们真无法设想,笔还没落时就先浑朴,除非这个书家是个婴儿。

问:"每天要写多少字?"这和每天要吃多少饭的问题一样,每人的食量不同,不能规定一致。总在食欲旺盛时吃,消化吸收也很容易。学生功课有定额是一种目的和要求,爱好者练字又是一种目的和要求,不能等同。我有一位朋友,每天一定要写几篇字,都是临张迁碑,写了的元书纸,叠在地上,有一人高的两大叠。我去翻看,上层的不如下层的好。因为他已经写得腻烦了,但还要写,只是"完成任务",除了有自己向自己"交差"的思想外,还有给旁人看"成绩"的思想。其实真"成绩"高下不在"数量"的多少。

有人误解"功夫"二字。以为时间久、数量多即叫做"功夫"。事实上"功夫"是"准确"的积累。熟练了,下笔即能准确,便是功夫的成效。譬如用枪打靶,每天盲目地放百粒子弹,不如精心用意手眼俱准地打一枪,如能每次二射中一,已经不错了。所以可说:"功夫不是盲目的时间加数量,而是准确地重复以达到熟练。"

(四)改进和提高的办法。

常常有人拿写的字问人,哪里对,哪里不对。共同商讨研究,请人指导,这本是应该的,甚至是必要的。但旁人指出优缺点以及什么好方法,自己再写,未必都能做到。我自己曾把写出的字贴在墙上,初贴的当然是自己比较满意的甚至是"得意"的作品。看了几天后,就发现许多不妥处,陆续再贴,往往撤下以前贴的。假如一块墙壁能贴五张,这五张字必然新陈代谢地常常更换。自己看出的不足处,才是下次改进的最大动力,也是应该怎样改的最重要地方,如果是临的某帖,即把这帖拿来竖起和墙上的字对看,比较异处同处,所得的"指教",比什么"名师"都有效。

为什么贴在墙壁上看,因为在高桌面上写字,自己的眼与纸面是四十五度角,写时看见的效果,与竖起来看时眼与纸面的垂直角度不同。所以前代有人主张"题壁"式的练字,不仅是为什么悬腕等等的功效,更是为对写出的字当时即见出实际的效果,这样练去,落笔结字都易准确的。这里是说这个道理,并非今天练字都必须用这方法。

(五)看什么参考书。

古代论书法的话,无论是长篇或零句,由于语言简古,常常词不达意,甚或比拟不伦。梁武帝《书评》论王羲之的字如"龙跳天门,虎卧凤阁",米芾批评这二句"是何等语"。这类比喻形容,作为风格的比拟,原无不可,但作为实践的方法,又该怎样去做呢?还有前代某家有个人的体会,发为议论,旁人并无他的经历,又无他所具有的条件,即想照样去做,也常无从措手的。古代的论著,当然以唐代孙过庭的《书谱》为最全面,也确有极其精辟的理论。但如按他的某句去练习,也会使人不知怎样去写。例如他说"带燥方润,将浓遂枯",又说"古不乖时,今不同弊",不错,都是极重要的道理。但我们写字,又如何能主动地合乎这个道理,恐怕谁也找不出具体办法的。又像清代人论著,包世臣的《艺舟双楫》和康有为的《广艺舟双楫》影响极大。姑不论二书的著者自己所写的字,有多少能实践他自己的议论,即我们今天想忠实地按他们书中所说的做去,当然不见得全无好效果,但效果又究竟能有多大比重呢?

因此把参考理论书和看碑帖或临碑帖相比,无疑是后者所收的效益比前者所收的效益要多多了。这里所说,不是一律抹杀看书法"理论书",只是说直接效益的快慢、多少。譬如一个正在饥饿的人,看一册营养学的书,不如吃一口任何食品。

常听到有人谈论简化汉字的书法问题,所议论甚至是所争论的内容,大约不出两个方面:

一是好写不好写。我个人觉得,从《说文解字》到《康熙字典》所载被认为是"正字"的字,已经是陆续简化或变形的结果,例如"雷"字,在古代金文中,下边是四个"田"字做四角形地重叠着,写成一个"田"字时,岂非简掉了四分之三?如"人"字,原来作㇇,像侧立着的人形,后变成𠆢,再变成"亻"、"人",认不出侧立的人形,只成接搭的两条短棍。论好看,楷体的雷、人,远不如金文中这两个字的图画性强。但用着方便,谁在写笔记、写稿、写信时,恐怕都没有用"金文"或"隶古定"体来逐字去写的。人对一切事物,在习惯未成时,总觉得有些别扭,是并不奇怪的。

二是怎样写法。我个人觉得简化字也是楷字点画组成的。例如"拥护","提手旁"人人会写,"用"和"户"也是常用字,只是"扌、用、户"三个零件新加拼凑的罢了。我们生活中,夏天穿了一条黄色裤子、一件白色衬衫,次日换了一条白色裤子、黄色衬衫,无论在习惯上、审美上都没有妨碍。如果说这在史书的《舆服志》上没有记载,那岂不接近"无理取闹"了吗?即使清代科举考试中了状元的人,若翻开他的笔记本、草稿册来看,也绝对不会每一笔每一字都和他的"殿试大卷子"上边的写法一个样。再如苏东坡的尺牍中总把"萬"字写作"万",米元章常把"體"字写成"躰"。清代人所说的"帖写字"即是不合考试标准的简化字。

有人曾问我:有些"书法家"不爱写"简化字",你却肯用简化字去题书签、写牌匾,原因何在?我的回答很简单:文字是语言的符号,是人与人交际的工具。简化字是国务院颁布的法令,我来应用它、遵守它而已。它的点画笔法,都是现成的,不待新创造;它的偏旁拼配,只要找和它相类的字,研究它们近似部分的安排办法,也就行了。我自己给人写字时有个原则是,凡做装饰用的书法作品,不但可以写繁体字,即使写甲骨文、金文,等于画个图案,并不见得便算"有违功令";若属正式的文件、教材,或广泛的宣传品,不但应该用规范字,也不宜应简的不简。

有人问:练写字、临碑帖,其中都是繁体字,与今天贯彻规范字的标准岂不背道而驰?我的理解,可做个粗浅的比喻来说,碑帖好比乐谱。练钢琴,弹贝多芬的乐谱,是练指法、练基本技术等等,肯定贝多芬的乐谱中找不出现代的某些调子。但能创作新乐曲的人，他必定通过练习弹名家乐谱而学会了基本技术的。由此触类旁通，推陈出新，才具备音乐家的多面修养。在书法方面，点画形式和写法上，简体和繁体并没有两样；在结字上，聚散疏密的道理，简体和繁体也没有两样，只如穿衣服，各有单、夹之分，盖楼房略有十层、三层之分而已。

《东海渔歌》书后

论有清填词大家者,首推纳兰成德,稍降则推西林觉罗太清夫人。夫人所作,信如唐人所谓"传之乐章,布在人口"者。前无逊于容若,更上居然足以追配李易安而无忝,非以闺秀作家率蒙不虞之誉者也。

夫人讳春,字太清,文端公鄂尔泰之曾孙女,姓西林觉罗氏。事多罗贝勒奕绘字子章号太素者为侧室,其后即正。吾获见夫人裔孙次第卓然有所建树于学术之林,搜已坠之绝绪,振民族之光辉。若袭公爵恒煦字纪鹏,精满文,且深研女真古文字,为今之绝学,功所曾奉手之宗老也。其子启琮字麓漈,世其家学,为今治满蒙史及女真古文字之重望,知其来固有自也。

太素为荣纯亲王永琪之孙,荣恪郡王绵亿之子,娶夫人之堂姑为嫡配。夫人之祖鄂昌,以胡中藻诗案赐帛,其家遂落,夫人依姑为媵。太素暨嫡夫人后先即世,家室龃龉,腾以蜚语,夫人遂率所出,栖居邸外。其子若孙虽相继袭爵,显于当时,而夫人平生之崎岖困踬,亦足见矣。

蜚语之甚者,如指《龚自珍集》中游冶之作,以为与夫人投赠之笺。冒鹤亭先生广生,曾以语曾孟朴,孟朴著《孽海花》小说,遂以鄙亵之语,形诸卷端。无论其事曾氏无从得知,即冒翁又何从而目遇?自今言之,律许再嫁,早有明文,恋爱则更无关禁令。辨李清照未尝改嫁者,世多以为封建意识而讥之,而必证以确曾改嫁者,不外以为才女不詹,其用意又独非封建意识乎?且改嫁与否,何预他人之事,又何损其词之光焰乎?昔日俗谚云:"女子无才便是德。"一若女子有才必无德。无德之行多端,又必曲证其淫,至于公然捏造而不惜。此男子之无德,又岂在改嫁淫奔之下乎?太清夫人幼遭家难,长居簃室,晚进蜚语,竟为不幸所丛。岂真有如昔人寓慨者所谓天意将以玉成其为词人者乎?吾于昔时闺阁将谓"女子无才即是福"矣!冒翁于抗战期间著《孽海花人物志》,自称悔以蜚语语曾氏,并责曾氏之凭空点染为无据。见当时上海刊行之《古今》杂志。而曾书流传,冒书不显,谓为蜚语之腾,至今未烬。而夫人之不幸,至今未已,亦无不可。

有清筚路之初,于婚姻行辈,无所拘忌。无论侄为姑媵,即再隔辈次,亦非所禁,此少数民族未染宋儒陋见者。世迨叔季,忌讳遂多。《星源集庆》于奕绘名下注:"侧室顾氏",顾某某之女。此顾某乃荣邸之庄头,盖以冒之报档子者,或以避获罪者后裔之故。世遂传讹谓夫人为顾八代之后,无足辨也。

又旗下人之哈喇,汉译"姓"也,故多属所居部落,实类中原所谓地望。但在清世,非但世俗交往中不以加之名上,即正式官籍所注,亦常只出旗分,而不出哈喇。乾隆时有人以西林代郡望以称鄂尔泰,曰鄂西林,此偶然一例而已。近世人于夫人名字曰顾太清,或曰太清春,皆非其实。称西林春,亦似是而非。然夫人自署本名,迄未一见。

纪鹏宗叔曾以夫人听雪圆小像摄影见赐,夫人头绾真发两把头髻,衣上罩以长背心,俱道咸便装旧式,惜其图后题跋无存。今经浩劫,并前图亦无从再觅矣。

又曾见恽南田画花卉册,逐页画上有太素与夫人题句。太素用浓墨,夫人用淡墨。谛观之,淡墨亦太素所书,特略变笔势,运以淡墨以示别。知夫人于八法似未谙熟,或以直书南田画上,未免踌躇耳。李易安记归来堂中读书观画，独未及笔砚之事。如此变体代书之佳话，亦足补前贤故实之所未备。又赵明诚以自作杂易安词中，而不能掩"人比黄花瘦"句，为古今之所艳传。今读太素之《南谷樵唱》，视夫人之《东海渔歌》，亦有若德父之于易安者。南谷为太素先茔所在之地，东海或以借指渤海，惟辞取偶俪，义抑其次。而唱随之乐，角胜之情，使小子于百年而下，尚油然起景慕之心者，岂偶然哉！

有清亲王、郡王之配称福晋，贝勒以下之配称夫人。福晋本汉语夫人译音之微讹，特以志等威之差，其后五等俱称福晋者，谀也。今记旧事，于有关诸辞，具存史实，读者鉴焉。

1983 年

论书札记

前言

古代论书法的文章，很不易懂。原因之一是所用比喻往往近于玄虚。即使用日常所见事物为喻，读者的领会与作者的意图，并不见得都能相符。原因之二是立论人所提出的方法，由于行文的局限，不能完全达意，又不易附加插图，再加上古今生活起居的方式变化，后人以自己的习惯去理解古代的理论内容，以致发生种种误解。

比喻的难解，例如"折钗股、屋漏痕"，大致是指笔画有硬折处和运笔连绵流畅，不见起止痕迹的圆浑处。"折钗股"又有作"古钗脚"的，便是全指圆浑了。用字尚且不同，怎么要求解释正确呢。

又例如：古代没有高桌，人都席地而坐，左手执纸卷，右手执笔，这时只能用前三指去执笔，有如今天我们拿钢笔写字的样式，这在敦煌发现的唐代绘画中见到很多。后人只听说古人用三指握管，于是坐在高桌前，从肘至腕一节与桌面平行，笔杆与桌面垂直，然后用三指尖捏着笔杆来写,号称"古法",实属误解。

诸如此类的误解误传,今天从种种资料印证,旧说常有重新解释的必要。启功幼年也习闻过那些被误解而成的谬说,也曾试图重新做比较近乎情理的解释,不敢自信所推测的都能合理,至少是寻求合乎情理的探索。发表过一些议论,刊在与一些同好合作的《书法概论》中,向社会上方家求教。从这种探索而联系起对许多误传的剖析,有时记出零条断句,随时写出,没有系统。案头偶有花笺,顺手抄录,也没想到过出版。

近承北京师范大学出版社的朋友从鼓励的意图出发,将要把这个小册拿去影印出版,使我在惭愧和感激的心情下有不得不做的两点声明:一是这里的一些论点,只是自己大胆探索的浅近议论,并没想"执途人以强同"。二是凡与传统论点未合处,都属我个人不见得成熟的理解,如承纠正,十分感谢。

1992 年 2 月 15 日

或问学书宜学何体,对以有法而无体。所谓无体,非谓不存在某家风格,乃谓无某体之严格界限也。以颜书论,"多宝"不同"麻姑","颜庙"不同"郭庙"。至于"争坐"、"祭侄",行书草稿,又与碑版有别。然则颜体竟何在乎,欲宗颜体,又以何为准乎。颜体如斯,他家同例也。

写字不同于练杂技,并非有幼工不可者,甚且相反。幼年于字且不多识,何论解其笔趣乎。幼年又非不需习字,习字可助识字,手眼熟则记忆真也。

作书勿学时人,尤勿看所学之人执笔挥洒。盖心既好之,眼复观之,于是自己一生,只能做此一名家之拾遗者。何谓拾遗?以己之所得,往往是彼所不满而欲弃之者也。或问时人之时,以何为断。答曰:生存人耳。其人既存,乃易见其书写也。

凡人作书时,胸中各有其欲学之古帖,亦有其自己欲成之风格。所书既毕,自观每限不足。即偶有惬意处,亦仅是在此数幅之间,或一幅之内,略成体段者耳。距其初衷,固不能达三四焉。他人学之,籍使是其惬心处,亦每是其三四之三四,况误得其七六处耶。①

学书所以宜临古碑帖,而不宜但学时人者,以碑帖距我远。古代纸笔,及其运用之法,俱有不同。学之不能及,乃各有自家设法了事处,于此遂成另一面目。名家之书,皆古人妙处与自家病处相结合之产物耳。

风气囿人,不易转也。一乡一地一时一代,其书格必有其同处。故古人笔迹,为唐为宋为明为清,入目可辨。性分互别,亦不可强也。"虽在父兄,不能以移子弟"(曹丕《典论·论文》)故献不同羲,辙不同轼,而又不能绝异也,以比。

或问临帖苦不似,奈何?告之曰:永不能似,且无人能似也。即有似处,亦只为略似、貌似、局部似,而非真似。苟临之即得真似,则法律必不以签押为依据矣。

古人席地而坐,左执纸卷,右操笔管,肘与腕俱无著处。故笔在空中,可做六面行动。即前后左右,以及提按也。逮宋世既有高桌椅,肘腕贴案,不复空灵,乃有悬肘悬腕之说。肘腕平悬,则肩臂俱僵矣。如知此理,纵自贴案,而指腕不死,亦足得佳书。

赵松雪云,"书法以用笔为上,而结字亦须用工"(见赵孟頫《号松雪·兰亭十三跋》),窃谓其不然。试从法帖中剪某字,如八字、人字、二字、三字等,复分剪其点画。信手掷于案上,观之宁复成字。又取薄纸覆于帖上,以铅笔画出某字每笔中心一线,仍能不失字势,其理讵不昭昭然哉。

每笔起止,轨道准确,如走熟路。虽举步如飞,不忧蹉跌。路不熟而急奔,能免磕撞者幸矣。此义可通书法。

轨道准确,行笔时理直气壮。观者常觉其有力,此非真用膂力也。

---

① 宋代大书家米芾自书七言绝句二首,自注云:"三四次写,间有一两字好,信书亦一难事。"按米氏自己写一百余字中,只自认为有一两字好,约占百分之一。而不满意的却有百分之九十余。今人学古人书,不宜学其百分之九十余,岂不明显无疑。

执笔运笔,全部过程中,有一着意用力处,即有一僵死处。此仆自家之体验也。每有相难者,敬以对曰,拳技之功,有软硬之别,何可强求一律。余之不能用力,以体弱多病耳。难者大悦。

运笔要看墨迹,结字要看碑志。不见运笔之结字,无从知其来去呼应之致。结字不严之运笔,则见笔而不见字。无恰当位置之笔,自觉其龙飞凤舞,人见其杂乱无章。

碑版法帖,俱出刊刻。即使绝精之刻技,碑如《温泉铭》,帖如《大观帖》,几如白粉写黑纸,殆无余憾矣。而笔之干湿浓淡,仍不可见。学书如不知刀毫之别,夜半深池,其途可念也。

行书宜当楷书写,其位置聚散始不失度。楷书宜当行书写,其点画顾盼始不呆板。

所谓功夫,非时间久数量多之谓也。任笔为字,无理无趣,愈多愈久,谬习成痼。唯落笔总求在法度中,虽少必准。准中之熟,从心所欲,是为功夫之效。

又有人任笔为书,自谓不求形似,此无异瘦乙冒称肥甲。人识其诈,则曰不在形似,你但认我为甲可也。见者如仍不认,则曰你不懂。千翻百刻之《黄庭经》,最开诈人之路。

仆于法书,临习赏玩,尤好墨迹。或问其故,应之曰:君不见青蛙乎?人捉蚊虻置其前,不顾也。飞者掠过,一吸而入口。此无他,以其活耳。

人以佳纸嘱余书,无一惬意者。有所珍惜,且有心求好耳。拙笔如斯,想高手或不例外。眼前无精粗纸,手下无乖合字,胸中无得失念,难矣哉。

或问学书宜读古人何种论书著作,答以有钱可买帖,有暇可看帖,有纸笔可临帖。欲撰文时,再看论书著作,文稿中始不忧贫乏耳。

笔不论钢与毛,腕不论低与高。行笔如"乱水通人过",结字如"悬崖置屋牢"。

主锋长,副毫匀。管要轻,不在纹。所谓长锋,非指毫身。金杖系井绳,难用徒吓人。

笔箴一首赠笔工友人。

锋发墨,不伤笔。箧中砚,此第一。得宝年,六十七。一片石,几两屦。

粗砚贫交,艰难所共。当欲黑时识其用。

砚铭二首旧作也。

1986年夏日,心肺胆血,一一有病。闭户待之,居然无恙。中夜失眠,随笔拈此。检其略整齐者,集为小册。留示同病,以代医方。

坚净翁启功时年周七十四岁矣。

关于法书墨迹和碑帖

一

谈起这方面的事,首先碰到书法问题。

中国的汉字,虽然有表形、表声、表意种种不同的构成部分,但总的成为——可以姑且叫做——"方块字"辨认起来,仍是以这整块形状为主。因此这种形状的语言符号的书写,便随着中国(包括汉族和用汉字的各族人民)的文化发展而日趋美化。所以凡用这种字体的民族,都在使用过程中把写法美化放在一个重要位置。

这个道理并不奇怪,即是使用拼音符号的字种,也没见有以特别写得不好看为前提的,同时生活习惯不同的民族之间,他们文化传统不同,不能相比,也不必硬比。比方西洋人不用筷子吃饭,而筷子并没失去它在用它的民族中的作用和地位。又如不是手写的字,像木刻板本或铅字印模,尚且有整齐、清晰、美观这些最起码的要求。就像纯粹用声音的口头语言,也还要求字音语调的和谐。我们人类没有一天离得开文字，它是人类文化的标帜，是社会生活中一个重要的交际工具，和服装、建筑、器具等一样，有它辉煌的历史，并且人类对它有美化的迫切要求。

当然，只为了追求字体的美观，以致妨碍书写的速度及文字及时表达思想的效用，是"因噎废食"，是应该反对的。同时所谓书法美的标准，虽在我们今天的观点下，也可能有某些好恶的不齐，但是那些不调和的笔画和使人认不清的字形，总归不会受人欢迎。难道专写过分难辨的字，使读稿或排字的人花费过多的猜度时间，可以算得艺术的高手吗？

有人说汉字正在改革简化，逐渐走上拼音化的道路，人们都习用钢笔，还谈什么书法！其实这是不相悖触的。研究成为文化遗产和历史资料的古人书写遗迹，和文字改革固不相妨，而且将来每字即便简化到一点一画，以及只用机器记录，恐怕在点画之间未尝没有美丑的区别，何况简体或拼音符号还不见得都是一个点儿或一个零落的笔道儿呢？

以前确也有些人把书法说得过分神秘：什么晋法、唐法，什么神品、逸品，以及许多奇怪的比喻（当然如果作为一种专门技术的分析或评判的术语，那另是一回事，只是以此要求或教导一切使用汉字的人，是不必要的）；在学习方法上，提倡机械的临摹或唯心的标准；在搜集范本、辨别时代上的烦琐考证。这等等现象使人迷惑，甚至引人厌恶。从前有人称碑帖拓本为"黑老虎"这个语词的含义，是不难寻味的。但我们不能因此迁怒而无视法书墨迹和碑帖本身的真正价值。相反的，对于如何批判地接受这宗遗产，在书写上怎样美化我们祖国的汉字，在研究上怎样充分利用这些遗物，并给它们以恰当的评价，则是非常重要的。

二

对于书法这宗遗产的精华，在今天如何汲取的问题，不是简单篇幅所能详论,现在试就墨迹和碑帖谈一下它们的艺术方面、文献方面的价值和功用。

法书墨迹和碑帖的区别何在？法书这个称呼,是前代对于有名的好字迹而言。墨迹是统指直接书写(包括双钩、临、摹等)的笔迹,有些写的并不完全好而由于其他条件被保存的。以上算一类。碑帖是指石刻和它们的拓本。这两种,在我们的文化史上都具有悠久传统和丰富的数量。先从墨迹方面来看：

殷墟出土的甲骨和玉器上就已有朱、墨写的字,殷代既已有文字,保存下来,并不奇怪,可惊的是那些字的笔画圆润而有弹性,墨痕因之也有轻重,分明必须是一种精制的毛笔才能写出的。笔画力量的控制、结构疏密的安排,都显示出写者具有深湛的锻炼和丰富的经验。可见当时书法已经绝不仅仅是记事的简单号码,而是有美化要求的。战国帛书、竹简的字迹,更见到书写技术的发展。至于汉代墨迹,近年出土更多,我们从竹简、陶器以及纸张上看到各种不同用途、不同风格的字迹：精美工整的"名片"("春君"等简)；仓皇中的草写军书；陶制明器上公文律令式的题字；简册上抄写的古书籍(《论语》、《急就章》等)等等。笔势和字体都表现不同的精神,使我们很亲切地看到汉代人一部分生活风貌。

汉以后的墨迹,从埋藏中发现的更多。先就地上流传的法书真迹来看：从晋、唐到明、清,各代各家的作品,真是五光十色。书法的美妙,自然是它们的共同条件之一,而通过各件作品,不但可以看到写者以及他所写给的对方的形象,还可以提供我们了解古代社会生活多方面的资料。至于因不同的用途而书写成不同的字体,不同的时代有不同的书风,更可以做考古和文物鉴别上许多有力的证据。

举故宫博物院现存的藏品为例：像张伯驹先生捐献的一批古法书里的陆机《平复帖》,以前人不太细认那些字,几乎视同一件半磨灭的古董,现在看来,他开篇就说："彦先羸瘵,恐难平复。"陆机的那位好友贺循的病况消息,仿佛今天刚刚报到我们耳边,而在读过《文赋》的人,更不难联想到这位大文豪兼理论家在当时是怎样起草他那些不朽作品的。

王询《伯远帖》、王献之《中秋帖》，在当时不过是一封普通的信札，简单和程度，仿佛现在所写的一般"便条"，但是写得那样讲究，一个个的字都像是有血有肉有个性的人物。这种书札写法的传统，直到近代还没有完全失掉。较后的像五代杨凝式《夏热帖》和宋代苏轼、米芾、元代赵孟頫等名家所写的手札，不但件件精美，即在流传的他们的作品中，都占绝大数量。这种手札历代所以多被人保存，原因当然很多，其一便是书法的赏玩。

文学作家亲笔写的作品，我们读着分外能多体会到他们的思想感情。从唐杜牧的《张好好诗》，宋范仲淹的《道服赞》，林逋、苏轼、王说等的自书诗词里看到他们是如何严肃而愉快的书写自己的作品。黄庭坚的《诸上座帖》，是一卷禅宗的语录，虽然是狂草所书，但那不同于潦草乱涂，而是纸作氍毹，笔为舞女，在那里跳着富有旋律、转动照人的舞蹈。南宋陆游自书诗，从自跋里看到他谦词中隐约的得意心情，字迹的情调也是那么轻松流丽，诵读这卷真迹时，便觉得像是作者亲手从旁指点一样。这又不仅止书法精美一端了。再像张即之寸大楷字的写经，赵孟頫写的大字碑文或长篇小楷，动辄成千累万的字，则首尾一致，精神贯注，也看见他们的写字功夫，甚至可以恭维一下他们的劳动态度。

至于双钩临摹，虽不是原来的真迹，但钩摹忠实的仍有很高的价值。像王羲之的《兰亭序》，原本早已不存，而故宫博物院所藏有"神龙"半印的那卷，便是唐人摹本中最好的一个。无论"行气"、"笔势"的自然生动，就连墨色都填出浓淡的分别。大家都知道王羲之原稿添了"崇山"二字，涂了"良可"二字，还改了"外、于今、哀、也、作"六字为"因、向之、痛、夫、文"，现在从这个摹本上又见到"每览昔人兴感之由"的"每"字原来是个"一"字，就是"每"字中间的一大横划，这笔用的重墨，而用淡墨加上其他各笔。在文章的语言上，"一览"确是不如"每览"所包括的时间广阔，口气灵活而感情深厚。所以说，明明是复制品，也有它们的价值。同时著名作家的手稿，虽然涂改得狼藉满纸，却能透露他们构思的过程。甚至有人说，越是草稿，书写越不矜持，字迹越富有自然的美。所以纵然涂抹纵横的字纸,也不宜随便轻视,而要有所区别。

怎么说书法上能看出书者的个性呢？即如"十年一觉扬州梦,赢得青楼薄幸名"的杜牧,笔迹也是那么流动;而能使"西贼闻之惊破胆"的范仲淹,笔迹便是那么端重;佯狂自晦的杨疯子(凝式),从笔迹上也看到他"抑塞磊落"的心情;玩世不恭的米颠(芾),最擅长运用毛笔的机能,自称为"刷字",笔法变化多端,而且写着写着,高兴起来便画个插图,如《珊瑚帖》的笔架。这把戏他还不止搞过一次,相传他给蔡京写信告帮求助,说自己一家行旅艰难,只有一只小船,随着便画一只小船,还加说明是"如许大",使得蔡京啼笑皆非。至于林逋字清疏瘦劲;苏轼字的丰腴开朗,而结构上又深深表现出巧妙的机智。这等等例子,真是数不完的。尤其是人民所景仰的伟大人物,他们的片纸只字,即使写的并不精工,也都成了巍峨的纪念塔。像元代农民保存文天祥字的故事,便是一个例证。

三

谈到碑帖,碑、帖同是石刻,而有区别。分别并不在石头的横竖形式,而在它们的性质和用途。刻碑(包括墓志等)的目的主要是把文词内容告诉观者,比如名人的事迹、名胜的沿革,以及政令、禁约等等。这上边书法的讲求,是为起美化、装饰甚至引人阅读、保存作用的。帖则是把著名的书迹摹刻流传的一种复制品。凡碑帖石刻里当然并不完全是够好的字,从前"金石家"收藏多是讲求资料,"鉴赏家"收藏多是讲求字迹、拓工。我们现在则应该兼容并包,一齐重视。

先从书法看,古碑中像唐宋以来著名的刻本,多半是名手所写,而唐以前的则署名的较少,但字法的精美多彩,却是"各有千秋"。帖更是为书法而刻的,所以碑帖的价值,字迹的美好,先占一个重要地位。

其次,刻法、拓法的精工,也值得注意,看从汉碑到唐碑原石的刀口,是那么精确,看唐拓《温泉铭》几乎可以使人错认为白粉所写的真迹。古代一般的碑志还是直接写在石上,至于把纸上的字移刻到石上去就更难了,从油纸双钩起到拓出、装裱止,要经过至少七道手续,但我们拿唐代僧怀仁集王羲之字的《圣教序》、宋代的《大观帖》、明代的《真赏斋帖》、《快雪堂帖》等等来和某些见到墨迹的字来比较,都是非常忠实,有的甚至除了墨色浓淡无法传出外,其余几乎没有两样。这是我们文化史、雕刻史、工艺史上成就的一个组成部分,是不应该忽视的。

碑帖的文献性(或说资料性)是更大的。用"石经"校经,用碑志证史、补史,以及校文、补文的,前代早已有人注意做过,但所做的还远远不够。何况后来继续发现的愈来愈多!例如:唐欧阳询写的《九成宫醴泉铭》的"高阁周建,长廊四起"的"四"字,所传的古拓本都残损了下半,上边还有一个洇痕,很像"穴字头"。(翻造伪本,虽有全字,而不被人相信。)于是有人怀疑也许是"突起"吧?我也觉得有些道理。最近张明善先生捐献国家一册最早拓本,那"四"字完整无缺,回想起来,所猜十分可笑"长廊"焉能"突起"呢?造和唐摹兰亭的"每"字正有同类的价值(而这本笔画精神的丰满更是说不尽的),古拓本是如何的可贵!

其次,像唐李邕写的《岳麓山寺碑》,到了清代,虽然有剥落,而存字并不太少。清修《全唐文》把它收入,但字数竟自漏了若干。所以一本普通常见的碑,也有校订的用处。又如其他许多文学家像庾信、贺知章、樊宗师等所撰的墓志铭,也都有发现,有的和集本有异文,有的便是集外文,如果把无论名家或非名家的文章一同抄录起来,那么"全各代文"不知要多出多少!还有名家所写的,也有新发现,在书法方面,即非名家所写,也常多有可观的。即是不够好的,也何尝不可做研究书法字体沿革的资料呢!

至于从碑志中参究史事的记录,更是非常重要,也多到不胜列举,姑且提一两个:欧阳修作《五代史》不敢给他立传的"韩瞠眼"(通),到了元代修《宋史》才被表彰,列入"周三臣传",而他们夫妇的墓志近年出土,还完好无缺。这位并不知名的撰文人,真使欧阳公向他负愧。又如"旗亭画壁"的诗人王之涣,到今天诗只剩了六首,事迹也茫无可考,已经不幸了。而旗亭这一次吐气的事,又还被明胡应麟加以否定,现在从他的墓志里得到有关诗人当日诗名和遭遇的丰富材料。

至于帖类里,更是收罗了无数名家、多种风格的字迹。从书法方面看,自是丰富多彩。尤其许多书迹的原本已经不存,只靠帖来留下个影子。再从它的文献性(或说资料性)方面,也是足以惊人的。宋代的《钟鼎款识》帖,刻了许多古金文,《甲秀堂帖》缩摹了《石鼓文》,保存了古代的金石文字资料。又如宋《淳熙秘阁续帖》所刻的李白自写的诗,龙蛇飞舞,使我们更得印证了诗人的性格。白居易给刘禹锡的长信,也是集外的重要文章。《凤墅帖》里刻有岳飞的信札,是可信的真笔。其他名人的集外诗文,或不同性质的社会史、艺术史的资料更是丰富,只看我们从什么角度去利用罢了。我常想:假如把历代的墨迹和石刻的书札合拢起来,还不用看书法,即仅仅抄文,加以研究,已经不知有多少珍奇宝贵的矿藏了。

从墨迹上可以看到书写的时代特征,碑帖上的字迹自然也不例外,同时刻法上也有各时代的风气。两方面结合起来看,条件更加充足,这在对文物的时代鉴定上是极关重要的一个环节。比如试拿敦煌写本看,各朝代都有其特点,即仅以唐代一朝,初、盛、中、晚也不难分别。现在常听到从画风上研究敦煌画的各个时代,造自然重要,其实如果把画上题字的书法特点来结合印证,结论的精确性自必更会增强的。再缩小到每个人的笔迹,如果认清他的个性,不管什么字、什么体,也能辨别。要不,为什么签字在法律上会能够生效呢?

四

总起来说,书法的技艺、法书墨迹、碑帖的原石和拓本这一大宗遗产,是非常丰富而重要,研究整理的工作在我们的文化事业中关系也是很大。我个人不成熟的看法,以为这方面大家应做、可做而且待做的,至少有三点:

(一)书法的考查,分析它的发展源流,影印重要墨迹、碑帖,以供参考。

(二)文字变迁的研究。整理记录各代、各体以至各个字的发展变迁,编成专书。

(三)文献资料的整理。将所有的法书墨迹(包括出土的古文件)、碑帖(包括甲骨、金文)逐步地从编目、录文,达到摄影、出版。

当然这绝非一朝一夕和一人所能做到的事,但是问题不在能不能,而在做不做。现在对于书法有研究的人,是减多增少,而碑帖拓本逃出"花炮作坊"渐向不同的各地图书文物的库房集中,这是非常可喜的。但跟着发生的便是利用上如何方便的问题,当然今天在人民的库房中根本上绝不会"岁久化为尘",只是能使得向科学进军的小卒们不至于望着有用的资料发生"盈盈一水间,脉脉不得语"的感觉,那就更好了!

书法入门二讲

一　入门须知

不管从事什么工作,都需先对它有一个正确的认识,学习书法、欣赏书法当然也如此,这似乎是一个无需多言的话题。但是这里面有许多看似简单的问题实际并不简单,看似不成为问题,实则大有问题。特别是有些"理论"、"观点"是自古传下来的,有很多还是出于权威的书法家、书法理论家之口,看似是金科玉律,颇能唬人,其实大谬不然,必须正名。否则必将被这些貌似权威的理论所欺,走入歧途。

（一）书法的特点和特殊功能。

这里所说的书法指汉字书法。字是记录语言的,而汉字又是由象形等等的方块字组成的,较之其他文字最具有图画性,因而它才能形成所谓书法这一门艺术。作为文字,它有它基本的功能,即以书面的符号形式把语言词汇记录下来给人看。这时文字就代表了语言,书面的功能就代表了口头的功能。比如在古代,你要与远方的朋友交流,就不能靠语言,因为他听不到,所以只能通过写信靠文字传达。又比如古人要与后人交流,也不能靠语言,因为它不能保留,所以也只能把它们转变为能长期保留的文字符号。这是文字的一般功能和普通功能。

但文字,特别是汉字还有它的特殊功能,即它能非常鲜明地反映书写者的个性。比如某甲所写的字就代表了某甲的个性,具备某甲的特点,而某乙所写的字就代表了某乙的个性,具备某乙的特点。二者决不会混同,即使互相仿效也决不会完全相同。比如某乙学某甲的签名,虽然写的同是一个"甲"字,但写出来的效果总与某甲写的"甲"字不同。这是为什么呢?因为文字只要是由人拿起笔写出来而不是由统一的机器印出来的,它就必然带有人的个性。人与人手上的习惯、特点总不会完全相同。比如结字、笔画,以至用笔的力度等都会有所不同,再刻意地模仿也总会露出破绽,不会完全一样。正像哲学家所说的,世界上没有绝对相同的两片树叶;刑侦学家所说的,世界上没有绝对相同的两个指纹。所以用文字来签字、签押、押属才会有法律效用。文字如果没有这种功能,银行决不会凭签字让你领钱。否则,那岂不是乱了套吗?当然,不认真判别,有时确能蒙蔽某些人,但这不是文字本身所具有的不可混淆的个性出了问题,而是辨别文字时出了问题,其实只要认真辨别总会发现它们之间的差别。50年代有人妄图冒充某领导人的签名到银行支取巨额现金,最终还是没能得逞,就是一个很好的例证。同样,契约、合同也都需签字后才会在法律上生效,也是基于书写的这种特殊功能。更有趣的是,对不会写字的文盲,照样可以让他们签字画押,名字不会写,就让他们划"十",比如连当事人、经办人、保人一共有好几个,但最后画出的那些"十"字没有一个相同。"十"字尚且如此,何况较它们更复杂的文字了!所以从这个意义上说,汉字所具有的这种独特的个性尤为鲜明。

明乎此,就可以明白临帖时可能出现的一系列问题,临帖的人如此,教人临帖的亦如此。其主要表现有三:

并获得电信服务水平的标准协议。表15-5列出了跨国网络面临的主要挑战。

虽然专用网络比互联网更能保证服务水平,具有更高的安全性,但是当安全性和服务水平较低时,互联网是全球企业网络的主要基础。企业可以创建用于内部沟通的全球内联网,或者创建更快速地与供应链中的业务合作伙伴交换信息的外联网。它们可以使用公共互联网作为全球网络,从互联网服务提供商那里获得VPN,这些服务提供商使用公共互联网提供许多专用网络功能(见第7章)。但是,VPN可能无法提供与私有网络相同水平的、可预测的响应,特别是在互联网流量非常拥挤的时代,可能无法支持大量的远程用户。

表15-5 跨国网络的挑战

服务质量
安全性
成本和关税
网络管理
安装延期
低质量的国际间服务
管制限制
网络能力

在许多发展中国家,互联网服务的使用受到限制(见图15-5)。在欠发达国家有互联网基础设施的地方,往往缺乏带宽容量,部分由于电网问题而不可靠。相比于发展中国家大多数人的购买力,使用当地互联网服务就显得非常昂贵。但是,使用低价的移动设备和低成本的数据计划在发展中国家已越来越广泛。

此外,许多国家会监测网络传输。伊朗和沙特阿拉伯的政府对互联网流量进行监控,限制访问有道德或政治问题的网站。另外,亚洲、非洲和中东的互联网人口增长速度要快于北美和欧洲。因此,未来互联网的连通性将在世界欠发达地区更容易实现,并且更加可靠。互联网将在这些地方的经济与世界经济结合方面发挥重要作用。

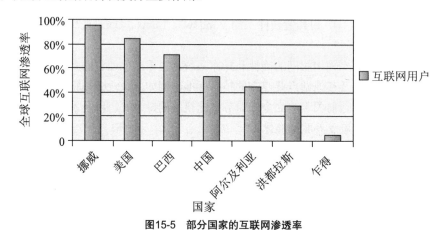

图15-5 部分国家的互联网渗透率

注:发展中国家使用互联网的总人口比例远低于美国和欧洲,但增长迅速。

资料来源:Internetworldstats.com, 2017和作者。

1. 常有人失望地问我："我临帖为什么总临不像?"我总这样回答他："这就对了。不但现在像不了,再练一辈子也像不了。不像才是正常的;全像了,不但不可能,而且就不正常了,银行该不答应了。你大可不必为临得不像而失去临帖的信心。"这决不是安慰之语,更不是搪塞之语。试想,为什么自古以来书法流派那么多?字的不同写法那么多?同一个"天"字能写出那么多样?为什么一看便知这是这个书法家所写,那是那个书法家所写?为什么不会把某乙有意师法某甲的作品就误做为某甲的作品?其根本的原因就在于每个书法家手下都有自己独特的习惯和个性。这些个性是永远不能划一的,正所谓"性相近,习相远"也,这样的例子非常多。

如苏东坡的弟弟苏辙苏子由,以及东坡的儿子,都有几件书法作品流传下来,我们看他们的作品,虽与东坡有若干相近之处,但总是有明显的不同。又如米友仁不但是著名的书法家,而且是著名的鉴定家,宋高宗特意让他来鉴定秘阁所藏的法书,鉴定后都要在作品的后面留下正式的评语,足见其有极高的鉴赏能力,对书法流派烂熟于胸。但他写字也未完全继承其父米元章的风格,明眼人一看便知米元章就是米元章,米友仁就是米友仁。这正应了曹丕《典论·论文》中的那句话:"虽在父兄,不能以贻子弟。"因为每个人写文章的观点和构思都不一样,兄弟父子之间都很难完全传授。写字尤其如此。文章有时还可以偷偷地抄袭一番,但字却无法抄袭,因为抄也抄不像。既然高明的古人想"贻"都贻不了,我们就大可不必为临得不像而苦恼了。当然对老师责怪你临得不像,你也大可不必放在心上。

2. 有人常懊悔地对我说:"我写字没有幼功。"这就涉及到如何对待教小孩子学习书法的问题了。有的人索性认为小孩子根本不必临帖。说这种话的人都是自己已经临过帖了,他已经知道帖上的笔画是如何安排的了,所以他才觉得再没必要了。但对小孩子却不然。比如你告诉他"人"字是一撇一捺,但他不看帖就可能写成同是一撇一捺组成的"八"字、"入"字、"✗"字。所以必须让他看看字样,这就是临帖。临帖的目的并不是让他从此一辈子练那些永远模仿不像的前人的字形字体,也不是让他通过这种办法将来当书法家,而是让他熟悉字的基本结构、笔顺等。如写"三"要先写上面一横,再写中间一横,最后写下面一横;写"川"先写左面的一竖,再写中间的一竖,最后写右面的一竖。让他养成正确的习惯,写得顺手,写得容易。这对刚刚接触汉字的小孩子是必要的。我小时常遇到因写字不对而遭到老师惩罚的时候,惩罚的办法就是每字罚写几十遍,其实老师的目的不在这几十遍,而是让你通过反复的练习去记住它应该怎样写。

于是又有些人认为习字必须从小时开始,进而认为必须天天苦练,打下"幼功"才行,这又是一种极端的认识。写字不同于练杂技和练武术。杂技与武术确实需要有"幼功",因为有些动作只能从小练起,大了现学根本做不出来。但书法不是这么回事,什么时候开始拿起笔练字都可以,不会因为你没有"幼功",到大了手腕僵得连笔都拿不起来。不但不需"幼功",我认为小孩子没有必要花过多的时间去临帖、练字。因为一来如前所云,帖是一辈子也临不像的,在这上面花死功夫,非要求像是没必要的。二来书法既然是艺术,就要对它的艺术美有所体悟才行,而这种体悟是需要随着年龄的增加、见识的增长来培养的。小孩子连字还认不全,基本结构还弄不太清,他是很难体会诸如风格特点这些更深层次的内涵的。如果再赶上教小孩子"幼功"的是一位庸师,那就更麻烦了,那还不如没有"幼功"。

3. 随之而来的问题是应该用什么帖。这里面又有很多误解需要辨明澄清。有人说临帖必须先临谁,后临谁,比如先临柳公权,再临颜真卿,对这种说法我实在不敢苟同。因为所谓"帖",不过就是写得准确好看的字样子而已。只要它能达到这样的效果即可,不在于笔画的姿势、特点。尤其是对小孩子更是如此,只要求其大致准确即可。相反,如果非执著学某一家,倒反而容易学偏。有人学柳公权,非要在笔画的拐弯处带出一个疙瘩,学颜真卿非要在捺脚处带出虚尖。出不来这样的效果怎么办?就只好在拐弯处使劲地蹾、使劲地揉,写出来好像是"拐棒儿骨";在捺脚处后添上虚尖,好像是"三尾蛐蛐"。殊不知柳公权、颜真卿这样的效果是和他们当时用的笔有关系,后人不知,强求其似,岂不可笑!

还有人认为要按照字体产生的次序练字,先学篆书,篆书学好后再学隶书,隶书学好后再学楷书(实际应叫真书,所谓"楷"本指工整,后来习惯用来代指真书),楷书学好了再学行书,行书学好了再学草书。这更是谬说。照这样说,古人在文字产生以前靠结绳记事,难道我们在练字之前先要练好结绳才行吗?再说什么叫学好了?标准是什么?这和一年级上完了再上二年级是两码事。以篆书为例,它又分大篆、小篆、古篆等,有人写一辈子篆书,如清代的邓石如,更何况有些人写一辈子也未见能写好一种字体。照这样推算,什么时候才能写上隶书和楷书?其实,在隶书之后,唐代的颜、柳那类楷书之前,已经有了草书。汉代与隶书并行的就有草书(章草),后来在真书、行书的基础上才有了今草。古人并没有这样教条,可现在有些人却如此教条,岂不愚蠢?总而言之,字体的发展次序与我们练字的次序没有必然的联系。

还有人更绝对地认为临帖只能临某一派,并说某派是创新,某派是保守,只能学这一派而不能学那一派,学那一派就会把手学坏了。难道不学那一派就能把手学好了吗?这样只能增加无谓的门户观。须知,临帖只是一种入门的路径,无须为它成为某派的信徒。你的风格喜好接近哪一派,你就可以临摹学习那一派,如此而已,岂有他哉?千万不要受这些所谓"理论"的摆布。

(二)关于写字时用笔的方法。

其实写字的"方法"并没什么一定之规,没什么神秘可言,不过就是用手拿住笔在纸上写而已。其实往什么上写都可以,比如移树,人们习惯在树干朝南的方向写一个"南"字,以便确定它移栽后的朝向;又比如盖房,人们习惯在房椽上写上"左"、"右",以便确定它上梁后的位置。不用"毛笔"写也可以,只要用一个工具把字写在一个东西上都叫写字。所以一定不要把写字看得太神秘。当然要把字写好也要有一定的技巧。元代大书法家赵孟頫曾说:"书法以用笔为上,而结字亦须用功。"玩其口气,他虽然二者并提,但是把用笔的技巧放在第一位,而把结字的艺术放在第二位。这种排列是否恰当,这里暂且不谈,先谈一谈所谓的"用笔",因为有些人一把用笔看得太高,就产生种种误解,种种猜测,以此教人就会谬种流传,贻害无穷。

1. 关于握笔的手势。

现在我们用毛笔写字的握笔方法一般是食指、中指在外,拇指在里、无名指在里,用它的外侧轻轻托住笔管。但要注意这种握笔方法是以坐在高桌前、将纸铺在水平桌面之上为前提的。古人,特别是宋以前,在没有高桌、席地而坐(跪)写字时,他们采用的是"三指握管法"。何谓"三指握管法"?古人虽没有为我们特意留下清晰的图例,但我们还是可以根据一些图画资料推测出来:原来"三指握管法"是特指席地而坐时书写的方法。古人席地而坐时,左手执卷,右手执笔,卷是朝斜上方倾斜的,笔也向斜上方倾斜,这样卷与笔恰好成垂直状态。此时握笔最省事、最自然,也是最实用的方法就是用拇指和食指从里外分别握住笔管,再用中指托住笔管,无名指和小指则仅向掌心弯曲而已,并不起握管的作用,这就是所谓的"三指握管法",与今日我们握钢笔、铅笔的方法一样。这样的图画资料可见于宋人画的《北齐校书图》(现藏美国波士顿博物馆),画面上校书者执笔的形象即如此。另外,敦煌壁画上也有类似的形象。日本学者根据敦煌壁画所著的《敦煌画之研究》就影印出敦煌画上一只手握笔的形象。现在有些日本人坐(跪)在席上写字仍如此,我亲眼看到著名的书法家伊藤东海就是这样握笔,与唐宋古画上一样。

但有些人不知道这种握笔方法的前提是席地而坐,左手执卷;在宋初高桌出现以后,在高桌上书写时,纸和笔本身已经成为垂直的角度,所以这时握笔最自然的方法就是本节一开始所说的方法。如果仍坚持这种"三指握管法",反而不利于保持这种垂直的角度,这只要看一看现在拿钢笔和铅笔的姿势都是与纸面成斜角就能明白。为了使这种握笔的姿势与纸保持垂直,就只好凭想像、凭推测,把中指也放在外面,死板地用拇指、食指、中指的三个指尖握笔。并巧立名目地把三指往掌心收,使其与掌心形成圆形称之为"龙睛法",把三指伸开,使其与掌心成扁形称之为"凤眼法",十分荒唐可笑。最可笑的是包世臣《艺舟双楫》所记的刘墉写字的情景:刘墉为了在外人面前表示自己有古法,故意用"龙睛法"唬人,还要不断地转动笔管,以至把笔都转掉了。刘墉的书法看起来非常拘谨,大概"龙睛法"握笔在其中作祟是重要的原因之一吧。

2. 关于握笔的力量。

由握笔的姿势又引出一个相应的问题,即握笔需要多大的力量。这里又有误解。有人以为越用力越好,还有根有据地引用这样的故事:说王羲之看儿子在写字,便在后面突然抽他的笔,结果没抽下来,便大大称赞之。孙过庭的《书谱》就有这样的记载。包世臣据此还在《艺舟双楫》中提出"指实掌虚"的说法,这种说法本不错,但也要正确理解。指不实怎么握笔呢?特别是这个"掌虚",本指无名指和小指不要太往掌心扣,否则字的右下部分写起来很容易局促,比如宋高宗赵构的字就是如此,他字的右下角都往里缩,就是因为这造成的。但因此又造成误解,有人说掌应虚到什么程度才算够呢?要能放下一个鸡蛋。"指"要"实"到什么程度呢?包世臣说要恨不得"握碎此管"才行。这又无异于笑谈。其实儿子的笔没被抽出,是小孩子伶俐和专心的结果,有的人就误认为要用力,而且力量越大越好。对此,苏东坡有一段妙谈,他说:"献之少时学书,逸少(王羲之)从后取其笔而不可,知其长大必能名世。仆以为不然。知书不在于笔牢,浩然听笔之所之而不失法度,乃为得之。然逸少重其不可取者,独以其小儿子用意精至,猝然掩之,而意未始不在笔,不然,则是天下有力者莫不能书也。"苏轼的见解可谓精辟之至。

3. 关于悬腕。

有些古人的字,尽管笔画看起来不太稳,但并不影响它的匀称灵活,其原因就是笔尖和纸是保持垂直的,不管是古人席地而坐的"三指握管法",还是后来有如现在的握笔法。否则,把笔尖侧躺向纸,写出的笔画必定是一面光而齐、一面麻而毛,或者一面湿润、一面干燥,不会匀称。古人有"屋漏痕"、"折钗股"(有人称"股钗脚")之说,"屋漏痕"说的是笔画要如屋漏时留在墙上的痕迹那样自然圆润,"折钗股"虽不知具体所指(大约指钗用得时间长了,钗脚的虚尖被磨得圆滑了),但意思也是如此。为了达到这个目的,于是有人就特意强调写字要悬腕,并认为此也是古法。殊不知,在没有高桌之前,古人席地而坐,直接用右手往左手所持的卷上书写,右手本无桌面可倚,当然要悬腕,想不悬腕也不行。但在有了高桌之后,情形就不同了。不可否认,悬腕运起笔来当然活,但也带来相应的问题,就是不稳、易颤,因此要区别对待。在写小一点字的时候,本可以轻轻地用腕子倚着桌面,只要不死贴在上面即可。写大字时自然要把腕子离开桌面,不离开笔画就延伸不了那么远,特别是字的右下角部分简直就无法写,所以死贴在桌上当然不行。但也无需刻意地去悬腕,这样只能使肩臂发僵,更没必要想着这可是"古法",必须遵从。一切以自然舒服为准则,能将笔随意方便地运用开即可,即使用"枕腕法"——将左手轻轻地垫在右腕之下也无不可。

还有人在悬腕的同时特别讲究"提按",这也是由不理解古人是席地书写而产生的误解。古人席地书写,用笔自然有提按,但改为高桌书写之后情况又有所不同。很多人不把提按当成是一种自然的力量,而当成有意为之的手法,这就错了。反正我个人有这样的体会:如果想我这回要"提按"了,这字写得一定不自然。

所以顺其自然是根本原则,古代的大书法家并没有我们今天这么多的清规戒律,并不像我们今天这样机械死板地非要悬腕,非要提按,都是根据个人的习惯而来。比如苏东坡就明确地说过自己写字并不悬腕,所以他的字显得非常凝重稳健,字形比较扁;而黄庭坚就喜欢悬腕,所以他的字显得很奔放,撇、捺都很长。苏黄二人曾互相谐讽,黄讥苏书为"石压蛤蟆",苏讥黄书为"枯梢挂蛇",但这都不妨碍他们成为大书法家。

与此相关,宋人还有这样一种说法,叫"题壁",比如大书法家米元章就主张练字要采取题写墙壁的方法,认为这样可以练习悬腕的功夫。其实,古人席地执卷书写就类似题壁。只不过题壁的"壁"是垂直的,古人左手所执之卷是斜的,右手所执之笔也是斜的,而斜笔与斜卷之间又恰成垂直的,这种垂直是很自然的,便于书写,即使写很长的竖亦便于掌握;而题壁时,笔要与墙垂直,腕子就要翘起,难免僵直。特别是写长竖时,笔就有要离开墙壁的感觉。所以这种练习方法也有问题,它带给人的感觉与古人席地而坐的悬腕终究不太一样。看来到了米元章时代,已经对唐和唐以前人如何写字不甚了了,甚至有些误解了。米元章的字有时给人以上边重、下边轻的感觉,如竖钩在写到钩时就变细了,这可能与他平日的这种练习方法有关。

总之,千万不要像包世臣在《艺舟双楫》中所记的王鸿绪那样,为了悬腕,特意从房梁上系下一个绳套,把腕子伸到套里边吊起,腕子倒是悬起来了,但又被绳子限制在另一个平面上,不能随意上下提按了,这岂不等于不悬?这种对古人习惯的误解,只能徒为笑谈。

我在《论书札记》中有一小段文,可作这一观点的总结:

> 古人席地而坐,左执纸卷,右操笔管,肘与腕俱无着处。故笔在空中,可作六面行动,即前后左右,以及提按也。逮宋世既有高桌椅,肘腕贴案,不复空灵,乃有悬肘悬腕之说。

> 肘腕平悬,则肩臂俱僵矣。如知此理,纵自贴案,而指腕不死,亦足得佳书。

4. 关于"回腕"和"平腕"。

由悬腕又引出回腕和平腕。有些人不但强调悬腕,还强调回腕,且又错误地理解回腕。其实回腕是为了强调腕子的回转灵活,古人在席地而坐书写时,由于自然悬腕,所以腕子可以自然回转,有如我们现在炒菜,手都是自然离开锅台,所以手可以随意来回扒拉,这就是回腕。但坐在高桌椅上之后,有些人不理解回腕的真正含义,就望文生义地把"回"理解为尽量把手指往里收,笔往怀里卷,腕子往外拱。何绍基在他的书中还特意画出这样一幅示意图。试想,这样死板拘谨地握笔还能写出好字吗?如果和所谓的"龙睛法"、"凤眼法"并列,我可以给它起一个雅号,叫"猪蹄法"。

还有人强调要"平腕"。古人席地而坐书写,当然只能悬腕,而谈不到"平腕",改在高桌椅上书写后,有人不但坚持要悬腕,而且还要把腕子悬平。这显然是违反常态的。按现在正确的握笔方法,腕子是不可能平的,要想平,只能把肩臂生硬地端起来。有人教人写字,要用手摸人的腕子平不平,更有甚者,训练学生要在腕子上放一杯水,真是迂腐得可笑。试想,让人手做"龙睛法"或"凤眼法",掌中还要握一个鸡蛋;腕做"猪蹄法",还要翻平,上放一杯水,这是写字呢?还是练杂技呢?

随之而来的是如何正确理解所谓的"八面玲珑"和"笔笔中锋"。古人席地而坐时书写都是自然地悬腕,写出的字不会出现一面光溜,一面干的现象,自然是八面玲珑。到了后来米元章仍强调写字要"八面玲珑"。古人所说的"八面"本指东、西、南、北、东南、东北、西南、西北,米元章这里是借以形容要笔笔流转。米元章的字也确实有这一特点,如他的《秋深帖》"秋深不审气力复何如也"十字,一气呵成,真可谓"八面玲珑"。他还曾临过王羲之的七种帖,宋高宗曾让米元章的儿子米友仁为此作跋。米友仁跋中称赞的"此字有云烟卷舒翔动之气",亦是从这种观点立论,而他的这些临本确实比一般的刻本自然流畅。能达到这种效果是因为他能把笔悬起来灵活自如地使用,如果腕子死贴在桌面上,自然不会有这样的效果。要只注意悬腕,写起来灵活倒是灵活了,但掌握不好字体的美观也不行。

还有人认为要想达到"八面玲珑"的效果,就要"笔笔中锋",这又是一种误解。只要笔画有肥有瘦,就决不可能是纯中锋,瘦处是将笔提起来,只将笔的主毫着纸,这可叫"中锋";但只要有肥处,就说明在按笔时,主毫旁边的副毫落在纸上了。如果要笔笔中锋,就只能画细道,打乌丝格,就不成为字了。这和刻字一样,如果只拿刀刃正面刻,就只能刻细道。要想刻出粗道,只能用双刀法。我曾看过齐白石刻字,他就是斜着一刀下去,结果是一面平,一面麻,但他名气大,可以不管这一套。因此,对中锋的正确理解是笔拿得正,不要让它侧躺,出现一面光一面麻的现象,而不是只用笔尖。但由此又生出误解。当年唐穆宗问柳公权怎样才能笔正,柳公权说"心正才能笔正",这其实只是对唐穆宗心不要邪的劝谏,有人拿它大做文章就未免迂腐了。文天祥心最正,字未见有多好;严嵩心最不正,字不是写得也很好吗?

(三)关于书写的工具。

书写的主要工具不外乎笔、墨、纸、砚,即所谓的"文房四宝"。这其中最主要的当然是笔。

从出土文物中可知笔产生的年代相当久远。笔一般都用动物毫(毛)制成,诸如兔毫,白居易有《紫毫笔》诗,描写的就是兔子毛制成的毛笔,因此这种笔又称紫毫笔;还有狼毫,这里所说的狼毫指的是黄鼠狼(学名黄鼬)尾上的毛;还有鼠须及鸡毫;最常见的是羊毫。还有兼毫,如七紫三羊、五紫五羊、三紫七羊等,书写者可以根据自己喜好来选择。另外还有用特殊材料制成的笔,如茅草和麻等。也有在羊毫中加麻(苎麻)的,称"笔衬",可以使笔更加挺括。总之,这里面的讲究很多,但好的笔工往往秘而不宣。如果写特别大的字,大到用现在的抓笔都写不了,那也不妨用布团蘸墨写,写完之后再用笔描一描即可。对笔的选择完全要看个人的喜好和需要,什么顺手就用什么。苏东坡有一句名言,使人不觉得手中有笔,就是最好的笔。比如我写小字喜欢用硬一点的狼毫,写大字喜欢用软一点的羊毫。我有一段时间喜欢用衡水出产的麻制笔,才七分钱一支,也很好使。用什么笔和学习书法的过程没什么关系,与书法造诣的水平更没什么关系。对此也有误会,比如褚遂良曾说"善书者不择笔",于是有人就说不能挑笔,一挑笔就是水平低。这毫无道理,不同的习惯,不同的手感当然可以选择不同的笔。又说某某能写纯羊毫,就好像多了不起;又说东坡的《寒食帖》是用鸡毫写的,所以本事大,这是没有任何根据的。

现在我们可以根据有关的记载得知唐朝人制笔的方法:先选择几根最长的主毫,放在正中,然后选择几根稍短一点的做第一层副毫,扎在主毫周围,再选一些稍短的做第二层副毫,再扎在周围。在层与层之间还可以裹上一层纸。依次类推就制成了半枣核状的笔,日本有《槿笔谱》一书,就记载了这一过程。笔的这种制造工艺直接影响到字的书写效果。有人特意学颜真卿写捺时的"三尾蛐蛐"式的虚尖,其实他的这种虚尖是与他所用之笔主毫较长的特点有关。有的人不明白这个道理,故意地去添虚尖,很可笑。有人对泡笔时,是否全发开也挺讲究,认为哪种就算高级的,哪种就算低级的。这也毫无根据,完全由个人习惯而定。

古代没有现成的墨汁,所以很讲究用墨。现在有了墨汁还有人非要坚持磨墨,这似乎没必要。但墨汁的好坏直接影响到装裱时是否洇纸,所以要有所选择。现在北京出的"一得阁"墨汁,安徽出的"曹素功"墨汁都很好用。

纸的种类当然很多,难以一一列举。用什么纸与书法水平也没有关系。我是得什么纸用什么纸,有时觉得在包装纸上写似乎更顺手,因为没负担;越用好纸越紧张。我这种感觉和很多古人一样,当年很多人都不敢在名贵的印有乌丝格的蜀缣上写,只有米元章照写不误,看来还是他的本领大。

至于砚就更无所谓了,如果用墨汁,它简直就可有可无。砚对现在书法而言,大约工艺价值远远超过使用价值。

总而言之,这一讲讲的问题虽多,但中心思想却是一个,即不要被那些穿凿附会、貌似神秘的说法所蒙蔽,不管这种说法是古人所说,还是权威所说。这些说法很多都是不了解古代的实际情况而想当然,然后又以讹传讹,谬种流传。不破除这些迷信,就会被他们蒙住而无法学好书法。

二 碑帖样本

上讲说遇写字不见得都需有幼功,临帖也不必都求其全似,因为本来就不可能全似,但对学习书法的人来说,临帖是非常必要的。它是一种最基本的方法的练习。正像练钢琴,没有一个不是从基本曲目开始的,总是随手乱弹,一辈子也成不了钢琴家;写字也一样,总是随手写来,即使号称这是"创新",也成不了书法家。书法中的横、竖、点、撇、捺、挑、折,就相当于西洋音乐中的1、2、3、4、5、6、7,中国音乐中的合、四、一、上、尺、工凡、六、五,只有把每个音节都唱得很准了,音节与音节之间的组合变化掌握得都很熟练了,才能唱出优美的乐章;同样,只有把基本笔画的基本形状及其组合掌握得都十分准确、十分自如,才能写出好字。这就需要临帖,因为帖就是好的字样子。小孩子临帖,并不是让他三天成为王羲之,也不能奢求他对书法艺术有多高的理解,而是让他熟悉笔画的基本形状、方向,以及字的结构布局,从而打好基本功。大人也需要时时临帖,即使达到了相当的水平也如此,正像钢琴演奏家在演出之前也需练习一样,它可以使你越练越熟。更何况它是一项很好的文化娱乐活动,是一项很好的审美创作练习,当你把写出的字挂起来欣赏的时候,你会从中发现很多乐趣。

那么临帖需先搞清哪些问题呢?大概有以下几点:

(一)先要认清碑帖上的字相对原来的墨迹有失真之处。因为碑帖上的字是我们模仿的字样子,所以很多人就认为它是最准确的了,认为当时书法家写到石碑或木板上的就是那样,因而对碑帖上呈现出的每一细微处都觉得是必须效法的。其实并非如此。刻出来的字与手写的字不但有误差、有失真,而且有好几层误差与失真。这只需搞清碑帖的制作过程就能明了。

第一个过程是用笔蘸朱砂写在石头上,称"书丹",因为朱砂比墨在石头上更显眼,便于雕刻。第二道工序是刻。刻的时候就以红道为据。我曾在河南的"关林"看到很多出土的碑,因为书丹时有的笔道很肥,刻完之后,刀口的外面还残留着朱砂的颜色。可见刀刻的痕迹与第一道工序——书丹的痕迹已不完全相符了,有的可能没到位,有的可能过头了,这是第一次失真。再好的刻工也不能与书丹时完全一样。在流传下来的碑刻中,刻得最好的是唐太宗的《温泉铭》,现在见到的敦煌本《温泉铭》,笔锋及其转折简直就和用笔写的一样,我在《论书绝句》中曾这样称赞它:"细处入于毫芒,肥处弥见浓郁,展观之际,但觉一方黑漆版上用白粉书写而水迹未干也。"但这样的精品终究是极少数,从道理上讲,刀刻的效果总不能把笔写的效果全部表现出来，比如不管是蘸墨也好，蘸朱砂也好，色泽的浓淡、笔画的干湿，以至笔势的顿挫淋漓就是刀工所不能表现的。用笔写的时候可能会出现"燥锋"和"飞白"，即墨色比较干时，笔道会随运笔的方向出现空白，这就不好刻了。没办法，所以定武本的《兰亭序》就只好在这地方刻两条细道，表明此处是由燥锋所出现的飞白，其实原字的飞白并不止两道。我曾拿唐人写经中的精品来和唐碑加以比较，明显感到写经的笔毫使转、墨痕浓淡——可按，但碑经刻拓，则锋颖无存。两相比较，才悟出古人笔法、墨法的奥妙。又曾看到智永的《千字文》真迹，其墨迹的光亮至今还非常鲜明，这是碑帖无论如何也表现不出的。

第三道工序是拓碑，拓时先用湿纸铺在碑上，然后垫上毡子往下按，这样，碑上凹下的笔画就在纸背上被按成凸出的笔画了，再在上面刷上墨，凹下的地方因沾不上墨，所以就成为黑纸白字了。但按的时候力量不会绝对匀，力量不到、按得不瓷实的地方就会使拓出来的笔道变细。这是第二次失真。刷墨的时候也不会绝对的均匀，再加上墨如果比较湿，或者纸比较湿，就会洇到凹下去的部分，这样笔画的粗细与形状也会与原字不同，这是第三次失真。

第四道工序是把纸揭下来装裱。裱时要将纸抻平，这样一来笔道又会被抻开，这是第四次失真。碑帖流传的时间过长会破旧损坏，需要重裱，这是第五次失真。

而更糟糕的是有的碑也会损坏，如毁于战火、毁于雷电，或者被拓的次数过多而将碑面损坏，于是只好根据现有的拓片重新翻刻。拓片已经失真，根据失真的东西翻刻岂能不再次失真？这是第六次失真。当然，好的翻刻本也有。如乾隆年间无锡秦家，根据宋拓本翻刻《九成宫》，在当时可以卖到一百两银子一本。因为当时的科举考试非常重视书法，当时书法的标准为"黑大光圆"，于是人们就不惜重金来买好碑帖。

试想，轮到你手中的碑帖不知已失真多少次。最好刻的真书尚且如此，不用说更富于使转变化的行书与草书了，如果你还认为古人最初写的真书、行书、草书本来就如此,甚至把走形失真之处也揣测成是古人力求毫锋饱满、中画坚实,于是一味地亦步亦趋、死板模仿,以至有意求拙,以充古趣,岂且不过于胶柱鼓瑟?

　　碑如此,帖亦如此。好的帖讲究用枣木板,硬,不易走形损坏。帖刻的工艺也有好有坏。有著名的宋代的淳化阁帖,本身刻得很粗糙,但宋徽宗的以淳化阁帖为底本的大观帖却刻得十分精致,几乎和写的一样。但它们的制作工艺与碑大致相同,故而再好也无法表现墨色的浓淡、干湿,并存在多次失真的情况。总而言之,不管碑也好,帖也好,我们千万别以为古人最初的墨迹即如此,否则就会把失真与差误的地方也当成真谛与优长加以学习了。其结果只能像我在《论书绝句》中所云:"传习但凭石刻,学人模拟,如为桃梗土偶写照,举动毫无,何论神态?"

　　这里需顺便指出的是,有人对碑与帖的关系又产生了一些无意或有意的误解,如认为碑上的字是高级的,帖上的字是低级的;写碑是根底,写帖是补充。比如康有为就特别提倡"尊碑",他所著的《广艺舟双楫》中就专有一章谈这方面的内容。他写字也专学《石门铭》。还有人从而又生发出所谓的"碑学"与"帖学",好像加上一个"学"字,就成为一种专门的学问了。这是无稽之谈。对于初学写字的人来说,碑由于字比较大而清楚,且楷书居多,学起来容易掌握;帖行草居多,经常有连笔和干笔带来的空白,对连字的基本形状结构都还不很分明的人来说,自然更难掌握。就这层关系而言,临碑确实是根底,但有了一定的基础后,二者就无所谓谁高谁低了。究竟是临碑还是临帖,全看自己的爱好。再说,碑里面因刻工技术的高低,拓工水平的好坏,也有优劣之分。如柳公权的《神策军碑》刻得非常好,虽然干湿浓淡无法表现,但笔画字形刻得极其精致周到;但同是柳公权的《玄秘塔》就刻得相对粗糙。又如颜真卿,楷书大字首推《告身帖》,所谓"告身"就相当于今日的委任状,按情理说,颜真卿不可能为自己写委任状,故此帖肯定是学他书法、且学得极其神似的人所写,但此帖的风格与颜真卿的《颜家庙碑》、《郭家庙碑》等都属一类,但我们随便拿一本宋拓的碑,远远不如《告身帖》看得这样分明真切。所以真假暂且不论,但从学习写法来看,《告身帖》要优于一般的碑。又如古代有所谓的"响拓本",所谓"响拓"是指用透明的油纸或蜡纸蒙在原迹上向着光亮处,将它用双勾法将原迹的字勾出来,再填上墨。唐人已有这种方法,宋人也用这种方法,但不如唐摹的精细。有的唐摹本相当的好,如《万岁通天帖》和神龙本的《兰亭序》,连碑中不能表现的墨色的浓淡干湿都能有所表现。但这都属于"帖"类,谁又能说它比碑低级呢?

我虽然始终强调"师笔不师刀"——强调临摹墨迹比临摹碑帖要好,并在上文列举了碑帖的那么多问题,但并不是一概地反对临摹碑帖。因为一来好的墨迹原件终究不是所有人都能见到的,当年乾隆皇帝曾拿出过一次秘藏的王羲之的《快雪时晴帖》给大臣看,大臣无不感到受宠若惊。大臣尚且如此,何况一般的平民百姓?二来即使有了好的墨本真迹,谁又舍得成天地摩挲把玩?三来好的刻本终究能表现出原迹的基本面貌,尤其是字样的美观、结构的美观,终不可被某些局部的失真所掩。但我们一定先要明白碑帖与原迹的区别。正如我在《论书绝句》中所云:"余非谓石刻必不可临,唯心目能辨刀与毫者,始足以言临刻本。否则见口技演员学百禽之语,遂谓其人之语言本来如此,不亦堪发大噱乎?"如果你看过一些好的墨迹本,并能在临碑帖时发挥想象,"透过刀锋看笔锋"——透过碑版上的刀锋依稀想见那使转淋漓的笔锋,那就更好了。那就如我在《论书绝句》中所说:"如观灯影中之李夫人,竟可破帏而出矣。"——当年汉武帝非常思念死去的李夫人,方士云能致将李夫人的魂魄来,届时汉武帝果然在帏帐的灯影中见到李夫人——只要我们能将本来死板的碑帖借助感性的想象,把它看活,将它尽量变成一幅活的墨迹就成了。

以上所说都是以现代影印术尚未出现为前提的。古时人们得不到真迹做范本,怎么办呢?最好的办法是找勾摹的响拓本。但这也很难得,所以对一般人来说只好凭借好的刻本,再等而下之,就只好凭借翻刻本了。有的人称好的刻本为"下真迹一等",这已是夸奖的话了,陶祖光甚至更夸张地说好的拓本可"上真迹一等",因为真迹已死无对证,无从查找了。但在现代精良的影印术发明之后,好的影印本确实可"上真迹一等",因为一来它确实和原迹一模一样,包括墨色的浓淡干湿、枯笔的飞白效果与原件毫无二致,这一点是"响拓本"无法比拟的。二来便于使用,你可以将它置于案头随时把玩,不必担心它的损坏,因此它的收藏价值虽不如真迹,但实用价值确实大于真迹。我家长年挂着影印的米元章和王铎的作品,要是真迹,我舍得随便挂吗?因此现代影印术的发明,真是书法爱好者的一大福音,它为我们轻而易举地提供了最理想的范本,这可是古人梦寐难求的啊。

(二)何谓碑、何谓帖。

"碑"字从"石"、从"卑",原指坟前的矮石桩,最初上面还有一个窟窿,原用于下葬时系棺椁用,也可以用来系葬礼时的牺牲品,如猪羊之类。后来在上面刻上墓主的名字,碑石也变得越来越大,碑文也变得越来越多,内容也越来越丰富,不但可以用来记载死者的有关情况,而且凡纪念功德的纪念性文字都可以书碑。汉代就有著名的《石门颂》,北魏时有《石门铭》,记载褒斜一带的有关情况。到唐代,开始多求名人书写,甚至皇帝自己写。唐太宗就写过两个碑,一为《温泉铭》,歌颂他洗澡的温泉如何好,如何有利于健康,此碑早已不存,现有敦煌的孤本残帖;一为《晋祠铭》,纪念周成王分封其幼弟叔虞于唐之事,晋祠即指叔虞的庙。后来李唐王朝之所以称"唐",是因为他们自视为叔虞的后代,所以《晋祠铭》兼有歌颂大唐王朝立国之意。唐高宗效法其父,写过《李勣碑》,武则天则为其面首张昌宗写过《升仙太子碑》,硬说他是仙人王乔王子晋的后身,立于河南缑山。此碑现在还有,碑旁已砌上砖墙加以保护。

碑的歌颂纪念性质决定它多以郑重的字体来书写,这样也便于读碑的人都看得清。汉时多用隶书,唐时多用楷书。我们今天见到的虞世南、欧阳询、柳公权、颜真卿的碑无一例外,全是用楷书来写,字又大又清楚,所以便于成为后来学习楷书的范本。只有皇帝例外,他们至高无上的地位可以不受这一限制,爱怎么写就怎么写,所以唐太宗、唐高宗就用行书写,武则天甚至用草书写,草得有些字都很难辨认。

帖,最初指古人随手写的"字帖子",也称"帖子",实际上就相当于今天所说的便条、字条、条子,所以写起来比较随便,字往往很少,有的就一两行,如著名的《快雪时晴帖》就三行。淳化阁帖中有很多这样的作品。用于拜见主人时,称"名帖"、"投名帖",最初是折起来,因而也称"折子",里面就写一行字,说明自己的姓名、身份,后来变成单片的,称"单帖"。我见过清朝人的单帖,官越大,头衔多的,字反而越小,官越小的字反而越大。外边还可以用一个皮夹子装着,称"护书",由跟班的拿着。到了被拜访人的家,由跟班的拿出来,交给门房,门房收下后,举着到二门,朝上房喊"某大人(或某老爷)到。"主人听到后说声"请"。然后门房回来也向客人说声"请"。便可以领着他去见主人了。如果是下级呈递上级的公文,则称"手本",按一定宽度折成一小本。还有信,其实也属于帖,比如现在流传的王羲之的几种帖,大部分都是他当时写的信,《快雪时晴帖》实际上也是信。有时写给大官的信,大官可能在信后随手批几句批语,有如皇帝在大臣的奏折上批上"知道了"云云,那也属于帖。《书谱》曾记载,王献之曾郑重其事地给谢安写过一封信,并自认谢安"想必存绿",但没想到谢安只是于原信上"批尾答之",令王献之大为失望。在古人看来,这些都属于帖。《兰亭序》虽然比较长,但它仍属帖,因为它是文稿子,上面还有改动涂抹的痕迹。因此我们可以给帖下一个广泛的定义:凡碑之外的、随手写的都可称帖。后来这些帖不管用勾摹的办法,还是刻板的办法保留、流传下来,人们仍然称它为"帖"。有人说竖石叫碑,横石叫帖,这并不准确,其实,墓前的横石也叫碑。

既然是便条的性质,所以写起来就比较随便,文辞既很简单,所用的字体也多属行书或草书。当然,帖中也有用较正规的字体的,如王羲之的《快雪时晴帖》,正像碑中也偶尔有用行草的。因此碑与帖的区别,主要是当初用途的不同与由此而来的所选用的字体的不同。碑是树立在醒目的地方供人看的,它唯恐别人看不清,所以字往往选用又大又清楚的楷书、隶书;帖多数是一个人写给另一个人的,只要两人之间能看懂即可,所以字体可以随便。在秘而不宣时(这种情况是很多的,如有人在信中附上一句"阅后付丙"——阅后请烧掉,就是明证),恨不得写出的字除对方外,谁也看不懂,不懂得像密码一样才好。

现在有人从碑中和帖中字体的不同引出"碑学"、"帖学"这一概念,这其实并不正确。如果我们把研究碑和帖是怎样来的,又是怎样发展变化的,里面有多少种类,汉碑是怎么回事,魏碑是怎么回事,称为"碑学"、"帖学"尚可,但如果把研究碑上的字称为"碑学",把研究帖上的字称为"帖学",就不准确了。还有人把研究"写经"上的字称为"经学"、"经体",这就更不准确了,经学哪里是指这个?不管是研究碑上的字,还是研究帖上的字,或是研究写经上的字,都是书法学。我们不能把碑上的字与帖上的字,或写经上的字截然分开,然后一个称"碑学",一个称"帖学",一个称"经学",这容易引起歧义。

(三)对碑帖及临写碑帖时的一些误解。

在第一讲中我已指出由握笔等书写方法的误解而造成的书写时的一些错误,这里我想再着重谈谈由对碑帖的误解而造成的错误。这些错误大致又分两类。

第一类是由于不知道碑帖的失真而造成的对碑帖死板机械的临摹。

比如,你如果不知道墨迹本来是很圆润的笔画,只是经刀刻以后才变成方笔,于是不加分辨地机械模仿,把笔画都写成"方头体",甚至把它当成古意和高雅来刻意追求,这就错了。有人还因此把没拓秃的魏碑称为"方笔派",把拓秃了的魏碑称"圆笔派",这就更属无稽之谈了,他们不知道像龙门造像中的那些方笔其实都是刀刻的结果。龙门那里的石头很硬,不好刻,比如要刻一横,只能两头各一刀,上下各一刀,它自然成为方的了,古人用毛锥笔是写不出来那么方的笔画的。清末的陶濬宣(心耘)就专写这种方笔字。还有张裕钊(廉卿)写横折时,都让它成为外方内圆的,真难为他怎么转的笔,我把它戏称为"烟灰缸体"。碑帖中确实有这样的字体,但外边的方是刀刻所致,里边的圆可能是刀口旁边有剥落所致。他不知道这一点而去机械地模仿就很无谓了。更令人遗憾的是,有些人还专门学张裕钊的这种写法,他的一些学生,有中国的,也有日本的，就专跟他学这种写法，至今已流传两三代了。我还曾遇到过这样一件事。一天，一位自称老书法爱好者的人驾临寒舍，称他收藏有最好的欧帖，并终生临摹不已，边说边打开一摞什袭包裹的碑帖。我一看真为他惋惜，他自认为最好的这些碑帖，实际不过是专出《三字经》、《百家姓》、《千字文》（合称"三、百、千"）之类的"打磨厂"（北京的一个地名，内有一些印制碑帖、年画、红模子的小作坊）一级的东西，粗糙得很，笔道都是明显的刀刻的方头，字形都已明显变形。试想，以此为范本用功一生，还自谓得到了欧体的精华，岂不可惜？

又比如有的碑上的字，字口旁有缺损剥落，于是拓下来的字便会在字口旁出现一些多余的部分。有的人不明白这是怎么回事，便在临摹时在笔道旁故意顿挫出一些刺状的虚道，我戏称它为"海参体"。又如碑上的细笔道在拓时因用力不匀或用墨过浓，都容易拓断，有人认为古人在写时原本如此，在临摹时也跟着故意断。这种断笔、残笔在小楷的碑帖中更易出现。因为原本刻得字就小，笔道就浅，拓多了自然更易模糊。如宋人刻过很多附会为王羲之的小楷帖，像《黄庭经》、《乐毅论》、《东方画赞》等。这些帖中，"人"字一捺的上尖往往拓不上，于是变成了"八"字，"十"字一横的左半部分拓不上，于是变成了"卜"字。我小时曾看到兄弟俩一起面对面地坐在桌子的两旁认真临帖，都用我前边说过的自认为颇具古意的"猪蹄法"握笔，而且每写到碑上出现拓残的断笔时，哥儿俩就互相提醒，嘴里还念念有词"断，断"，显然是把它当成一种古人有意为之的特殊笔法加以模仿。当时我还小，不知怎么回事，只觉得很奇怪，后来弄清楚怎么回事后，觉得这兄弟俩真可笑。其实，不用说一般人了，就连很多书法家亦如此，比如明代的祝允明、王宠等就有意这样写，因此他们的字往往有这样的断笔。

第二类是概念上的错误。有些人因看到碑上的字多是方笔，为了刻意仿效它，就制造出一些莫名其妙的书写理论和书写方法，以期达到这样的效果。还有人因看到碑上的字多是方笔，便误认为所有的字都应如此，不如此就连是否是真的都值得怀疑了。

如清朝的包世臣，在其所著的《艺舟双楫》中记载，他曾从黄小仲（黄景仁字仲则之子）那里听说过一个关于用笔的很高深的理论，叫"始艮终干"，当他想进一步向他请教何谓"始艮终干"时，他则笑而不答，以示高深。其实这是一种想把笔画写成方笔的用笔方法。如果我们把一横看成是三间坐北朝南的大北房，古人心里的地图是上南下北，那么按照八卦的排列它的西北角叫干，正北叫坎，东北角叫艮，正东叫震，东南角叫巽，正南叫离，西南角叫坤，正西叫兑。所谓"始艮终干"指从东北角艮位下笔，往上一提，然后描到东南角的巽位，然后平着从中间拉到西边，把笔提到西南角的坤位，最后将笔落到西北角的干位，这样一来就能把笔画描成方的了。这不叫写字，这叫描方块儿，比"海参体"更等而下之了。总之，想要硬用毛锥笔写方笔字，必定会出现很多怪现象。

又如清朝还有一个叫李文田的人，专门学写碑。他曾在浙江做考官，在回来路过扬州时，为汪中所藏的《兰亭序》作了一大段跋。其中心观点是《兰亭序》不是王羲之所写，理由是晋朝人的碑中没有这样的字。他不知道晋朝的碑本来就不可能有这样的行书字，因为那时碑上的字都是工工整整的，一直到唐朝欧、柳等人莫不如此，只有皇帝老儿的碑才偶尔有行书字。不用说古人的碑了，就是现在人在门口上贴一个"闲人免进"的条，也要写得工工整整的才行，才能达到让人看清从而不进的目的，否则，写得太潦草，岂不是还要在旁边加上释文？换言之，他们不懂得书写的形状和书写的用途是有密切关系的。我们知道汉朝郑重的字都用隶书，而现在看到的出土的汉代永元年间的兵器簿全是草书，敦煌发现的汉简中，有关军事的也全是草书。为什么？因为军中讲究快，为了这个目的，所以就要选用与之相适应的字体。直到今天亦如此，比如报头为了美观醒目，可以用各种字体，但到了里面的正文，必定还用最易辨认的宋体或楷体。《兰亭序》本来是书稿，它当然会选用行书字，而不用当时工工整整的正体。正像我们今天随便写一个便条，谁会把它描成通行于书报上的宋体字呢？因而岂能用碑中没有这样的字就说《兰亭序》是假的呢？他还用《世说新语》所引的注与《兰亭序》有出入为据，来论证《兰亭》为假,殊不知古人以引文作注本来可以撮其原文之大意,他不说所引简略,而反过来怀疑原文,更是无知。

这种观点后来又得到某些人的发挥,他们看到南京出土的晋朝的《王兴之墓志》等都是方块笔,认为《兰亭序》都应该是这样的才对。还说如果真有《兰亭序》,其笔法必定带有"隶意"才对。如果没有"隶意"必定是假的。殊不知这些碑的方笔画都是刀刻出来的效果,当然会是刀斩斧齐,但拿毛锥笔去写,无论如何是写不出这样的效果的。再说唐人管楷书就叫"今体隶书",《唐六典》中就有这样的记载。唐朝的《舍利函铭》的跋中就有"赵超越隶书"之语,而所用之字,全是标准的楷书。虽然都叫隶书,但汉隶与唐楷(唐人称"今体隶书")是名同实异的。李文田要求晋朝的行书要有汉碑隶书的笔意,这也是一种误解。我们不能死板地理解这些名词,应该根据具体情况去正确理解。比如张芝曾写过这样的话"草草不及草书",这里的草书实际应是起草的意思,如果把它理解为草体书,说我来不及了,不能写草书了,只能一笔一画给你工整地写楷书,这合逻辑吗?又比如某人小时挺胖,大家都管他叫"胖子",但到大了,他不胖了,我们能说他不是那个人了吗?同样的道理,如果还把这里的"隶"理解为蚕头燕尾式的笔画,硬要从《九成宫》甚至《兰亭序》中去找这种隶意,找不到就瞎附会,看到那一笔比较平,就说那就是隶意,岂不可笑?

《书法常识》序言

我从幼小识字时,即由我的祖父自己写出字样,教我学写。先用一张纸写上几个字,教我另用一张较薄的纸蒙在上边,按着笔画去写。稍后,便用间隔的办法去写,这个方法是一行四个字,第一、第三处由我祖父写出,第二、第四处空着。我用薄纸摹写时,一三字是照着描,二四字是仿着写。从此逐步加繁,临帖、摹帖、背临、仿写……直到二十多岁,仍然不能自己写出一个略可看得过的样子。

在十八九岁时,羡慕画法,也希望将来做个"画家"。拜师学画,描个框子,还可算得一张图画。但往上一写款字就糟了,带累得那勉强叫做画的部分也都破坏了。于是发愤练字,这个练字的过程,可比用钻钻木头,螺旋式地往里钻,木质紧,钻的钢刃钝,有时想往里钻,结果还在原处盘旋。这种酸甜苦辣,可说一言难尽。请教别人,常是各说一套,无所适从。遇到热心的前辈,把某一种帖、某一方法,当做金科玉律,瞪着眼睛教我写,这种盛意,既可感,又可怕。

及至瞎摸着学,临这一家,仿那一体,略微可以题在画上对付得过去一些了,也不过是自己杜撰的一些应付之法,画上的东西向左歪些,题字就向右斜些。如此之类,写了些时,但离开画面,就不能独立。

又遇到"体"的问题，什么"颜体是根本"、"赵体最俗气"之类的说法；"古"的问题，什么"篆隶是来源"、"北碑胜唐碑"之类的说法；"方圆"笔法的问题，什么"方笔雅"、"圆笔俗"之类的说法，等等。及至我去如此实践，有的并不是那么一回事，甚至所说与客观事理完全相反。举一极简单的例，如用圆椎形的毛笔，不许重描，来写出《龙门造像题记》那样方笔，又要笔笔中锋。试问即使提出这个说法的本人，恐怕也没有解决的办法吧！我在误信种种"高论"之后，从实践中证明它们全属"谬论"，至少是说者对那些现象的误解。此后，我的思想才从"迷魂阵"中解放出来。

再后，陆续看到历代的墨迹，再和刻本相比较，才理解古代人写的墨迹是什么情况，用刀刻出后的效果又是什么情形。好比台下的某位戏剧演员是什么面貌，化了装后在台上又是什么面貌。他在台上身材高是因靴底厚，肩膀宽是"垫肩"高，原来台上的黑脸包公即是台下的演员某人，从此"豁然心胸"，我写我自己的字了。中间又几次看到出土的和日本保存的古笔实物，更得知有的点画是工具决定的，没有那样制法的工具，即属同是不加刀刻的墨迹，也写不出用那样工具所写出的点画。于是注意笔画之间的关系，注意全字的结构，注意字与字之间的关系，注意行与行之间的关系。临帖时，经过四层试验，一是对着帖仿那个字；二是用透明纸蒙着那个字，在笔画中间画出一个细线，这个字完全成了一个骨骼；三是在这骨骼上用笔按粗细肥瘦加肉去写；四是再按第一法去写。经过这样一段工夫，才明白自己一眼初看的感觉和经过仔细调查研究后的实际有多么大的距离，因而又证明了结构比用笔更为重要。当然没有用笔，或说笔没落纸时，又怎有结构呢？但笔向何处落，又是先得有轨道位置。所以，用笔与结构是辩证的关系。赵孟頫说："书法以用笔为上，而结字亦须用功。"我曾对他这"为上"和"亦须"四字大有意见，以为宜以结构为先，至今还没发现这个见解的错误，但向人说起来时，总有争议，后来了然，"结字为先"，是对初学的人为宜，老师教小孩拿铅笔在练习本上抄课文，只是要他记住字的笔画，并无"用笔"可言，已会写字，有了基础，所缺乏的是点画风神,这时便宜考究用笔。赵孟頫说这话时。是中年时期,是题《兰亭帖》后,这时他注意的全在用笔。譬如中国餐的习惯是吃饭之后,喝一碗汤;外国餐的习惯是先喝汤,后吃主食。但谁也知道,只喝汤是不会饱的。于是我对先喝后喝的问题,也就不再和人争辩了。

至于实践,从题画上的字稍能"了事"之后,如写什么条幅、对联等等,又无不出丑。解放后有了新兴的练字机会,抄大字报,抄大字标语。这时的要求,并不在什么笔法、字体,而是一要清楚二要快,有时纸已贴上,补着往上去抄。大约前后三十年,把手腕、胆子都练出一些了,才使我懂得,不管学什么,都要有一种动力,无论这动力从哪方来,从下往上冒、从上往下压、从四面往中间行,都有助于熟练提高。大字报现在已有明文废止,也不能为练字而人人去写大字报,这里所说,只是我的一段经过,并且说明放胆动笔的好作用罢了。

练书法要不要临帖,如果要,为什么?这是常听到的问题。我个人认为,弹钢琴要练名家的谱,谁也知道,不是为将来演出时,只弹这个谱子,而是为了练习基本功,从前人的创作中吸取经验,自己少走些弯路。又有人提出说为什么临帖总不能像,我的回答是永远也不能像,谁也不能绝对像谁,如果一临就像,还都一丝不差,那么签字就不会在法律上生效了。推而至于参考前人的论说,即使是自己认为可取的论点,最好也通过实践试验,不宜盲从傻信。

我个人在练字过程中,也曾向书本请教,什么《书法正传》,什么《艺舟双楫》、《广艺舟双楫》等等,愈看愈不懂,所得的了解,是明白了从前听到别人给我讲写字方法的那些论点,原来大都是从这类书里来的。不过有些更加玄虚,有些引申创造罢了。于是我便常向朋友劝告:要学书法,有钱多买字帖,少买论书法的书;有时间多看帖、临帖,少看论书法的书。要加声明:这里所说"论书法的书",当然是指古代的,因为它绝大多数玄虚难懂。如果扩大一些范围,凡是玄虚难懂的都可以暂时节省些眼力!

近十年来,书法又被提倡,更加为广大群众所喜闻乐见了。于是作为常识读物的参考书和提供借鉴欣赏的碑帖,也纷纷出版,爱好书法的同志找我们来讨论门径、切磋技法的也日见其多。因此浙江古籍出版社要求我们编写一本小册子来补这个空白（当然在这本小册子编写、出版以前已经有了好几本这类著作，已是珠玉在前了。我们这本不过是拾这补缺，只算补珠玉之间的小空隙罢了）。

秦永龙同志是我们同校、同系、宿舍毗邻、日常相见的同好、同志，他是教古代汉语、古代文字的，他对书法的研究，一方由于爱好，一方无疑的是从研究文字变迁而来。他平时治学不苟，写起字来也笔笔认真，一字一行以至一幅，也都各具匠心。绝不随便。起草这本稿子，也是极费推敲，多次修改的。他还非常谦虚，因为稿中所写的有些问题，是我们平常议论过的，所以一定把我的名字列在前边。这篇序言，也有借纸答覆读者的意图，因为许多同好，常问我学书法的"经验"，"经验"哪里敢说，只说"经过"，也是"甘苦"而已。因此我也顺便想起，如果当代的各位老前辈、大书家，肯于各自谈些"甘苦"，哪怕是小故事、碎评论，集在一起，也是我们后学借鉴的财富。抛砖引玉，借地呼吁，我想一定会有人起而做收集编排工作的。

本稿所用插图和图版，一部分借自朋友所存，另外大部分是贾鸿年同志所拍摄，谨在这里一并致谢！

1987 年 9 月 2 日

真宋本《淳化阁帖》的价值

古代影印技术还未发明时,对前代传下来的法书、名画,想要留一个副本,最早只有用透明的蜡纸罩在原件上,映着窗户外的阳光,仔细勾摹。这种办法,叫做"向拓"。向,指映着阳光;拓,指照样描摹。"向"曾被人误写为响;拓,后来通用"拓",又因碑帖多是刻在石头上的字,对碑帖的捶拓本多用"拓",蜡纸勾摹的向拓本,则多用"拓"。这是后世的习惯用法,容易混淆,先做一些说明。

今天可见的唐代向拓法书,首先应推《万岁通天帖》(王羲之一家的名人字迹),是武则天时精密的摹拓本。笔有枯干破锋处,原件纸边有破损处,都一一用极细的笔道画出,足见摹拓人的忠实存真。其次是《快雪时晴帖》等。日本所传《丧乱帖》、《孔侍中帖》等也属唐代向拓本的精品。

向拓虽然精美,但费力太大,出品不可能多。人们看到碑刻拓本,也很能表现书法的原型,刻法精致的碑,也有足和向拓媲美的。如今日所见敦煌发现的唐太宗《温泉铭》,有些字,几乎像用白粉在黑纸上写的字。古代人大概由这些刻拓手法受到启发,即用枣木板片做底版,把勾摹的古代法书贴在板上,加以摹刻,刻成之后,用薄纸捶拓。这样一次便可以拓出若干张纸。后来因枣木易裂,改用石板为底版。据宋代官书《宋会要》记载，北宋人曾收到南唐刻的一段帖石，但今天这段石上的字，已无所流传了。

今日所见把古代自魏晋至隋唐的"法书"摹刻成一整套的"法帖"（性质类似近代编印的《书道全集》之类），始于宋太宗淳化年间所刻的十卷《秘阁法帖》，因为刻于淳化年间，所以普通称它为《淳化阁帖》（或简称《阁帖》）。北宋时《阁帖》中的古代名家字迹，社会上已经不易见到，所以《阁帖》最初拓本一出来，便有许多地方加以翻刻。山西绛州翻刻本号称"绛帖"，福建泉州翻刻本号称"泉帖"等等，无论各翻刻本或精或粗，总都不是最原始的拓本。原本《阁帖》在元代已不易见到全套。书法大家赵孟頫记载他所得到的《阁帖》十本，已是几次拼凑而成的。到了明代，行草书非常流行，《阁帖》中绝大部分是古代名家的书札，行草字体为主要内容，所以习行草的书家没有不临习《阁帖》的。明中叶翻刻《阁帖》的，有最著名的四家，是袁袠、潘允亮、顾从义和甘肃藩王府（俗称肃府）的翻刻本，其中以肃府本摹刻得最得宋拓本的原貌，但其中第九卷已经是用《泉帖》补配的（册尾缺三行可证）。可见以明代藩王所藏，据说是明初分封时皇帝所赐，尚且不能没有补配，这时宋代原刻原拓本的稀有已可知了。

传到今天，可信为宋代内府原刻原拓的《阁帖》，只有三册留存于世，这三册是第六、七、八卷，都是王羲之书。明末清初藏于孙承泽家，每卷前有王铎题签。并没提到共存几本，即使是十本，其余那七卷是同样原刻原拓，或是其他刻本补配，都已无从考查。但这三册中即有北宋佚名人跋一页和南宋宰相王淮跋一页，都说明它是北宋原刻原拓。即从以上几项条件来看。它的历史文物价值，已足充分说明了。

这三卷在民国初年，曾归李瑞清（清道人）藏，有他的跋尾。上海有正书局曾影印行世，后来就流出国外，毫无踪迹。此外现在还流传着藏在博物馆中或私人手里的，从一些字迹精彩程度和特有的痕迹如银锭纹、转折笔、断裂缝等等考证，够得上宋刻宋拓的也还有二三本，但流传有绪，题跋证据确凿的，终归要推这三册占在最先的地位。以上所举的其他宋拓二三本中，虽不如这三本中即具有两个宋人题跋，但在其余的证据条件，一一充足的，要推第四卷一本。这本现在也藏于安思远先生处，这次一同展出，真使我们不能不深深佩服安先生鉴赏古拓石墨可贵的眼力！

其他各时各地的翻刻本，原来并没有伪装原本的意图，由于鉴赏者的盲目夸耀，或牟利者的有心作伪，都会造成以后来翻刻本冒充宋本。这也并不影响真本的价值，伪本愈多，愈显出真宋本的可贵。

以摹刻的技术论，任何宋拓《阁帖》，都比不过真本《大观帖》，但人类学家发现一部分原始人的头骨，那么珍视，并不在后世某些名人的画像之下，因为稀有甚至更加贵重。正如我们看到虽今天科学技术长足进展，瓷器以及其他更高级的日用器皿那样发达，而对上古的彩陶不但不加鄙弃，相反更加重视，岂非同样道理！敬请我们的文物鉴定家、爱好者、研究专家，对这三本彩陶般的魏晋至唐法书的原始留影回到祖国展览而庆幸吧！

1996 年 7 月 26 日

故宫古代书画给我的眼福

谁都晓得，论起我国古代文物，尤其是古代书画，恐怕要属北京故宫博物院收藏的最为丰富了。它的丰富，并非一朝一夕凭空聚起的，它是清代乾隆内府的《石渠宝笈》所收为大宗的主要藏品。清高宗乾隆皇帝酷好书画，以帝王的势力来收集，表面看来，似乎可以毫不费力，其实还是在明末清初几个"大收藏家"搜罗鉴定的成果上积累起来的。那时这几个"大收藏家"是河北的梁清标、北京的孙承泽、住在天津为权贵明珠办事的安岐和康熙皇帝的侍从文官高士奇。这四个人生当明末清初，乘着明朝覆亡，文物流散的时候，大肆搜罗，各成一个"大收藏家"。梁氏没有著录书传下来，孙氏有《庚子销夏记》，高氏有《江村消夏录》，安氏有《墨绿汇观》。这些家的藏品，都成了《石渠宝笈》的收藏基础。本文所说的故宫书画，即指《石渠宝笈》的藏品，后来增收的不在其内。

1924年时，前宣统皇帝溥仪被逐出宫，故宫成立了博物院，后来经过点查，才把宫内旧藏的各种文物公开展览。宣统出宫以前，曾将一些卷册名画由溥杰带出宫去，转到长春，后来流散，又有一部分收回，所以故宫博物院初建时的古书画，绝大部分是大幅挂轴。

我在十七八岁时从贾羲民先生学画，同时也由贾老师介绍并向吴镜汀先生学画。也看过些影印、缩印的古画。那时正是故宫博物院陆续展出古代书画之始，每月的一、二、三日为优待参观的日子，每人票价由一元钱减到三角钱。在陈列品中，每月初都有少部分更换。其他文物我不关心，古书画的更换、添补，最引学书画的人和鉴赏家们的极大兴趣。我的老师常常率领我和同学们到这时候去参观。有些前代名家在著作书中和画上题跋中提到过某某名家，这时居然见到真迹，真不敢相信这就是我曾听到名字的那些古人的作品。只曾闻名，连仿本都没见过的，不过惊诧"原来如此"。至于曾看到些近代名人款识中所提到的"仿某人笔"，这时真见到了那位"某人"自己的作品，反倒发生奇怪的疑问，眼前这件"某人"的作品，怎么竟和"仿某人笔"的那种画法大不相同，尤其和我曾奉为经典的《芥子园画谱》中所标明的某家、某派毫不相干。是我眼前的这件古画不真，还是《芥子园》和题"仿某人"的画家造谣呢？后来很久很久才懂得，《芥子园》作者的时代，许多名画已入了几个藏家之手，近代人所题"仿某人"，更是辗转得来，捕风捉影，与古画真迹邈无关系了。这一层问题稍有理解之后，又发生了新疑问：明末的董其昌，确曾见过不少宋元名画，他的后辈王时敏、王原祁祖孙也是以专学黄子久（公望）著名的。在他们的著作中，在他们画上的题识中，看到大量讲到黄子久画风问题的话，但和我眼前的黄子久作品，怎么也对不上口径。请教于贾老师，老师也是董、王的信仰者，好讲形似和神似的区别，给我破除的疑团，只占百分之五十左右。"四王吴恽"（清代六大画家）中，我只觉得王翚还与宋元面目有相似处，但老师平日不喜王翚，我也不敢拿出王翚来与王原祁做比较论证了。这里要做郑重声明的：清末文人对古画的评鉴，至多到明代沈周、文征明和董其昌为止，再往上的就见不着了。所以眼光、论点，都受到一定的时代局限，这里并非菲薄贾老师眼光狭窄。吴老师由王翚入手，常说文人画是"外行"画，好多年后才晓得明代所称"戾家画"就是此义。

这时所见宋元古画，今天已经绝大部分有影印本发表，甚至还有许多件原大的影印本。现在略举一些名家的名作，以见那时眼福之富，对我震动之大。例如五代董源的《龙宿郊民图》、赵干的《江行初雪图》、巨然的《秋山问道图》、荆浩的《匡庐图》、关仝的《秋山晚翠图》。北宋范宽的《谿山行旅图》、郭熙的《早春图》，南宋李唐的《万壑松风图》、马远和夏圭的有款纨扇多件。元代赵孟頫的《鹊华秋色图》、高克恭的《云横秀岭图》、黄公望的《富春山居图》等等，都是著名的"巨迹"。每次走入陈列室中，都仿佛踏进神仙世界。由于盼望每月初更换新展品，甚至萌发过罪过的想法。其中展览最久不常更换的要属范宽《谿山行旅图》和郭熙《早春图》，总摆在显眼的位置，当我没看到换上新展品时，曾对这两件"经典的"名画发出"还是这件"的怨言。今天得到这两件原样大的复制品，轮换着挂在屋里，已经十多年了，还没看够，也可算对那时这句怨言的忏悔！至于元明画派有类似父子传承的关系，看来比较易于理解。而清代文人画和宫廷应制的作品，已经没有什么吸引力了。

比故宫博物院成立还早些年的有"内务部古物陈列所"，是北洋政府的内务总长熊希龄创设的，他把热河清代行宫的文物运到北京，成立这个收藏陈列机构，分占文华、武英两个殿，文华陈列书画，武英陈列其他铜器、瓷器等等文物。古书画当然比不上故宫博物院的那么多、那么好，但有两件极其重要的名画：一是失款夏圭画《溪山清远图》，一是传为董其昌缩摹宋元名画《小中现大》巨册。其他除元明两三件真迹外，可以说乏善可陈了。以上是当时所能见到宋元名画的两个地方。

至于法书如王羲之《快雪》、《奉橘》，孙过庭《书谱》，唐玄宗《鹡鸰颂》，苏轼《赤壁赋》，欧阳修《集古录跋尾》，米芾《蜀素帖》，和宋人手札多件。现在这些名画、法书，绝大部分都已有了影印本，不待详述。

故宫博物院初建时的书画陈列，曾有一度极其分散，主要展室是钟粹宫，有些特制的玻璃柜可展出些立幅、横卷外，那些特别宽大或次要些的挂幅，只好分散陈列在上书房、南书房和乾清宫东庑北头转角向南的室内，大部分直接挂在墙上，还在室内中间摆开桌案，粗些的卷册即摊在桌上，有些用玻璃片压着，《南巡图》若干长卷横展在坤宁宫窗户里边，也没有玻璃罩。这在今天看来是不可思议的事，也足见那时藏品充斥、陈列工具不足的不得已的情况。

在每月月初参观时,常常遇到许多位书画家、鉴赏家老前辈,我们这些年轻人就更幸福了。随在他们后面,听他们的品评、议论,增加我们的知识。特别是老辈们对古画真伪有不同意见时,更引起我们的求知欲。随后向老师请教谁的意见可信,得到印证。《石渠》所著录的古书画固然并不全真,老辈鉴定的意见也不是没有参差,在这些棱缝中,锻炼了我自己思考、比较以至判断的能力,这是我们学习鉴定的初级的,也是极好的课堂。

不久博物院出版了《故宫周刊》,就更获得一些古书画的影印本。"周刊"是画报的形式,影印必然是缩小的,但就如此的缩小影印本,在见过原本之后的读者看来,究能唤起记忆,有个用来比较的依据。继而又出了些影印专册,比起"周刊"上的缩本,又清晰许多,使我们的眼睛对原作的认识更进了一步。

岁月推移,抗战开始,文华殿、钟粹宫的书画,随着大批的文物南迁,幸而没有遇见风险损失,现在藏于祖国的另一省市。抗战胜利后,长春流散出的那批卷册,又由一些商人贩运聚到北京。故宫博物院又召集了许多位老辈专家来鉴定、选择、收购其中的一些重要作品。这时我已届中年,并蒙陈垣先生提挈到辅仁大学教书,做了副教授。又蒙沈兼士先生在故宫博物院中派我一个专门委员的职务,具体做两项工作:在文献馆看研究论文稿件,在古物馆鉴定书画。那时文献馆还增聘了几位专门委员:王之相先生翻译俄文老档,齐如山先生、马彦祥先生整理戏剧档案,韩寿萱先生指导文物陈列,每月各送六十元车马费。我看了许多稿子之外,还获得参与鉴定收购古书画的会议。在会上不仅饱了眼福,还可以亲手展观翻阅,连古书画的装潢制度,都得到进一步的了解,同时又获闻许多老辈的议论,比若干年前初在故宫参观书画陈列时的知识,不知又增加了多少。

第一次收购古书画的鉴定会是在马衡先生家中。出席的有马衡先生(故宫博物院院长)、陈垣先生(故宫理事、专门委员)、沈兼士先生(故宫文献馆馆长）、张廷济先生（故宫秘书长）、邓以蛰先生、张大千先生、唐兰先生。这次所看书画，没有什么出色的名作，只记得收购了一件文征明小册，写的是《卢鸿草堂图》中各景的诗，与今传的《草堂图》中原有的字句有些异文，买下以备校对。又一卷祝允明草书《离骚》卷，第一字"离"字草书写成"鸡"，马先生大声念"鸡骚"，大家都笑起来，也不再往下看就卷起来了。张大千先生在抗战前曾到溥心畬先生家共同作画，我在场侍立获观，与张先生见过一面。这天他见到我还记得很清楚，便说："董其昌题'魏府收藏董元画天下第一'的那幅山水，我看是赵干的画，其中树石和《江行初雪》完全一样，你觉得如何？"我既深深佩服张先生的高明见解，更惊讶他对许多年前在溥先生家中只见过一面的一个青年后辈，今天还记忆分明，且忘年谈艺，实有过于常人的天赋。我曾与谢稚柳先生谈起此事，谢先生说："张先生就是有这等的特点，不但古书画辨解敏锐，过目不忘，即对后学人才也是过目不忘的。"又见到一卷缂丝织成的米芾大字卷，张先生指给我看说，"这卷米字底本一定是粉笺上写的"，彼此会心地一笑。（按：明代有一批伪造的米字，常是粉笺纸上所写，只说"粉笺"二字，一切都不言而喻了。）这次可收购的书画虽然不多，但我所受的教益，却比可收的古书画多多了！

第二次收购鉴定会是在故宫绛雪轩，这次出席的人较多了。上次的各位中，除张大千先生没在本市外，又增加了故宫图书馆馆长袁同礼先生和胡适先生、徐悲鸿先生。这次所看的书画件数不少，但绝品不多。只有唐人写《王仁昫刊谬补缺切韵》一卷，不但首尾完整，而且装订是"旋风叶"的形式。在流传可见的古书中既未曾有，敦煌发现的古籍中也没有见到。不但这书的内容可贵，即它的装订形式也是一个孤例。其次是米芾的三帖合装卷，三帖中首一帖提到韩干画马，所以又称《韩马帖》。卷后有王铎一通精心写给藏者的长札，表示他非常惊异地得见米书真迹。这手札的书法已是王氏书法中功夫很深的作品，而他表示似是初次见到米芾真迹，足见他平日临习的只是法帖刻本了。赵孟頫说："昔人得古刻数行，专心学之，便可名世。"（《兰亭十三跋》中一条）我曾经不以为然,这时看王铎未见米氏真迹之前,其书法艺术的成就已然如此,足证赵氏的话不为无据,只是在"专心"与否罢了。反过来看我们自己,不但亲见许多古代名家真迹,还可得到精美的影印本,一丝一毫不隔膜,等于面对真迹来学书,而后写的比起王铎,仍然望尘莫及,该当如何惭愧!这时细看王氏手札的收获,真比得见米氏真迹的收获还要大得多。

其次还有些书画,记得白玉蟾《足轩铭》外没有什么令人难忘的了。唯有一件夏昶的《墨竹卷》,胡适先生指给徐悲鸿先生看,问这卷的真假,徐先生回答是:"像这样的作品,我们艺专的教师许多人都能画出。"故先生似乎恍然地点了点头。至今也不知这卷墨竹究竟是哪位教师所画。如果只是泛论艺术水平,那又与鉴定真伪不是同一命题了。如今五十多年过去了,胡、徐两位大师也早已作古,这卷墨竹究竟是谁画的,真要成为千古悬案了。无独有偶,马衡院长是金石学的大家,在金石方面的兴趣也远比书画方面为多。那时也时常接收一些应归国有的私人遗物,有时箱中杂装许多文物,马先生一眼看见其中的一件铜器,立刻拿出来详细鉴赏。而又一次有人拿去东北散出的元人朱德润画《秀野轩图》卷,后有朱氏的长题,问院长收不收,马先生说:"像这等作品,故宫所藏'多得很'。"那人便拿走了。(后来这卷仍由文物局收到,交故宫收藏。)后来我们一些后学谈起此事时偷偷地议论道:窑烧的瓷器、炉铸的铜器、板刻的书籍等等都可能有同样的产品,而古代书画,如有重复的作品,岂不就有问题了吗?大家都知道,书画鉴定工作中容不得半点个人对流派的爱憎和个人的兴趣,但是又是非常难于戒除的。

再后虽仍时时有商人送到故宫的东北流散书画卷册,也有时开会鉴定,但收购不多,而多归私人收藏了。

解放后,文物局成立,郑振铎先生任局长,王冶秋先生、王书庄先生任副局长,郑先生由上海请来张珩先生任文物处的副处长。这时商人手中的古书画已不能随意向国外出口,于是逐渐聚到文物局来。一次在文物局办公的北海团城玉佛殿内,摊开送来的书画,这时已从上海请来谢稚柳先生,由杭州请来朱家济先生,不久又由上海请来徐邦达先生,共同鉴定。所鉴定的书画相当多,也澄清了许多"名画"的真伪问题。例如梁楷的《右军书扇图》卷和倪瓒的《狮子林图》卷,都有过影印本,这时目验原迹,得知是旧摹本。

后来许多名迹、巨迹陆续出现,私人收藏的名迹,也多陆续捐献给国家。除故宫入藏之外,如上海、辽宁两大博物馆,也各自入藏了许多《石渠》旧藏的著名书画。此外未经《石渠》入藏的著名书画也发现了不少,分藏在全国各博物馆。

《石渠宝笈》所藏古代书画,除流散到国外的还有些尚未发现,如果不是秘藏在私人家中,大约必已沦于劫火;而国内私人所藏,经过十年动乱,幸存的可能也无几了。已发现的重要的多藏于故宫、辽宁、上海三大博物机关,散在其他较小的文物、美术机关的,便成了重要藏品。经过多次的、巡回的专家鉴定,大致都有了比较可靠的结论,但又出现了些微的新情况。即某些名迹成为重要藏品后,就不易获得明确结论,譬如某件曾经旧藏者题为唐代的书画,而经鉴定后实为宋代,这本来无损于文物的历史价值,却能引出许多麻烦。古书画的作者虽早已"盖棺",而他的作品却在今天还无法"论定"。后以在今天总论《石渠》名迹(包括《石渠》以外的名迹)的确切真伪,还有待于几项未来的条件:1.科学的鉴别技术,如电脑识别笔迹和特殊摄影技术;2.全国收藏机关对于藏品不再有标为"重望"的必要时;3.鉴定工作的发展和其他自然科学研究一样,后来的发明、补充、纠正如超过以前的成果,前后的科学字都不看做个人的高低、得失,而真理愈明;4.历史文献研究的广博深入,给古书画鉴定带来可靠的帮助。那时,古书画的真名誉、真面貌,必将另呈一番缤纷异彩!

金石书画漫谈

金石书画部分的内容比较多,这里只能做一个简括的介绍,谈谈个人的一点看法,研究方面的一点门径、一点线索。

伟大的中华民族文化,我认为好比一朵花,花蒂、花蕊、花瓣等,都是它的重要组成部分。这个文化史讲座的各个方面,好比是花的各个部分,金、石、书、画也是其中的一个部分。

金、石、书、画,本不是同一性质、同一用途,但在整个的中华民族文化中,这四项都成为中华民族艺术的特征,也可说是中华民族艺术所特有的。以下按次序做一些简单的介绍。

一 金

金就是金属,包括铜、铁等。这里是指用铜、铁等金属所制的器皿、器物,特别是古代的铜器。它们不管是作为实用的或是祭祀的,都是铜及其合金所制的器物。这些在商、周——人们往往说"三代"就是夏、商、周。其实夏到现在还没有十分弄清楚,一般认为夏文化是相当于龙山文化这一系,但夏的文化究竟是什么程度,还不甚清楚。所以"三代"文化,有把握的只能指商、周。古代把商、周的铜器叫做"吉金",就是好的金、吉祥的金。这种冶炼方法在当时已很发达,已能制造合金。制造出来的器皿,很多都有刻铸的文字。现在一般说的"金"是指金文,又叫"钟鼎文"。

商、周时代,诸侯贵族常常大批地制作铜器,上面刻铸铭文,现在陆续出土的不少。有时一个人只能铸一个器,有时又可一次铸好几个器。当时参与这种劳动的人民,大部分就是当时的奴隶。他们创作了千变万化的器形、装饰图案,雕铸了种种文字铭记(记载谁、在哪年、为什么事情而制作这器)。这些器物,从商周以后长期沉埋在地下。许慎有"郡国亦往往于山川得鼎彝"的话,可见汉朝时已有出土的。

这种陆续的出土,到清朝末年,成为研究的大宗。拓本、实物,日呈纷纭,使人眼花缭乱,非常丰富多彩。到了现在,对于这方面的研究探讨就更加繁荣,方法也更加科学。从前的收藏家,不是官僚就是有钱人,他们的收藏,往往秘不示人。偶然有拓本流传出来,也不是人人可得而见之的。现在印刷术方便了,从器形到文字,大家都能看到,具有研究的条件,所以研究日见深入。发掘的方式,也愈有经验,愈加科学。从前出土的器物,辗转于古董商人与收藏家之间。它是哪里出土的?不知道。甚至一个器的盖子在一个人手里,而器本身则到另一个人手里。这种情况很多。一批出土有多少铜器?也不知道,都零零星星地散出去了。这在研究上是很费事的,因为缺乏许多辅助证据。许多奸商为了贪图得利,多卖钱,还卖到外国去。我们现在从发掘到整理、考定、印刷、编辑,都是有系统的,对于研究者有莫大的方便。可以取各个角度:器形、花纹、文字,以至它的历史背景、制作的人物、各诸侯封国的地理等等,或者是有人想学写古篆字,也可以用来做范本。例如从制作来说,往往一个人所制的不止一件,我们只要看到各器上都有同一个人的名字,便可知道它们是属于同一个人制作的一套器物。这样,我们对于古代历史、古代人的各方面(包括生活习惯),就能有更清楚、更详细、更豁亮的了解。近年来在陕西发掘了许多成套成批的窖藏青铜器,大多是同一人或同一家族的,这样研究起来就很方便了。

从宋代到清代,大都把这类器物叫做"古董",也叫"古玩",是文人鉴赏的玩物。即或考证点文字,也是瞎猜。我们当然不能否认他们的考证功劳,但那是极其有限,远远不够的,还有许多错误。稍进一步的,把它们当做艺术品。西洋人、日本人买去中国的古铜器,研究它们的花纹。中国人也有研究花纹的。这种情形,大约始于六十多年前,这仍是停留在局部的研究,偶然有几个器皿做点比较。谈到全面地着手研究,我们不能不佩服近代的容庚容希白先生,他对于铜器研究的功劳是很大的。他著有《商周彝器通考》,连器形、花纹带铭文都加以研究;还著有《金文编》,把青铜器上的字按类、按《说文》字序编排,例如不同器皿上的"天"字,都放在一块。这是近代真正下大气力全面地介绍和研究青铜器及金文的。此外,罗振玉的《三代吉金文存》,也是很重要的资料。现在已有人着手重新把至今出土的商周铜器铭文加以统编,这就更加全面了,只是现在还没有出版。

对于文字的考释,能令人心服口服的,首推不久前故去的于思泊(省吾)先生。他的考释最为扎实,决不穿凿附会。他还用古文字考证古书,成就比清末孙诒让等人大得多了。到今天为止,容、于两先生的著作以及罗的《三代吉金文存》等,仍是我们研究铜器和金文的重要参考材料。随着条件的改善,今后在这方面的研究一定会愈来愈完备,愈来愈深入。

甲骨文也被附在金文之后,讲金石的书往往连带讲甲骨,不是附在前头就是附在后头。其实甲骨应和铜器同样看待,甲骨文是金文的前身。商代刻在甲骨和铜器上的文字,往往有很大的相似,所以甲骨也应放在我们现在谈"金"的范围。现在出版了《甲骨文合集》,非常完备,研究起来不愁没有材料,不会被人垄断了。但甲骨文我不懂,不能随便说,只能谈到这里。

二 石

金、石常常并称。事实上金、石的性质、作用并不完全一样。古代的石刻有各方面的用途,所以它的形式和内容也就不同,文字因时代的关系也不同。汉朝也有铜器,但那上面的文字和商周铜器的文字迥然不同,一看就是汉朝的东西。此外,花纹和刻法也各不相同(商周铜器上的字,大部分是铸的,少部分是刻的)。

大批石刻的出现,应该说是从汉朝开始的。汉朝以前有没有石刻?有的,譬如说"石鼓文"。石鼓甭管它是什么年代的,总是秦统一天下以前的产物。唐朝人说是周宣王时做的,也有人说是北周即宇文周时候制作的。后来马衡先生经过全面考证,确定它是秦的刻石。这个秦,不是统一中国的秦朝,而是在西北地方未统一中国以前的秦国。可是还有问题:秦什么公?这个公那个公,众说纷纭,到今天尚无定论。

汉以前的石刻,起码石鼓是比较完整的,有一个石鼓的文字已经脱落,但是拓本还保留着。近年在河北满城古代中山国的地区,发掘出古代中山王的墓,里头有中山王的铜器,外边有一块石头,上面有两行字,也是战国时的刻石,比石鼓晚一些,但也是汉朝以前的刻石。所以古代石刻应追溯到石鼓和中山王墓刻石。《三代吉金文存》后面附有一小块石刻,文字和铜器文字很相像。什么时候刻的?不知道。这块石头现在也不知道哪儿去了。

现在所谓的"石",大致是指汉代及汉代以后的石刻。讲求、探讨的也比较多。汉朝的碑是比较多。其实,秦碑也有,只是不做碑形,常常是在山岩上磨平一块石头刻字。现在秦碑的原刻几乎没有,流传的大多是翻刻的。原石保留下来的只有《琅琊台刻石》,保存在历史博物馆,上面的每个字都已经模糊了。还有《泰山刻石》,只剩下了几个字,残石还在泰山的岱庙里摆着。其余的都已毁掉了,只有汉碑算是大宗。

什么是碑?碑本来是坟墓竖立的一种标志。碑石有大有小,记载着墓主人的生平事迹。后来推而广之,不光是为死者立碑,也应用到生人,譬如一个官员调离,当地有人立碑为他歌功颂德。事实上这种大块的碑,就是石头做的大块布告牌,譬如修一座庙,前面立一块碑,说明庙的缘起;皇帝办了一件事,臣下恭维,或者皇帝自吹自擂,也刻一块,岂不是布告牌?像秦始皇、唐明皇,都曾经在摩崖上让臣下给刻上大块歌功颂德的文章,比后世大张纸贴的布告结实得多,意在流传千古,但事实上后来有的让人凿掉了,有的是山崖崩塌了。当初立碑的本意不过是歌颂、吹捧死者、官员乃至皇帝,但后来意料之外地被人注意,得以保存流传的,却不在于它那歌功颂德的内容,而在于它书写的文字。在于它保存了许许多多的书法。他们吹捧的内容,已无人注意。有人见到石刻残损文字而惋惜。我说,字少了,美术品少了一部分是坏事,但文词少了,念不全了,未必不是被吹捧者的幸事,因为他可以少出些丑。从前人制作拓本,往往是为了碑上头刻的字写得好,或者是时代早,宝贵得不得了。比如汉朝在华山立了一块碑,叫《华山庙碑》,在清朝末年只保留下来三本拓本,后来又发现了一本,这四本都价值连城,后面有许多人的题跋。这也不在于它的内容(当然也有人考证),而在于它的字。许多古碑也是如此。以前人对于碑只是着眼于先拓后拓,多一字少一字,稍后对碑形、花纹、制作乃至于刻工等方面,也加以研究。这与上述对于商周铜器的研究过程很有相似之处。

汉碑这种字,不管它刻得精不精,毕竟是用刀刻出来之后,用墨拓下来的,从前得到一本都很难。今天我们看到出土的多少万支竹木简,都是汉朝人的墨迹,直接用墨写的。这在书法艺术上、史料价值上,比起汉碑来又不相同了,这待下面再说。所以说,以前的人很可怜,看到一本墨拓,就那么几个字,多一笔少一笔,这里坏一块,那里不坏,争论个不休。这是因为时代和条件都有其局限,出土的东西也少。

还有一种叫墓志,也是一大宗。坟里头埋块石头,写上这人是谁,预备日后坟让人不知道是谁了,挖开一瞧,知道是谁,人家好给他埋上。这用意是很天真的,没想到后来人家正因为他坟里有墓志,就来挖他的坟,这种情形多得很。墓志有长条的,也有方块的,汉朝还没有这种东西,从南北朝一直到唐宋，都是很盛行的。墓志也和碑的性质一样，记载着死者的事迹，也属碑刻的性质。

再有一方面是"帖"。什么叫帖？本来很简单，指的是一张纸条儿或纸片儿，多是彼此的通信。现在还有便条儿，随便的纸条儿（今天的名片，也是纸条儿）。上边的字，写得比较随便，不像写碑那么郑重其事，确实另有趣味，大家比较重视，把这些有趣味的东西汇集起来。因为古代没有影印技术，只好勾摹下来刻在石头上或木板上，再用纸和墨拓下来，等于刻木板印书的办法，这种印刷品被人称做"帖"。事实上帖本来不是指墨拓的东西，而是指被刻的内容，即没刻以前的原件（纸条儿）叫"帖"。好比这是一部书，叫做《诗经》或《左传》，不是说它这个书套子或部头叫《诗经》或《左传》，而是指它的文字内容。所以"帖"也是指的所摹刻的内容。这个意义扩大了，凡是墨拓的刻本，被人作为字样子来写，作为参考品的，都被称为"帖"。如有人说"我这儿有一本帖"，打开一瞧，是个汉碑。为什么也把它叫做"帖"？因为它已经裁了条，裱成本，被人作为习字的范本，所以也被称做"帖"。因此说，"帖"的意义已经扩大了，凡是墨拓的、石刻的、裱成本的，大家都管它叫做"帖"。

帖写的多半是行书，随便写的；而碑版多半是很规矩很郑重的。所以一般又管写行书一派的叫"帖学"，管写楷书一派的叫"碑学"。这种说法，我认为是不太科学的。

现在，印刷技术方便了，碑帖的印本也多起来了，这里无法多举例，因为太多了。要论起整部的书来，比较方便查阅的，有清末民初的杨惺吾（守敬）编的一本《寰宇贞石图》，把整篇整幅的碑文影印出来，可以使我们看到碑版的全貌，很有用处；但是它是缩小的，碑有一丈、八尺，它也只能印成这么一张纸片儿，而且碑版的数量及文字说明也不多。近代赵万里先生辑有一部《魏晋南北朝墓志考释》，都是墓志，既影印拓本，也考释文词，是很好的。讨论石刻，有一部书也很重要，就是清朝末年叶昌炽所编的《语石》，它从各个角度、各个方面来论述石刻：多少种类、多少样子、多少用途、多少文字、多少书家……分量不多，但内容极其丰富，所遗憾的是没有附插图,要是每谈一个问题每举一个例子,都附上插图,就方便多了。今天要是想给《语石》补插图,就有很大的困难,许多原石都已找不到了。我想将来会有人给它进行扩充的。《语石》这种书,现在的人不是不能做,因为现在所出土的汉魏六朝隋唐的碑和墓志极多,比当年叶昌炽所能看到的要多出若干倍,要是加以统编,细细研究,附上插图,那就太好了。最近上海要出一本《扩大石刻文字汇编》之类的书(名字还未定),不久出版,最为方便了。

叶昌炽在他的《语石》一书中说:我研究这些石刻,主要的是为了它们的字写得好(大意)。字好,是碑存在的一个重要因素。立碑刻碑的人是为了歌颂他自己。人家保存这个碑,却是为了它写的字好。这是立碑、刻碑的人始料所不及的。由此可见,书法艺术自有它独立的、不能磨灭的艺术价值。

三 书

"书"本是文字符号。现在提的"书"不是从文字符号讲,也不是从文字学讲,而是从书法艺术讲。书法在中华民族有很深远的影响,由于汉字不仅被汉族,也被少数民族不同程度地使用着,所以,书法在中华民族文华中占很重要的位置。曾经有人提出,书法不是艺术,理由是西洋古代没有一个国家、一个民族把书法当艺术的。其实,中国特有而外国没有的东西太多了,难道都不算艺术了吗?如《红楼梦》是中国特有的,外国没有,就不算文学了吗?现在,这种观点逐渐纠正过来了。大家知道,书法是一种艺术,并且是广大人民喜闻乐见、非常爱好的艺术。

中国的汉字(各个有文字的民族都一样)一出现,写字的人就有要"写得好看"的要求和欲望。如甲骨文就是如此,不论单个字还是全篇字,结构章法都很好看。可见,自从有写字的行动以来,就伴随着艺术的要求、美观的要求。

秦汉以来的墨迹,近年出土的非常多。这里面丰富多彩,字形、笔法、风格,变化极多。从前只看到汉简,现在可以看到秦代的了。如湖北睡虎地的秦简,全是秦隶。从前人看见一本残缺不全的汉碑拓本,便视为珍宝。现在可以看见汉朝人的亲笔墨迹。日本人用过一个词,把墨迹叫做"肉迹",即有血有肉,痛痒相关,我很欣赏这个词,经常借用。现在可以看到成千上万的秦汉人的"肉迹",这是我们研究文学、研究书法、研究古代历史的莫大的幸福。

不论是秦隶还是汉隶,都是刚从篆体演变过来的,写起来单调而且费事。所以到了晋朝后,真书(又叫楷书、正书)开始定型。虽然各家写法不同,风格不同,但字形的结构形式是一致的。各种字体所运用的时间都不如真书时间久,真书至今仍在运用。为什么真书能运用这么久,因为这种字形在组织上有它有优越性。字形准确,写起来方便,转折自然,可连写,甚至多写一笔少写一笔也容易被人发现。真书写得萦连一点就是行书,再写得快一点就是草书。当然,草书另有一个来源,是从汉朝的章草演变而来的。但到东晋以后就与真书合流了,是用真书的笔法写草书,与用汉隶的笔法写章草不同。

真书行书的系统既是多有方便,所以千姿百态的作品不断出现,风格多种多样,出现了各种字体(艺术风格上被称为字体),比如颜体、柳体、欧体、褚体等。为什么以前没有?因为以前没有人专职写字、专以书法著名的,就连王羲之也不是专职写字的人。古代也没有"书法艺术家"这个称呼。当时许多碑都是刻碑的工人写的,到了唐朝才有文人写碑。唐太宗自己爱写字,自己写了两个碑《晋祠铭》、《温泉铭》,还把这两个碑的拓本送外国使臣。当时的文人和名臣,如虞世南、欧阳询、褚遂良、薛稷、薛曜以及后来的颜真卿、柳公权等人都写碑。这样,书法的风格流派也逐渐增多了。其实,今天看见的敦煌、吐鲁番等地出土的文书、写经等,其水平真有远远超过写碑版的。唐朝一般人的文书里,行书的书法也有比《晋祠铭》好得多的,但那些皇帝、大官写出来的就被人重视。我们要知道,唐朝有许多无名的书法家的水平是很高的,写的字非常精美。晋唐流传下来的作品(不论是刻石还是墨迹)非常多,我们的眼福实在不浅。

附带说一下名称问题:古代称好的书法作品为"法书",是说这件作品足以为法;书法、书道、书艺是指书写的方法,现在合二而一了,一律叫作"书法"。把写的字也叫做"书法",省略了"作品"二字,可以说是"约定俗成"了。

如把"书"平列在"金"、"石"、"画"之间,那它的作用和用途就大多了,广多了。生活中的各个地方,没有与书法无关的,没有用不上书法的。也可以说,书法已经出现在任何地方,也发挥着极大的效用。从书法作品、实用的装饰品到书信往来,作为交际语言的记录工具,两人以至两国的信用证明(签字)都要用书法。书法活动既可以锻炼艺术情操,又可以调心养气,收到健身的效果。总而言之,今天看到书法有这样广大的爱好者,原因很简单,就是它和人们生活的关系十分密切。这种密切的关系又非常长久,北朝人曾经说过"尺牍书疏,千里面目"。给人写封信(尺牍)、写个条(书疏)等于相隔千里之远的两个人见面。现在有传真照相,可以寄照片,这是"千里面目"。但古代没有,看一封信,感到很亲切,如见其人。书法被人作为人格、形象的代表,自古以来就是这样。

有人常常问到什么是书法知识,说明需要抓紧编写学习书法的参考书。碑帖影印的很多了,但系统的讲解、分析是不很够的。怎么去写?大家很愿意了解。各家有各家的心得,这里就不多谈了。大家了解了书法的沿革,再多参考古代的碑帖,多看古代的墨迹,这样对书法的了解自然就会深刻,这样对写也有很多方便的地方。

四 画

画的起源,不用详谈。初民怎么画,只要看小孩怎么画就会明白。

画很简单,可是有新鲜的趣味。看见什么就画什么,生活里面遇到什么,就随手画、刻到墙上,这是很自然的。值得特别注意的是,自从绘画成熟以后,形体逐渐地准确了,颜色也逐渐地丰富了。绘画成熟在什么时代?我们的估计往往是不对的。从近代科学考古发掘出的成果,可以看到这一点。画成熟的时代应该很早。古代的文化,从商周以来,不知经过多少次毁灭性的破坏,使后世无法看到。商周的铜器的铸造方法,近代很多人奇怪,那时就有那么高的合金技术!透光镜(铜镜子,可以透出光照到墙上),经过多少人研究,现代才发现在两种方案,但古人用哪一种方案,至今也不清楚。这说明我们有许多的科学发明、科学成就随着毁灭性的破坏而消失了。古代的绘画更脆弱了。一种是画在墙上,以为墙是结实的,但随着墙的毁坏,画也没有了。画在帛上的也不延年。唐宋人没见过古代的绘画,只看过武梁祠画像,根据这些推测判断汉朝绘画,以为汉朝绘画就是这样的。这样推论的起点太低了。不止绘画一种,我们对古代文化不了解的太多了。近代发现了汉朝墓壁里的壁画,大家的看法才有所改观,觉得从前的推测是错的。近年长沙马王堆出土了帛画,使人看到出丧幡上的帛画,精致极了,比武梁祠的画不知高出多少倍。假定帛画是一百分,武梁祠的画只能算不及格。人们看到马王堆的帛画,无不惊诧变色,这才知道古代绘画水平已达到什么地步。我们应该以这(西汉初年)作为起点,往上推溯商周绘画应该有什么样的成就。看到了马王堆出土的帛画以后,有人说,我们的绘画史应重新写,已写出的全错了。因为起点(最低点)定错了。

今天我们研究古代绘画,有这么丰富的材料,但我们必须有正确的看法,这才能进行研究。看法和起点要是错了,研究就得不到正确的结论。唐以前和唐人的好画,多画在墙壁上,大多数已随着建筑物的毁坏而无存了。幸亏西北有许多干燥的洞窟壁画。首先是敦煌,敦煌壁画给我们提供了极丰富的宝贵的材料。敦煌许多画在绸帛上的画被外国人掠夺走了。国内流传下来的只是一部分。现在西北出土的一些残缺的绢画,即使是零块,都是非常精美的。这些东西的保存,对今天探讨古代绘画的源流有很大的作用。现在有没有流传下来的古画算是唐代或唐以前的呢？有。但这些画事实上都是经过第二手摹下来的，很少有真正的唐朝人直接画了留下来的。即使画稿、形象，是某名家的作品，但画上的墨迹也不是作者本人的。古代没有别的办法，幸亏摹下副本，否则今天一点影子也看不到了。

我们对待古画要持科学态度：哪些是可信的古代人直接画下来的，哪些是后代人的复制品。但许多古董商人，不是从学术出发，而是从价值观念出发，顺口说这是唐朝的，那是宋朝的，时代越早越贵，可以多卖钱。事实上与学术无关。我们参考画风，研究画派，看这些摹本、仿本、临本不是不可以，但要知道是什么时代人临的、仿的，如果听信大古董商的说法，把宋元的硬说成唐宋的，这样科学系统就乱了。譬如看京戏，如果真承认那位男演员扮女角即是一个女子，一个花脸色角的演员本人真就长得脸上花红柳绿的，这便成了小孩或傻子了。

宋朝人的画，多半是室内装饰品，很大的大张挂在屋里，比画在墙上进了一步。元朝才多卷册小品，在桌上摆着，作为案头玩赏的东西。这如同戏剧底本由舞台到案头一样。原来剧本是舞台唱的、实用的，后来成为文人创作后摆在案头欣赏，并不是在舞台上演的。有许多只能在案头看，是舞台上唱不了的。我们明白了这个道理，知道哪是墙壁上的画，哪是案头上的画，这样才能探索宋元以来的画派、画风。大家总是谈论宋朝画如何，元朝画又怎么变，哪是匠人画，哪是画家画，哪是文人画，我们今天研究古代绘画的沿革，必须考虑到这一点：在墙上画是什么样子？画在绢上贴在墙上是什么样子？案头画的小品又是什么样子？这些一问题必须弄清楚。

到了元朝以后出现一种文人画——案头的玩赏的小品（不管它多大张幅也是这个系统）。墙壁上的画，实际上和装饰画是一派。文人案头画是一派，对这一派也有许多争论，但它也有它的新趣味，不能一笔抹杀。这一种风格的影响有几百年。宋朝已经开始了，如苏东坡喜欢随便画点竹子、画树、画块石头。现在还有一件真迹，树画一个圈儿，底下是石头。按照画家的要求,这画画得非常外行,非常不及格,但这是真的。米芾画的《珊瑚笔架图》,笔道七扭八歪。这是文人游戏的笔墨。到了元朝才逐渐出现精美的文人画,影响一直到现在。这一派,这种创作方法,至今尚占很大的比重。

今天研究绘画确实方便多了,印刷品越来越精了,越来越多了。我们现在要想研究,有几点特别要注意。现在研究古代绘画,研究绘画沿革历史,必须从实物出发,得看到真正的原作(包括影印品),客观地比较,虚心地分析。只看书本上说的不够,只听别人讲的也不够,必须从实物出发,真正地客观地做了比较,我们才能得出正确的论断和新颖的见解。这种比较在古代,在从前印刷困难、地下出土的东西不多时是没有办法的。在今天,我们确实是方便多了。

现在研究古代的绘画,又出现了两种困难。一是出现了太窄的现象。我认为,研究绘画,研究绘画沿革,不论在中国在外国都出现了这样一个现象;研究一家,只抱住一家,翻来覆去地考证探索。须知这个作家不能独立存在,必须和当时的环境、当时的时代联系起来。"窄"还表现在只研究一家的一个方面,如一个画家又会画兰竹,又会画山水,又会画松树,却只是专门研究他画的竹子。这样就钻进了牛角尖而不自觉。另一方面,论据必须是真品。有许多是假的,是古董商人瞎吹的。你根据的真伪还不分,不能"去伪存真",又怎么能"去粗取精"呢?首先要辨别真伪。这里就出现一个问题,今天辨别真伪的标准,也被古董商人搅乱了。从明清以来就有这种情况:真画儿换假跋,真跋配假画儿,哪个名气大、哪个大、哪个早、哪个值钱就写哪个。后来研究者也常陷入古董商人的这个标准。如评论是纸本还是绢本,质地颜色洁白还是昏黑,黑了就用漂白粉拼命冲洗,画儿的笔墨都不清楚了,底子可白了,那也要。因为"纸白版新"。这是古董商的标准。常见著录的书上说"这是上品",但笔墨画法并不高明。为什么是上品?就因为"纸白",其实那是用化学药品冲洗白的。又如完整还是破碎,中国藏还是外国藏等,有许多人认为是外国藏的就好,其实这是令人很痛心的事。我虽然也忝被列入了"鉴定家"的行列,但我"知物不知价"。"'纸白版新'就好"、"这个值钱多"……这些我一点儿也不懂,因为我没做过古董商人。

总之,今天研究绘画,必须根据可靠的、可信的资料,要辨别真伪;真到什么程度,是作者亲笔还是复制品?我们为研究一种风格,复制品也有价值。当然,从古董的价钱说,复制品与原作不同,但如从学术上讲,是有研究价值的。现在印刷品很多,有了彩色印刷,虽然比起原作还有差距,但无论如何比黑白的好多了。我们受近代科学的嘉惠,受近代科学之赐,研究绘画更方便了。

今天研究金石书画的条件已千倍万倍地优于前人,我们研究的便利比古人要大得多。只要我们的观点是正确的,从实物而不是从现象出发,博学、广问、慎思、明辨,自己有一定的立脚点而不随声附和,我们的成绩会是无限的。

鉴定书画二三例

一

书画有伪作,自古已然,不胜枚举。梁武帝辨别不清王羲之的字,令陶弘景鉴定,大约可算专家鉴定文物的最早故实了。以后唐代的褚遂良等、宋代的米芾父子、元代的柯九思、明代的董其昌、清代的安岐,直到现代已故的张珩先生,都具有丰富的经验和敏锐的眼光。

既称为鉴定,当然需在眼见实物的条件下,才能做出判断,而事实却有许多有趣的例外。我曾听老辈说过康有为一件事:有人拿一卷字画请康题字,康即写"未开卷即知为真迹",见者无不大笑。原来求题的人完全是"附庸风雅",康又不便明说它是伪作,便用这种开玩笑的办法来应付藏者,也就是用"心照不宣"的办法来暗示识者。这种用 X 光式的肉眼来鉴定书画,恐怕要算文物界的奇闻吧?

相反的,未开卷即知为伪迹的,或者说未开卷即发现问题的,也不乏其例。假如有人拿来四条、八条颜真卿写的大屏，那还用打开看吗？

我曾从著录书上、法帖上看到两件古法书的问题，一件是米芾的《实章待访录》，一件是张即之写的《汪氏报本庵记》。这两件的破绽，都是从一个"某"字上露出来的。

二

先要谈谈"某"字的意义和它的用法。

"某"是不知道一个人姓名、身份等，或不知一件事物的名称、性质等，找一个代称字，在古代也有用符号"△"的。陆游《老学庵笔记》卷六说："今人书某为△，皆以为从俗简便，其实古某字也。《谷梁·桓二年》：'蔡侯、郑伯会于邓。'范宁注曰：'邓△地。'陆德明《释文》曰：'不知其国，故云△地，本又作某。'"按：自广义来说，凡字都是符号；自狭义来说，"△"在六书里，无所归属，即说它是"从俗简便"，实在也没什么不可的。况且从校勘的逻辑上讲，陆放翁的话也有所不足。同一种书，有两个版本，甲本此字作 A，乙本此字作 B。A 之与 B 不同，可能是同一字的异体，也可能是另一字。用法相同的字，未必便算是同一字。但可见唐代以前，这"△"符号，已经流行使用了。

今天见到的唐代虞世南书《汝南公主墓志》草稿中，即把暂时不确知的年月写成"△年△月"以待填补。这卷草稿虽是后人钩摹的，但保存着原来的样式。

又有写作"△乙"符号的，有人认为即是"某乙"的简写，其实只是"△"号的略繁写法，如果是"某乙"，那怎么从来没见有将"某甲"写做"△甲"的呢？代称字用符号"△"，问题并不大，而"某"字却在后世发生了一些纠葛。

《论语》中"某在斯，某在斯"，是第一人对第二人称第三人的说法。

古籍中凡第一身自称作"某"的,都是旁人记述这个人的话。因为古代人常自称己名,没有自用"某"字自做代称的。我们从古代人的书札或撰写的碑铭墓志的拓本中,都随处可以见到。例如苏轼自己称"轼",朱熹自己称"熹"。

古代子孙口头、笔下都要避上辈的讳,虽有"临文不讳"的说法见于礼经明文,但后世习俗,越避越广,编上辈文集的人,常常把上辈自己书名处,也用"某"字代替。我们如拿文集的书本和其中同一文的碑铭石刻或书札墨迹比观,即不难看到改字的证据。

不知什么时候开始,有人自己称"某"。我们有时听到二人谈话,当自指本人时,常说:"我张某人"、"我李某人",他们确实不是要自讳其名,而是习而不察,成为惯例。

清代诗人王士禛,总不能算不学了吧?但他给林佶有几封书札,是林氏为他写《渔洋精华录》时,商量书写格式的,有一札嘱咐林氏在一处添上他的名字,原札这样写:"钱牧翁先生见赠古诗,题下添注贱名二字。"此下便写出他要求添注的写法是:"古诗一首赠王贻上"一行大字,又在这一行的右下边注两个小字"士〇"。如果只看录文的书籍,必然要认为是刻书人避雍正的讳,画上一个圈。谁知即是王士禛自讳其名呢!刑部尚书大官对门生属吏的派头,在这小小一圈中已跃然纸上了。所以宋代田登做郡守,新春放灯三日,所出的告示中不许写"灯"字,去掉"灯"字右半,只写"放火三日"。与此真可谓无独有偶。

三

宋代米芾好随手记录所见古代法书名画,记名画的书,题为"画史",记法书的书,题为"书史"。

《书史》之外,还有一部记法书的书,叫做《宝章待访录》。这部书早已有刻本。明代末叶一个收藏鉴定家张丑,收到一卷《宝章待访录》的墨迹,他相信是米芾的真迹,因而自号"米庵"。这卷墨迹的全文,他全抄录下来,附在他所编著的《清河书画舫》一书之中。这卷墨迹一直传到20世纪20年代初期,还在收藏鉴赏家景贤手中。景氏死后,已不知去向。

这卷墨迹,我没见到过,但从张丑抄录的文词看,可以断定是一件伪作。理由是,其中凡米芾提到自己处,都不做"芾",而做"某"。

我们今天看到许多米芾的真迹,凡自称名处,全都做"黻"或"芾",他记录所见书画的零条札记,流传的有墨迹也有石刻,石刻如《英光堂帖》、《群玉堂帖》等等,都没有自己称名做"某"字的。可知这卷墨迹必是出自米氏子孙手所抄。北京图书馆藏米芾之孙米宪所辑《宝晋山林集拾遗》宋刻原本,有写刻米宪自书的序,字体十分肖似他的祖父,比米友仁还像得多,那么安知不是米宪这样手笔所抄的?如果出自米宪诸人,也可算"买王得羊","不失所望"了。谁知卷尾还有一行,是"元祐丙寅八月九日米芾元章撰",这便坏了,姑先不论元祐丙寅年时他署名用"黻"或用"芾",即从卷中自避其名,而卷尾忽署名与字这点上看,也是自相矛盾的。

现在还留有一线希望,如果这末行名款与卷中全文不是一手所写,而属后添,那么全卷正文或出自米氏子孙所录,不失为宋人手迹,本无真伪之可言;如果末行名款与正文是一手所写,那便是照着刻本仿效米芾字体,抄录而成,可算彻底伪物了。好事的富人收藏伪物,本是合情合理的,但张丑、景贤,一向被认为是有眼力的鉴赏家,也竟自如此上当受骗,岂非咄咄怪事乎?

四

又南宋张即之书《汪氏报本庵记》,载在《石渠宝笈》,刻在《墨妙轩帖》，原迹曾经延光室摄影发售，解放后又影印在《辽宁博物馆藏法书》中。全卷书法，结体用笔，转折顿挫，与张氏其他真迹无不相符，但文中遇到撰文者自称名处，都做"某"。这当然不能是张即之自己撰著的文章了。在1973年以前，张氏一家墓志还没发掘出来时，张氏与汪氏有无亲戚关系，还不知道，无法从文中所述亲戚关系来做考察。看到末尾，署名处做"即之记"三字。记是"记载"，是撰著文章的用词，与抄、录、书、写的意义不同，那么难道南宋人已有自称为"某"像"我张某人"的情况了吗？这个疑团曾和故友张珩先生谈起。张先生一次到辽宁鉴定书画，回来告诉我，说"即之记"三字是挖嵌在那里的。可能全卷不止这一篇，或者文后还有跋语，作伪者把这三个字从旁处移来，嵌在这里，便成了张即之撰文自称为"某"了。究竟文章是谁作的呢？友人徐邦达先生在楼钥的《攻媿集》中找到了，那么这个"某"字原来是楼氏子孙代替"钥"字用的。这一件似真而假，又似假而真的张即之墨迹公案，到此真像才算完全大白了。

五

还有古画名款问题。在那十年中"征集"到的各地文物，曾在北京故宫博物院中展出。有一幅宋人画的雪景山水，山头密林丛郁，确是范宽画法。三拼绢幅，更不是宋以后画所有的。宋人画多半无款，这也是文物鉴赏方面的常识。但这幅画中一棵大树干上不知何时何人写上"臣范宽制"四个字，便成画蛇添足了。

按宋人郭若虚《图画见闻志》中说得非常明白，范宽名中正，字中（仲）立。性温厚，所以当时人称他为"范宽"。可见宽是他的一个诨号。正如舞台上的包拯，都化装黑脸，小说中便有"包黑"的诨号。有农村说书人讲包拯故事，说到他见皇帝时，自称"臣包黑见驾"，这事早已传为笑谈。有人问我那张范宽画是真是假,我回答是真正宋代范派的画。问者又不满足于"范派"二字,以为分明有款,怎么还有笼统讲的余地?我回答是,如不提到款字,只看作品的风格,我倒可以承认它是范宽,如以款字为根据,那便与"臣包黑见驾"同一逻辑了。

所以在摄影印刷技术没有发达之前,古书画全凭文字记载,称为"著录"。见于著名收藏鉴赏家著录的作品,有时声价十倍。其实著录中也不知误收多少伪作品,或冤屈了多少好作品。

例如前边所谈的《宝章待访录》,如果看到原件,印证末行款字是否后人妄加,它可能不失为一件宋代米氏后人传录之本;《汪氏报本庵记》如果仅凭《石渠宝笈》和《墨妙轩帖》,它便成了伪作;宋人雪景山水,如果有详细著录像《江村销夏录》的体例,也只能录下"臣范宽制"四个款字,倘若原画沉埋,那不但成了一桩古画"冤案",而且还成了"包黑"之外的又一笑柄。

从这里得到三条经验:古代书画不是一个"真"字或一个"假"字所能概括;"著录"书也在可凭不可凭之间;古书画的鉴定,有许多问题是在书画本身以外的。

书画鉴定三议

一 书画鉴定有一定的"模糊度"

古代名人书画有真伪问题,因之就有价值和价钱问题。我每遇到有人拿旧字画来找我看的时候,首先提出的问题,不是想知道它的优劣美恶,而常是先问真伪,再问值多少钱。又在一般鉴定工作中,无论是公家的还是私人的,又有许多"世故人情"搀在其间。如果查查私人收藏著录,无论是历代哪个大收藏鉴定名家,从孙承泽、高士奇的书以至《石渠实笈》,其中的漏洞破绽,已然不一而足;即是解放后人民的文物单位所有鉴定记录中,难道都没有矛盾、混乱、武断、模糊的问题吗?这方面的工作,我个人大多参加过,所以有可得而知的。但"求同存异"、"多闻阙疑",本是科学态度,是一切工作所不可免,并且是应该允许的。只是在今天,一切宝贵文物都是人民的公共财富,人民就都应知道所谓鉴定的方法。鉴定工作都有一定的"模糊度",而这方面的工作者、研究者、学习者、典守者,都宜心中有数,就是说,知道有这个"度",才是真正向人民负责。

鉴定方法,在近代确实有很大的进步。因为摄影印刷的进展,提供了鉴定的比较资料;科学摄影可以照出昏暗不清的部分,使被掩盖的款识重新显现,等等。研究者又在鉴定方法上更加细密,比起前代"鉴赏家"那套玄虚的理论、"望气"的办法,无疑进了几大步。但个人的爱好、师友的传习、地方的风尚、古代某种理论的影响、外国某种理论的比附,都是不可完全避免的。因之任何一位现今的鉴定家,如果要说没有丝毫的局限性,是不可能的。如说"我独无",这句话恐怕就是不够科学的。记得清代梁章钜《制艺丛话》曾记一个考官出题为《盖有之矣》(见《论语》),考生作八股破题是"凡人莫不有盖",考官见了大怒,批曰"我独无"往下看起讲是,"凡自言无盖者,其盖必大",考官赶紧又将前边批语涂去。往下再看是:"凡自言有盖者,其盖必多。"这是清代科举考试中的实事,足见"我独无"三字是不宜随便说的!

有人会问,怎么才更科学,或说还有什么更好的科学方法？我个人觉得首先是辩证法地深入掌握,然后才可以更多地泯除成见,虚心地尊重科学。其次是电脑的发展,必然可以用到书画鉴定方法的研究上。例如用笔的压力、行笔习惯的侧重方向、字的行距、画的构图以及印章的校对等等,如果通过电脑来比较,自比肉眼和人脑要准确得多。已知的还有用电脑测试种种图像的技术,更可使模糊的图像复原近真,这比前些年用红外线摄影又前进了一大步。再加上材料的凑集排比,可以看出其一家书画风格的形成过程,从笔力特点印证作者体力的强弱,以及他年寿的长短。至于纸绢的年代,我相信,将来必会有比"碳十四"测定年限更精密的办法,测出几百年中间的时间差异。人的经验又可与科学工具相辅相成。不妨说,人的经验是软件,或说软件是据人的经验制定的,而工具是硬件,若干不同的软件方案所得的结论,再经比较,那结论一定会更科学。从这个角度说,"肉眼一观"、"人脑一想",是否"万无一失",自是不言可喻的!

二 鉴定不只是"真伪"的判别

从古流传下来的书画,有许多情况,不只是"真"、"伪"两端所能概括的。如把"真"、"伪"二字套到历代一切书画作品上,也是与情理不符合,逻辑不周延的。

譬如我们拿一张张三的照片说是李四,这是误指、误认;如说是张三,对了。再问是真张三吗,答说是的。这个"真"字、"是"字,就有问题了。照片是一张纸,真张三是个肉体,纸片怎能算真肉体?那么不怕废话,应该说是张三的真影、张三的真像等等才算合理。书画的"真"、"伪"者,也有若干成因,据此时想到的略举几例。

(一)古法书复制品:古代称为"摹本"。在没有摄影技术时,一件好法书,由后人用较透明的油纸、蜡纸罩在原迹上勾摹,摹法忠实,连纸上的破损痕迹都一一描出。这是古代的复制法,又称为"向拓",并非有意冒充。后世有人得到摹本,称它为原迹,摹者并不负责的。

(二)古画的摹本:宋人记载常见有摹拓名画的事,但它不像法书那样把破损之处用细线勾出,因而辨认是不容易的。在今天如果遇到两件相同的宋画,其中必有一件是摹本,或者两件都是摹本。即使已知其中一件是摹本,那件也出宋人之手,也应以宋画的条件对待它。

(三)无款的古画,妄加名款:何以没有款?原因可能很多,既然不存在了,谁也无法妄加推测。但常见有人追问:"这到底是谁画的?"这个没有理由的问题,本不值得一答。古画却常因此造成冤案:所谓"好事者"或"有钱无眼"的地主老财们,没名的画他便不要,于是谋利的画商,就给画上乱加名款。及至加了名款后,别人看见款字和画法不相应,便"鉴定"它是一件假画。这种张冠李戴的画,如把一个"假"字简单地派到它头上,是不合逻辑的。

(四)拼配:真画、真字配假跋,或假画、假字配真跋。有注重书画本身的人,商人即把真本假跋的卖给他;有注重题跋的人,商人即把伪本真跋的卖给他。还有挖掉小名头的本款,改题大名头的假款,如此等等。从故友张珩先生遗著《怎样鉴定书画》一书问世之后,陆续有好几位朋友撰写这方面的专著,各列例证,这里不必详举了。

（五）直接作伪：彻头彻尾的硬造,就更不必说了。

（六）代笔：这是最麻烦的问题,这种作品往往是半真半假的混合物。写字找人代笔,有的是完全不管代笔人风格是否相似,只有那个人的姓名就够了。最可笑的是旧时代官僚死了,门前竖立"铭旌",中间写死者的官衔和姓名,旁边写另一个大官僚的官衔和姓名,下写"顿首拜题",看那字迹,则是扁而齐的木刻字体,这是那个大官僚不会写的,就是他的代笔人什么文案秘书之类的人,也不会写,只有刻字工人才专能写它。这可算代笔的第一类。还有代笔人专门学习那位官僚或名家的风格,写出来,旁人是不易辨认的；且印章真确,作品实出那官僚或名家之家,甚至还有当时得者的题跋。这可算代笔的第二类,在鉴定结论上,已难处理。

至于画的代笔,比字的代笔更复杂。一件作品从头至尾都出代笔人,也还罢了；竟有本人画一部分,别人补一部分的。我曾见董其昌画的半成品,而未经补全的几开册页,各开都是半成品。我还曾看到过溥心畬先生在纸绢上画树木枝干、房屋间架、山石轮廓后即加款盖印的半成品,不待别人给补全就被人拿去了。可见(至少这两家)名人画迹中有两层重叠的混合物。还有原纸霉烂了多处,重裱补纸之后,裱工"全补"(裱工专门术语,即是用颜色染上残缺部分的纸地,使之一色,再仿着画者的笔墨,补足画上缺损的部分)。补缺处时,有时也牵连改动未损部分,以使笔法统一。这实际也是一种重叠的混合物。这可算代笔的第三类,在鉴定结论上更难处理。即以前边所举几例来看,"真伪"二字很难概括书画的一切问题,还有鉴定者的见闻、学问,各有不同,某甲熟悉某家某派,某乙就可能熟悉另一家一派。

还有人随着年龄的不同、经历的变化,眼光也会有所差异。例如恽南田记王烟客早年见到黄子久《秋山图》以为"骇心洞目",乃至晚年再见,便觉索然无味,但那件画"是真一峰也"。如果烟客早年做鉴定记录,一定把它列入特级品,晚年做记录,恐要列入参考品了吧!我二十多岁时在秦仲文先生家看见一幅黄谷原绢本设色山水,觉得是精彩绝伦,回家去心摹手追,真有望尘莫及之叹。后在四十余岁时又在秦先生家谈到这幅画,秦先生说:"你现在看就不同了。"及至展观,我的失望神情又使秦先生不觉大笑。这和《秋山图》的事正是同一道理,属于年龄与眼力同步提高的例子。

另有一位老前辈,从前在鉴定家中间公推为"泰山北斗",晚年收一幅清代人的画。在元代,有一个和这清人同名的画家,有人便在这幅清人画上伪造一段明代人的题,说是元代那个画家的作品。不但入藏,还把它影印出来。我和王畅安先生曾写文章提到它是清人所画而非元人的制作。这位老先生大怒。还有几位好友,在中年收过许多好书画,及至渐老,却把真品卖去,买了许多伪品。不难理解,只是年衰眼力亦退而已。

我听到刘盼遂先生谈过,王静安先生对学生所提出研究的结果或考证的问题时,常用不同的三个字为答:一是"弗晓得",一是"弗的确",一是"不见得"。王先生的学术水平,比我们这些所谓"鉴定家"们(笔者也不例外)的鉴定水平(学术种类不同。这里专指质量水平),恐怕谁也无法说低吧?我现在几乎可以说:凡有时肯说或敢说自己有"不清楚"、"没懂得"、"待研究"的人,必定是一位真正的伟大鉴定家。

三 鉴定中有"世故人情"

鉴定工作,本应是"铁面无私"的,从种种角度"侦破",按极公正的情理"宣判"。但它究竟不同于自然科学,"一加二是三","氢二氧一是水",即使赵政、项羽出来,也无法推翻。而鉴定工作,则常有许许多多社会阻力,使得结论不正确、不公平。不正不公的,固然有时限于鉴者的认识,这里所指的是"屈心"做出的一些结论。因此我初步得出了八条:一皇威、二挟贵、三挟长、四护短、五尊贤、六远害、七忘形、八容众。前七项是造成不正不公的原因,后一种是工作者应自我警惕保持的态度。

(一)皇威。是指古代皇帝所喜好、所肯定的东西,谁也不敢否定。乾隆得了一卷作得很不像样的黄子久《富春山居图》,作了许多诗、题了若干次。后来得到真本,不好转还了,便命梁诗正在真本上题说它是伪本。这种瞪着眼睛说谎话的事,在历代最高权力的集中者皇帝口中,本不稀奇;但在真伪是非问题上,却是冤案。

康熙时陈邦彦学董其昌的字最逼真,康熙也最喜爱董字。一次康熙把各省官员"进呈"的许多董字拿出命陈邦彦看,问他这里边有哪些件是他作写的,陈邦彦看了之后说他自己也分不出了,康熙大笑(见《庸间斋笔记》)。自己临写过的乃至自己造的伪品,焉能自己都看不出。无疑,如果指出,那"进呈"人的"礼品价值"就会降低,陈和他也会结了冤家。说自己也看不出,又显得自己书法"乱真"。这个答案,一举两得,但这能算公平正确的吗?

(二)挟贵。贵人有权有势有钱,谁也不便甚至不敢说"扫兴"的话,这种常情,不待详说。最有趣的一次,是笔者从前在一个官僚家中看画,他首先挂出一条既伪且劣的龚贤名款的画,他说:"这一幅你们随便说假,我不心疼,因为我买的最便宜(价最低)。"大家一笑,也就心照不宣。下边再看多少件,都一律说是真品了。

(三)挟长。前边谈到的那位前辈,误信伪题,把清人画认为元人画。王畅安先生和我惹他生气,他把我们叫去训斥,然后说:"你们还淘气不淘气了?"这是管教小孩的用语,也足见这位老先生和我们的关系。我们回答:"不淘气了。"老人一笑,这画也就是元人的了。

(四)护短。一件书画,一人看为假,旁人说他真,还不要紧,至少表现说假者眼光高、要求严。如一人说真,旁人说假,则显得说真者眼力弱、水平低,常致大吵一番。如属真理所在的大问题,或有真凭实据的宝贝,即争一番,甚至像卞和抱玉刖足,也算值得,否则谁又愿惹闲气呢?

(五)尊贤。有一件旧仿褚遂良体写的大字《阴符经》,有一位我们尊敬的老前辈从书法艺术上特别喜爱它。有人指出书艺虽高但未必果然出于褚手。老先生反问:"你说是谁写的呢?谁能写到这个样子呢?"这个问题答不出,这件的书写横便判归了褚遂良。

(六)远害。旧社会常有富贵人买古书画,但不知真伪,商人借此卖给他假物,假物卖真价当然可赚大钱。买者请人鉴定,商人如果串通常给他鉴定的人,把假说真,这是骗局一类,可以不谈。难在公正的鉴定家,如果指出是伪物,买者"退货",常常引鉴者的判断为证,这便与那个商人结了仇。曾有流氓掮客,声称找鉴者寻衅,所以多数鉴定者省得麻烦,便敷衍了事。从商人方面讲,旧社会的商人如买了假货,会遭到经理的责备甚至解雇;一般通情达理的顾客,也不随便闲评商店中的藏品。这种情况相通于文物单位,如果某个单位"掌眼"的是个集体,评论起来,顾忌不多;如果只有少数鉴家,极易伤及威信和尊严,弄成不愉快。

(七)忘形。笔者一次在朋友家聚集看画,见到一件佳品,一时忘形地攘臂而呼:"真的!"还和旁人强辩一番。有人便写给我一首打油诗说:"独立扬新令,真假一言定。不同意见人,打成反革命。"我才凛然自省,向人道歉,认识到应该如何尊重群众!

(八)容众。一次外地收到一册宋人书札,拿到北京故宫嘱为鉴定。唐兰先生、徐邦达先生、刘九庵先生,还有几位年轻同志看了,意见不完全一致,共同研究,极为和谐。为了集思广益,把我找去。我提出些备参考的意见,他们几位以为理由可取,就定为真迹,请外地单位收购。最后唐先生说:"你这一言,定则定矣。"不由得触到我那次目无群众的旧事,急忙加以说明,是大家的共同意见,并非是我"一言堂"。我说:"先生漏了一句:'定则定矣'之上还有'我辈数人'呢。"这两句原是陆法言《切韵序》中的话,唐先生是极熟悉的,于是仰面大笑,我也如释重负。颜鲁公说:"齐桓公九合诸侯,一匡天下,葵丘之会,微有振矜,叛者九国。故曰行百里者半九十里,言晚节末路之难也。"这话何等沉痛,我辈可不戒哉!

以上诸例，都是有根有据的真人真事。仿章学诚《古文十弊》的例子，略述如此。坚持真理是社会主义的新道德，迁就世故是旧社会的残余意识。今天在还有贯彻新道德的余地的情况下，注意讲求，深入贯彻，仍是建设精神文明的一个重要环节，也是值得今天做鉴定工作的同志们共勉的！

米 芾 画

米元章《珊瑚》、《复官》二帖，为历来著录有名之迹。《快雪堂帖》曾入石，多年临玩，梦想真迹之妙，定有远胜石本者。继见《壮陶阁帖》，附刻珊瑚笔架之图及各家跋尾，始知《快雪》删削之失。盖笔架为珊瑚三枝，下承以金坐，其状似三枝朱草出自金沙中，故题诗云："三枝朱草出金沙。"不见此图，诗句竟不可解。唯《壮陶》刻工，远逊《快雪》，于是向往真迹之心愈切。

近年获见真迹，不但笔势雄奇，其墨彩浓淡之际，更见挥洒淋漓之趣，石刻中固不能传，即珂罗版印本，其字迹浓淡差异较微处，亦不尽能传出，故每观墨迹，常徘徊不忍去。

米老号称能画，世又常以扁圆点一派山水画之创始人归之米老，自《芥子园画传》以大混点、小混点分属大小米，于是米老又与大混点牢不可分，而米老之冤，遂不可雪！亦此老自诩画法有以自取也。何以言之？《画史》言尝与李伯时言分布次第，又言所画《子敬书练裙图》归于权要，宜若大有可观者，而进呈皇帝御览之作，却为儿子友仁之《楚山清晓图》，已殊可异。世传所谓米画者若干，可信为宋画者无几，可定为米氏者又无几，可辨为大米者，竟无一焉。今此珊瑚笔架之图，应是今存米老画之确切真迹矣。但观其行笔潦草,写笔架及插坐之形,并不能似,倘非依附帖文,殆不可识为何物。即其笔画起落处,亦缺交代,此虽戏作,而一脔知味,其画法技能,不难推测。《画史》所言"山水古今相师,少有出尘之格者,因信笔作之"等语,但可做颠语观。再观其"树石不取细,意似便已"云者,实自预为解嘲之地也。不做当行画家,固无损于米老,而大混点竟得与米老长辞,亦自兹始!拒非米老之幸也哉?

此帖后各家跋,次序黏连有颠倒处,今排比如下:

米友仁,绍兴间。

谢在存,丁丑(1277年),宋端宗景炎二年,蒙古世祖至元十四年。

郭天锡,乙酉(1285年),至元二十二年。

杨肯堂,无年月,言与郭同行留题,盖同时书。

季宗元,丙戌(1286年),至元二十三年。

施光远,己丑(1289年),至元二十六年。

焦源溥,丁巳(1617年),万历四十五年。

成亲王,庚申(1800年),嘉庆五年。

郭天锡字祐之,号北山,元代鉴赏家,今传古法书多有其题跋。又画家郭畀,字天锡,非一人。此帖中祐之跋,与其所书其他法书题跋,笔法一致,真迹也。而日月干支,有不可解者。郭跋云"四月初七日戊申",则四月朔当为壬寅,与史不合。汪月桢《历代长术辑要》卷九,谓《元史》至元二十二年"八月有庚子,不合"。汪氏所排,本年各月朔如下:

> 正甲戌,二甲辰,三癸酉,四癸卯,五癸酉,六壬寅,七辛未,八辛丑,九庚午,十己亥,十一己巳,十二戊戌。

按《元史·世祖本纪》本年八月有庚子者,盖朔日也。此跋又是四月壬寅朔,则当时颁行之历,本年四月、八月朔皆较长术所推上窜一日,盖四月前必有一月为小尽。昔人推历有差,本属常见,而大小尽之置,尤多出入。以此跋与《元史》本纪合观,皆足以说明当时所颁之历如此,非不合也。世习称金石足以考史证史,自近代发现古简牍及写本以来,又知出土文物足以考史证史,不知世所视为美术古董之法书墨迹,固为未摹刻之金石,未入土之文物也,又岂独书法可赏已哉!

李白《上阳台帖》墨迹

我们每逢读到一个可敬可爱作家的作品时,总想见到他的风采,得不到肖像,也想见到他的笔迹。真迹得不到,即使是屡经翻刻,甚至明知是伪托的,也会引起向往的心情。

伟大诗人李白的字迹,流传不多,在碑刻方面,如《天门山铭》、《象耳山留题》等,见于宋王象之《舆地纪胜·碑目》。游泰山六诗,见于明陈鉴《碑薮》。《象耳山留题》明杨慎还曾见到拓本,现在这些石刻的拓本俱无流传,原石可能早已亡佚。清代乾隆时所搜集到的,有《题安期生诗石刻》和《隐静寺诗》,俱见孙星衍《寰宇访碑录》卷三,原石今亦不知存亡,拓本也俱罕见。但《题安期生诗》石刻下注"李白撰",未著书人,是否李白自书还成问题。《隐静寺诗》,叶昌炽《语石》卷二说它是"以人重","未必真迹"。那么要从碑刻中看李白亲笔的字迹,实在很不容易了。许多明显伪托,加题"太白"的石刻不详举。

其次是法帖所摹,我所见到的有宋《淳熙秘阁续帖》(明金坛翻刻本、清海山仙馆摹古本)、宋《甲秀堂帖》、明《玉兰堂帖》、明人凑集翻摹宋刻杂帖(题以《绛帖》、《星凤楼帖》等名)、清《翰香馆》、《式古堂》、《泼墨斋》、《玉虹鉴真续帖》、《朴园》等帖。各帖互相重复,归纳共有六段：1．"天若不爱酒"诗；2．"处世若大梦"诗；3．"镜湖流水春始波"诗；4．"官身有吏责"诗；5．玉兰堂刻"孟夏草木长"诗；6．翰香馆刻二十七字。这二十七字词义不属，当出摹凑；"孟夏"一帖系失名帖误排于李白帖后；"官身"一首五言绝句是宋王安石的诗，这帖当然不是李白写的；俱可不论。此外三诗帖，亦累经翻刻（《玉虹》虽据墨迹，而摹刻不精，底本今亦失传），但若干年来，从书法上借以想象诗人风采的，仅赖这几个刻本的流传。

至于《宣和书谱》卷九著录的李白字迹，行书有《太华峰》、《乘兴帖》，草书有《岁时文》、《咏酒诗》、《醉中帖》。其中《咏酒》、《醉中》二帖，疑即"天若"、"处世"二段，其余三帖更连疑似的踪迹皆无。所以在这《上阳台帖》真迹从《石渠宝笈》流出以前，要见李白字迹的真面目，是绝对不可得的。现在我们居然亲见到这一卷，不但不是摹刻之本，而且还是诗人亲笔的真迹（有人称墨迹为"肉迹"，也很恰当），怎能不使人为之雀跃呢！

《上阳台帖》，纸本，前绫隔水上宋徽宗瘦金书标题"唐李太白上阳台"。本帖字五行，云："山高水长，物象万千，非有老笔，清壮何穷！十八日，上阳台书。太白。"帖后纸拖尾又有瘦金书跋一段。帖前骑缝处有旧圆印，帖左下角有旧连珠印，俱已剥落模糊，是否宣和玺印不可知。南宋时曾经赵孟坚、贾似道收藏，有"子固"白文印和"秋壑图书"朱文印。入元为张晏所藏，有张晏、杜本、欧阳玄题。又有王余庆、危素、骝鲁题。明代曾经项元汴收藏，清初归梁清标，又归安岐，各有藏印，安岐还著录于《墨绿汇观》的"法书续录"中。后入乾隆内府，著录于《石渠宝笈初编》卷十三。复又流出，今归故宫博物院。它的流传经过，是历历可考的。

据什么说它是李白的真迹呢？首先是据宋徽宗的鉴定。宋徽宗上距李白的时间，以宣和末年（1125）上溯到李白卒年，即唐肃宗宝应元年（762），仅仅三百六十多年，这和我们今天鉴定晚明人的笔迹一样，是并不困难的。这卷上的瘦金书标题、跋尾既和宋徽宗其他真迹相符，则他所鉴定的内容，自然是可信赖的。至于南宋以来的收藏者、题跋者，也多是鉴赏大家，他们的鉴定，也多是精确的。其次是从笔迹的时代风格上看,这帖和张旭的《肚痛帖》、颜真卿的《刘中使帖》(又名《瀛洲帖》)都极相近。当然每一家还有自己的个人风格,但是同一段时间的风格,常有其共同之点,可以互相印证。再次,这帖上有"太白"款字,而字迹笔画又的确不是勾摹的。

另外有两个问题,即是卷内虽有宋徽宗的题字,但不见于《宣和书谱》(玺印又不可见);且瘦金跋中只说到《乘兴帖》,没有说到《上阳台帖》;都不免容易引起人的怀疑。这可以从其他宣和旧藏法书来说明。现在所见的宣和旧藏法书,多是帖前有宋徽宗题签,签下押双龙圆玺;帖的左上角、左下角、右下角分钤"政和"、"宣和"小玺;后隔水与拖尾接缝处钤以"政和"小玺,尾纸上钤以"内府图书之印"九叠文大印。这是一般的格式。但如王羲之《奉橘帖》即题在前绫隔水,钤印亦不拘此式。钟繇《荐季直表》虽有"宣和"小玺,但不见于《宣和书谱》。王献之《送梨帖》附柳公权跋、米芾《书史》记载,认为是王献之的字,而《宣和书谱》却收在王羲之名下,今见墨迹卷中并无政、宣玺印。可知例外仍是很多的。宣和藏品,在"靖康之乱"以后,流散出来,多被割去玺印,以泯灭官府旧物的证据,这在前代人记载中提到的非常之多。也有贵戚藏品,曾经皇帝赏鉴,但未收入宫廷的。还有其他种种的可能,现在不必一一揣测。而且今本《宣和书谱》是否有由于传写的脱讹? 其与原本有多少差异? 也都无从得知。总之,帖字是唐代中期风格,上有"太白"款,字迹不是勾摹,瘦金鉴题可信。在这四项条件之下,所以我们敢于断定它是李白的真迹。

至于瘦金跋中牵涉到《乘兴帖》的问题,这并不能说是文不对题,因为前边标题已经明言"上阳台"了,后跋不过是借《乘兴帖》的话来描写诗人的形象,兼论他的书风罢了。《乘兴帖》的词句,恐怕是宋徽宗所特别欣赏的,所以《宣和书谱》卷九李白的小传里,在叙述诗人的种种事迹之后,还特别提出他"尝作行书,有'乘兴踏月,西入酒家,不觉人物两忘,身在世外'。字画飘逸,乃知白不特以诗名也"。这段话正与现在这《上阳台帖》后的跋语相合,可见是把《乘兴帖》中的话当做诗人的生活史料看的。并且可见纂录《宣和书谱》时是曾根据这段"御书"的。再看跋语首先说"尝作行书"云云，分明是引证另外一帖的口气，不能因跋中提到《乘兴帖》即疑它是从《乘兴帖》后移来的。

李白这一帖，不但字迹磊落，词句也非常可喜。我们知道，诗人这类简洁隽妙的题语，还不止此。像眉州象耳山留题云："夜来月下卧醒，花影零乱，满人襟袖，疑如濯魄于冰壶也。李白书。"（《舆地纪胜》卷一三九碑记条、杨慎《升庵文集》卷六十二）又一帖云："楼虚月白，秋宇物化，于斯凭阑，身势飞动。非把酒忘意，此兴何极！"（《佩文斋书画谱》卷七十三引明唐锦《龙江梦余录》）都可以与这《上阳台帖》语并观互证。

或问这卷既曾藏《石渠实笈》中，何以《三希堂帖》、《墨妙轩帖》俱不曾摹刻呢？这只要看看帖字的磨损剥落的情形，便能了然。在近代影印技术没有发明以前，仅凭勾摹刻石，遇到纸敝墨渝的字迹，便无法表现了。现在影印精工，几乎不隔一尘，我们捧读起来，真足共庆眼福！

唐人摹《兰亭帖》二种

一

王羲之的《兰亭序》文章,在骈俪盛行的六朝前期,是一篇不为风气所拘、具有特殊风骨的作品。他亲笔所写造这文章的草稿,即世传的《兰亭帖》,字迹妍丽,也是钟繇以后的一个新创造、新成就。

我们从碑版和笺牍中看到漠魏之际的书法,逐渐融合并发展汉隶和草书的结构与笔势,形成了"真书"和"行书",这要以钟繇的章疏字迹为代表,但他的结字和用笔都比较简单朴拙,或者说姿态不够华美。

到了东晋王羲之,在钟繇的创作基础上加工美化,无论工楷的真书(像《旦极寒》等帖),或稍流动的行书(像《兰亭帖》、《快雪时晴帖》等),或纵横的草书(像《十七帖》、《淳化阁帖》中草书各帖),都表现了一种新颖姿媚的风格。试以近代西北出土的前凉张骏、张重华父子时西域长史李柏的书疏稿来看,这篇稿的书写时间,相当东晋永和初年,距离王羲之写《兰亭帖》时早不到十年,所用的"行书"形式,也是一类的,而笔法姿态远不如《兰亭帖》那样美观。这固然可以推到地区南北的因素上,但再看米芾所刻《宝晋斋帖》中谢安的《慰问帖》,与《兰亭帖》比,并无南北之分,却也不那么妍美。可见王羲之所以成为书法史上的一个祖师,实是由于具有特殊创造的缘故。唐代韩愈《石鼓歌》说,"羲之俗书趁姿媚",这真说出了王羲之书法的特点。韩愈要以"古"为"雅",那么即是李斯篆、蔡邕隶对于《石鼓》来说,也可以算做"俗书"了。这先不必去管他,只看"趁姿媚"的评语,虽然是从讽刺角度出发,却客观上道出了王羲之的风格特点。

清代有些人以晋代碑版上的隶书、真书来衡量《兰亭帖》,并怀疑《兰亭帖》不是晋人的字迹,以为只是陈、隋至唐代的人们仿写或伪造的。他们不想碑版和笺牍的体用不同,不能运用同样的体势。并且即使同属笺牍范围,王羲之的所以著名,也正在他创造了妍丽的风格,改变了旧有姿态。分清这一问题,王羲之在书法史的作用和《兰亭帖》的艺术特色,才容易了然。

王羲之的《兰亭帖》原迹已被殉葬在唐太宗的昭陵里,后世所传,只是一些摹拓本和石刻本。唐代名手精摹的本子,到了宋代已不易多得。北宋前期在定武军(今河北定县)地方发现了一块石刻《兰亭帖》,摹刻的又较其他刻本精致,拓本在当时自更易于流传,于是定武石刻便被人们认为是《兰亭帖》的真影了。后来定武石刻捶拓的逐渐模糊,便产生了是秃笔所写的错觉。所以赵孟頫《兰亭十三跋》里说:"右军书兰亭是已退笔。"后人又因它的笔画已钝,便说是欧阳询所临;而一些唐摹墨迹本笔画锋利流动,便说是褚遂良所临;又常有人把一些失名人所摹的《兰亭帖》随便指为唐代某家所摹,其实都是毫无根据的。清代有人又在欧、褚临摹这些讹传下,认为今传的《兰亭帖》只是欧、褚的字迹,不能代表王羲之,这大约都由于没有看到过精致的摹本所致。

究竟王羲之《兰亭帖》的本来面目应该是什么样子?现在的摹拓本或石刻本中哪种本子传摹的最精致,或说最有接近原本的可能呢?我们综合来看,要以《神龙本》为比较优异,即是《文物精华》所印的第一种。这卷是白麻纸本,高二十四点五厘米,宽六十九点九厘米,今藏故宫博物院。

二

现在初步把这一卷和其他唐代拓摹、定武石刻的本子相较,发现以下几项特点:1. 这卷的字迹不但间架结构精美,行笔的过程、墨彩的浓淡,也都非常清楚,古人说"摹书得在位置,失在神气",这卷却是有血有肉,不失神气的。例如拿唐代怀仁《集王圣教序》中摹集《兰亭》里的字和这卷相比,即最肥的《墨皇本圣教序》,也比这本还瘦,但那些字在这卷里,并不显得臃肿癡肥。2. 这卷具有若干处破锋(例如"岁"、"君"等字)、断笔(例如"仰"、"可"等字)、贼毫(例如"趑"字"足"旁),摹者都表现了谨慎精确的态度。3. 墨色具有浓淡差别,改写各字,如"回"、"向之"、"痛"、"夫"、"文"和涂去的"良可",都表现了层次的分明。还有两个字,即"每"字原来只写个"一"字,大约是因与下句"一契"的"一"字太近,嫌其重复,改为"每"字,这里"每"字的一大横,与上下文各字一律是重墨,而"每"的部分却全是淡笔,表现了改写的程序。还有"齐"、"殇"二字一律是横放的间架,也全是重墨所写,中间夹了一个"彭"字,笔势比较收缩,墨色也较湿、较淡,可知是最初没有想好这里用什么字,空了一格,及至下文写完,又回来补上这"彭"字。从这两个字的修改,可以多知道些王羲之当时起草构思和修辞的情况,但这不但是石刻所不能表达,即是普通的摹拓本也绝对罕见这样的例子。4. 这本的行气疏密,保存了起草时随手书写的自然姿态:前边开始写时较疏,后边接近纸尾时较密。这幅摹写用的纸,在末行左边尚有余纸,可见末几行的拥挤并非由于摹写用纸的不够,而是依照底本的原式。至于定武石刻,把行款排匀,加上竖格后,这种现象便完全看不到了。

只从这几点来看,足知这卷保存《兰亭帖》原本的迹象。所以元代郭天锡跋这卷说是"于兰亭真迹上双勾",又说"毫错转折,纤微备尽,下真迹一等",又说"宜切近真"。这并非一般的夸耀,实是受这些显证的启示。

或问:这卷中的破锋、断笔、贼毫等等现象,是否出于唐代某一书家临写时信笔所致?怎能便认为是王羲之原迹上的现象?回答是:1. 具有这些现象的唐摹本,不止这一卷,只是这卷里更多些;即定武石刻也还存在"君"下脚双叉的痕迹;又怀仁《集王圣教序》里也同样存在着一些这样的痕迹;可见这并非源于唐代某一临写者自己偶然出现的手病。2. 像"每"字的改笔,"彭"字的补填,信笔临写的人又何必多费这一道手续呢?因此可以判断它们是王羲之《兰亭帖》原迹里所有的。而这卷描摹的精确,也正足以取信于人。按唐摹《兰亭帖》有两方面的价值:一是书法艺术,足资临习借鉴;一是王羲之原本的面貌,足供研究探索。这卷《神龙本》,是堪称俱有的。

一般的石刻字迹,最容易出现一种"古朴"的艺术效果,因为字口经过刀刻,笔画中又无浓淡。这在刊刻印章的过程中,最易体会:用笔写在印石上的字迹,多半不如刻出来的字迹使人觉得"厚重"。在书法中也是一样。这卷摹拓的特色之一,既是注意墨彩的浓淡,当然不如石刻不分浓淡的那样"浑厚",也恐不如有些平填浓墨的摹拓本那样"呆重",这正是这卷的优点,而非缺点。

在明清以来所存的摹本《兰亭帖》中,确出唐摹,传流有据的,约有三本,即这卷里文嘉跋尾所说:《宜兴吴氏本》、《陈缉熙本》和这卷《神龙本》。今存的陈氏本,正帖已是后人重摹,附装原跋,现藏故宫博物院。《宜兴吴氏本》自清初吴升《大观录》卷一著录后,即无踪迹。吴升说那卷:"牙色纸本坚厚,自非唐以后物,字画锋韬锷敛,绝无尖毫纤墨一点败阙,而浓润之气,奕奕焕发,唐摹楔帖,此当称首。"从这些话来看,它必不能表现《神龙本》中的浓淡墨色,那么它"称首"的资格,也就大成疑问了。总之今天所见的唐摹《兰亭》,还没有一件能够胜过这"神龙"一卷的。

三

　　这一卷的流传经过是这样：唐初的精摹本，在当时已经非常珍贵，受赐的只有少数的贵爵和大臣，所以唐中宗在精摹本上钤了自己年号的"神龙"印章，以为收藏的标志。神龙年代以后，流传经过不可考。南宋初年，曾入绍兴内府，有"绍兴"印。相传宋理宗嫁周汉国公主给杨镇，取复古殿所藏的《神龙兰亭》为第一件妆奁，郭天锡跋这卷说"传是尚方资送物"，即指这事。所以这卷上有杨镇的"疏蚕书府"印。"疏"即"副"，"副蚕"即"驸马"。元代柳贯说杨镇好蓄法书名帖，常把藏品刻石，凡刻过的底本都印上"副蚕书府"的印，见《柳待制集》卷十九《题唐临吴兴二帖》。这卷上即有这方印，想当时必曾经杨镇摹刻，拓本今已不可考。到了元代，郭天锡从"杨左辖都尉"（即杨镇）家获得，自作长跋，并经鲜于枢题诗。到了明代，不知什么人把元人吴炳所藏的《定武兰亭》里的一部分宋元人题跋割下装入这一卷里，即是许将、王安礼、朱光裔、王景修、仇伯玉各条以及吴炳天畇二年、至正丁亥两条和王守诚一条。这些题跋原在定武本后的记载见明朱存理《铁网珊瑚》卷一。至于永阳清叟、赵孟頫两跋，语气也看不出与"神龙本"有什么密切关系，连上这段纸尾邓文原一条，似乎也都是配入的。明代中期，这卷《神龙本》归于乌镇王济，有"王济赏鉴过物"印，丰坊曾为他摹刻入石，又曾请李廷相题跋。丰刻本流传有名，但行气调剂匀整，又加刻了些"贞观"、"褚氏"、"宣和"、"米芾"等印，给后来考证者增加了许多麻烦。后来又归项元汴，曾请文嘉题跋。项氏因郭天锡跋中说"定是太宗朝供奉拓书人直弘文馆冯承素等奉圣旨于兰亭真迹上双钩所摹"，便抛开了"等"字，凿实指为冯承素的作品，还说"唐中宗朝冯承素奉敕摹"，又注"唐宋元明名公题咏"，冯承素是太宗时人，明见唐人记载，又把"神龙"印识充归"唐宋题咏"，都是明显的讹误。项氏曾刻石，拓本流传甚少。

　　这卷中的题跋与本帖还有一段离合的经过，因而引起过种种误会：

清初吴其贞的《书画记》卷四"王右军兰亭记"条记卷后的题跋说:"熙宁元丰年石苍舒等十人题拜观,元鲜于伯机等四人题跋,王守诚等三人题拜观,明文文水等二人题跋,跋语皆浮泛无定指,闻此卷还有一题跋,是冯承素所摹者,为陈以谓(按'谓'为'御'之误,陈定字以御,是当时的一个大古董商)切去,竟指为右军书,而神龙小玺亦以谓伪增,故色尚滋润无精彩,惟绍兴玺为本来物也。"这事在顾复的《平生壮观》卷一"神龙兰亭"条也有记载,他说:"金陵陈以御从太平曹氏得之,拆去元人诸诗跋,云是右军真迹,高价以售延令季因是铨部,铨部亦居诸不疑,忻然以为昭陵殉物竟出人间也,后知其故,乃索诸跋而重装,今仍全璧,大幸大幸。"综观二人所记,知被陈定抽去的只是郭天锡一跋,因为郭跋中说是冯承素等所摹,吴其贞见到时郭跋尚未归还,遂连神龙小玺都疑是陈定所加,不知郭跋中早已提到。吴氏书中的记载,至晚到康熙十六年,顾氏书自序在康熙三十一年,可知郭跋的归还约在这段时间里。

这卷到清代入乾隆内府,把它和号称为虞世南临的《天历兰亭》、号称为褚遂良临的《米跋兰亭》,加上柳公权书《兰亭诗》和四卷柳书《兰亭诗》的临摹本,共八卷,分刻在一个亭子的石柱上,称为《兰亭八柱帖》,这卷即居第三。又刻入《三希堂帖》,都仍冠以冯承素的名字。石刻本中,从前共推丰本为最精,但与墨迹本并观,距离之远,真是不可以道里计的。今天精印墨迹,不但笔法纤毫可见,墨彩浓淡也完全分出。诚如拨云见日,观者必将同感一快。

四

《文物精华》所印唐摹《兰亭帖》第二种,绢本,高二十四点四厘米。长六十五点七厘米,末行"斯文"之下有"芾印"、"子由"二印,模糊不甚清。卷中有明代项元汴藏印甚多。前有明代董其昌题引首,残存"墨实"二字。卷尾有明代许初,清代王澍、贺天钧、唐宇肩、朱承瑞、顾莼、梁同书、孙星衍、石韫玉诸跋。道光时为梁章钜所得，前后插有他的题识四处。咸丰时有李佐贤、韩崇光两跋。正帖在康熙时曾经朱承瑞刻石，卷中附装拓本一纸。这卷今藏湖南省博物馆。自宋以来，常把一些唐人摹拓本指称为褚遂良临摹，于是这卷失名人摹本也被称为褚临，现在只称为"唐摹"。

按《兰亭帖》的面貌，既已在"神龙本"里得到了许多启示，再遇到其他一些唐摹本或旧摹本中的优点和缺点，也就不难领略、印证。其中行笔结字，得神得势的地方，当然容易看出，即使有些不够自然的地方，也可以理解是如何描摹"走样"的，并且还可以推想如果未致"走样"，又应是个什么样子。

这一卷的摹拓技巧确实比不了"神龙本"那样精密，又因用的是绢素，有些纸上的效果不易传出，那许多破锋、贼毫等等都没能表现出来，更无论墨色的浓淡了。但是主要的笔意、字形，仍然保存，尤其是笔与笔、字与字、行与行之间，都表现了映带关系和顾盼姿态。还有点画的肥瘦，纤丝的联系，都明白地使人看到书写时行笔的轻重、疾徐，可以说仅次于"神龙本"一等。

梁章钜曾得到两件唐摹《兰亭》，这卷之外还有一卷黄绢本，后附米芾小行书跋及许多明人题跋。流传影印本甚多。梁氏品评黄绢本在这一卷之上。按黄绢本"领"字作"岭"，是来自另一种系统的底本，文嘉为王世贞作跋说："摹本虽得位置，而乏气韵，临本于位置不无少异，而气韵奕奕，有非摹本可及。"意在言外说明它是一种临作所写，而非出于精确勾摹。用故宫博物院藏南宋游似旧藏宋刻本相校，知今天的黄绢正帖已不是米跋的原物。至于梁氏题现在湖南这一卷认为"锋棱颇露"，又在他的《退庵题跋》卷六里说："此本轩豁刻露，过于黄绢本。"又说："顾南雅跋所称虚和古拙者，尚未似也。"这固然由于他们二人审美的角度不同，更重要的恐怕是旧时人们见惯了定武石刻的秃锋，不但把那种现象看做《兰亭》的标准，甚至也看做书法艺术的标准，所以顾莼泛用"虚和古拙"来称赞它，而梁章钜却嫌它过露锋棱，其实尊古拙和嫌锋棱，同是来自上述原因，并不难于索解的。

在北师大对书法专业师生的谈话

今天,我既然到这儿来,就有责任说几句话,所以就说几句,我到这儿来特别兴奋。

我们不管学什么,都得有个过程。不能说小孩刚生下几个月,就瞧飞行员怎么开飞机,他脑子也不会理解那飞机怎么开,他就算有想要飞起来这种想法,我不晓得,几个月的小孩,两三岁、四五岁的小孩他就能够开飞机?我觉得不管是学习什么,它都有一个步骤。我们上楼梯,打第一层一直到多少层,他也得由第一步迈起。我们学写字也是如此,我们不能说一写就超过古代,超过仓颉。那仓颉什么样,谁也没见过,仓颉写的字什么样,也不知道,我就要超过仓颉,那倒很省事,瞎抹一阵子,仓颉也不认得。所以我觉得现在大家踏踏实实、由浅入深,我看着不管是一年级,还是几年级,这些同学写的字实在让我惊讶。

昨天我看赵孟頫写的《三清殿记》,那前边的碑额,这么大一个篆字,我瞧咱们这儿写得都比赵孟頫那《三清殿记》的碑额好。为什么?他写这么大的楷书,就拿那毛笔随便写一个篆书的碑额。所以看见这个碑额我们不能说:"你看看,我比赵孟頫写得好。"那也不实际,他没在意,就写得差一点,这种情况也有。这可以鼓励我们,赵孟頫那么高明的书家,也有写得差一点的时候。所以我们自己更增加鼓励,我觉得这一点是我们值得自己安慰、值得自信的。由这个基础再往上多迈一步,那就好得很了。你们秦老师一步一步跟着我看展览,我眼睛有黄斑,看不清。我今天出来一忙,把那个放大镜落在家里了,但是大致还可以看出这个字来。这样子呢,我觉得第一步十分满意,第二步使我很兴奋。那么我们现在就在秦老师指导下继续努力,这不是我有意来这发动大家高兴,我不是这意思。

那么自己有这个基础,有这个环境,有这样的老师,有这样的样本、碑帖,大家更应该好好努力。从前一个无锡姓秦的有一本欧阳询的《九成宫碑》,他就找人细致地翻刻了一本,翻刻的《九成宫》,明摆着是翻刻的,却叫"秦刻本",这个碑卖一百两银子。那时,一个教书的人,在地主官僚家里教小孩,一个月二两银子那就很了不起了。再高级,一个月要是四两银子,那就很不错了,是一个很肥的待遇了。那么,那时候一百两银子买一个翻刻本。后来我看见秦家这个底本,也值不了多少钱,当时就了不起了。一百两银子能买一个翻刻本,为什么?他就是想摹拟、临写。所以,我们现在有墨迹、照相,《九成宫碑》比那个"秦刻本"还要好得多的多,所以我们现在学写字,那个工具,笔、墨汁都很好。我眼睛虽不好,写大个的字还摸着写。人家找我写四个字,比如人家找我写"正大光明"四个字,我得写好多张,从中挑一张,因为这眼睛不行了。

今天我心里非常兴奋,我就愿意把我的情感表达出来:

第一,不用着急。现在有些青年——那不是青年了,写得很不错了,他也做到什么博士生导师这样的教授了,他们本来写得很规矩的,但还想再进一步,想创新,写了些自创的"书风",拿去展览。我并不是贬低别人,这意思就是说,有些位书家有一种心情是好的:我想一步就迈过他!这个志愿是非常好的,但他采取的办法不是说按部就班。人家一天写成的,我三天写成总会比他好。如果不是这样,说我马上想一个怪办法,就超过他,想超过别人、超过前人。社会都是后人超越前人,这是毫无疑问的,问题在于你怎么超,你用什么方法超。你超了之后,今天我所管理的老百姓他们的生活是不是就比上代生活强,不一定。可是做父母的,做祖父母的,做师表的,都是想你马上就超过前人。还是那句话,意思、志愿都好,但是他不想北京这儿有句俗话,叫"胖子不是一口吃的"。别人吃四两米饭,我一个人一顿就要吃八两。好,吃!勉强塞下去,胃坏了,这事多极了。从前在辅仁大学,有个小伙子吃刀切馒头,人家吃三个、四个,他跟人家比赛,一顿吃了二十一个。坏了,手术拉开一瞧,胃撑裂了。把那些没消化的馒头掏出来,把胃又缝上,危险极了。要没有这样医学的手术,他非死不可,没有那么样"努力加餐饭"的。"努力加餐饭"是好事,但是没有说努力撑着吃馒头的,吃了二十一个,结果撑裂了胃。现在我不晓得有多少人就想:他吃二十一个,我能吃四十二个。你有那么大的胃吗?所以我觉得,我们志愿高是好事,也是应该有的,青年人没有志愿,没有前景,这不行的,问题是我们应该想想怎么样才能办得到。那飞机也不是一个人站在地上胳膊当膀子就那么飞起来的,它也得有许许多多科学的条件、零件组成。我看见过一个气球拉着一个小船一样的东西在天上飞,我是民国元年生人,我几岁的时候看见天上有这种气球带着一个筐子,一个人飞起来,那也不晓得是试飞呀还是什么,后来就成为飞机。所以,这种情形是逐步的,一步一步飞起来的。我还坐过一回英国飞到法国的那个协和式客机,八个小时的路程在空中飞三个小时就到了,快得厉害。可见快是有,但有它还是有一定的手段、一定的方法、一定的科学的条件。所以现在我就想,我们要想一步迈出去,要先想怎么迈。比如人家长得个高、腿长,有九级的楼梯,他三步就上去了。我要一步一步地迈九步,我没有那么高的个,也没那么长的腿,那就没法子。所以我现在敬赠诸位同学一句话:欲速则不达。

现在同学们写的我很满意,我也写不了了,可是你们自己不要满意。自己今天写的跟昨天写的比有进步,这是值得满意的,但是不要以为我这就完全好了。我也有过这时候,写着写着就不满意了,这是为什么?我昨天写得比这好,我今天写的还不如昨天的呢!有没有这时侯?诸位如果有这种时候,不要灰心,这正是自己眼力高于手的力量,这个时候不要灰心,凡是有今天写的有不如昨天的地方的人,我向你祝贺,你是要有进步了。你发现毛病可以自己修改,所以自己写着写着进步了,满意,高兴。写着写着退步了,也不要灰心,那个退步正是进步的一个前兆。从前看不出怎么不好,今天眼睛有进步了,才发现昨天写得不好。我有些想法一时也说不尽,以后有机会,诸位愿意,我们再找时间,再找地方,咱们随便再聊一聊。

我也碰过钉子,自己觉得笔不好使,纸不好使,帖不好使,瞧瞧我写欧阳询这么不好,换一个,换颜真卿。我写篆书这么不好,再写个隶书……换是可以,但是你不要因为写不好,就怀疑那个帖不好。或者换一个帖,或者换一支笔,换一种纸,这都不是好办法。那么怎么样才能够换,自己要有个尺寸。我写这个比如说写了十遍,再换一个试一试,那行,写第二种不合适,再拿起第一种再写,这个情形的变化很多很多。所以自己当时觉得好、觉得不好也不足为凭,那么随时有新的想法,新的看法,这个时候可以换,但是不要灰心,扔掉的那个帖也可以拿过来再写一回,那就有所不同了。这是我自己的一个曾经遇到过的情况,我愿意说一下,不要以为现在我怎么超不过他。

现在有些人写出字来仓颉也不认得。我那儿有一本书,今天没拿过来。一个英国人向我征集几张字借去展览,在大英博物馆里展览,展完了还给我。他还印了别的几篇,里头有个人是画连环画的。这个人画得很有意思,他拿一张纸,拿像扁刷的笔这么一抹,那个字仓颉也不认得,不知是什么,他也不认得。那么这样就是中国字?我觉得就不好。让西洋人觉得,中国人就这样,中国字就这样。这是骗西方人不认得中国字,这个行动,要一旦西方人知道中国字怎么写了,是一个什么心情,什么看法?所以说这是骗子,是欺骗我们。人家说这是创新,我们不去管它。不是我保守,连中国人都不认得,那能叫中国字吗?这个本子就放在我家楼下,待会拿来让大家看看。拿扁的板刷,这么一笔,这么一笔,不认得!外国人不认识中国字,但也知道哪是写得好的中国字。现在西方拼命想学中国语言,想认中国字,趁他不认得,我就胡写,这不行的,早晚会被戳穿的。

  我觉得今天的路不好走,等过些天,天晴了,我还要继续看同学们的展览。我们现在正在前途无量的一个时间里,一个年龄,一个精神,所以说这个时候不要着急,说我一步就迈过他去。迈过他去是准的,我们的社会比古代的社会不知道迈了多少步了,但却不是一步所能迈到的。

2002 年 12 月

论书绝句

论书绝句一百首

引言

此论书绝句一百首,前二十首为二十余岁时作,后八十首为五十岁后陆续所作。初有简注,仅代标题。诗皆信手所拈,几同儿戏。朋友传抄,以为谈助,徒增愧怍耳。

数年前,香港《大公报》《艺林》副刊分期登载,注欲加详,乃为各注数百字。刊载既竣,复蒙商务印书馆香港分馆合印成册,是可感也。

其中所论,有重复,有矛盾,亦有忍俊不禁而杂以嘲嬉者。或以此病相告,乃自解嘲曰:重复者,为表叮咛,所以显其重要性也;矛盾者,以示周全,所以避免片面性也;嘲嬉者,为破岑寂,所以增其趣味性也。强词夺理,其为有痂嗜之读者所见谅乎?

今逢再版,因略加修订,附此小言。平生师友暨敬爱之读者,幸垂明教!

1985年岁暮,启功自识于北京师范大学宿舍之浮光掠影楼,时年周七十有三。

一

西京隶势自堂堂,点画纷披态万方。
何必残砖搜五凤,漆书天漠壁元康。

汉晋简牍。
此首作于1935年,其时居延笺牍虽已出土,但为人垄断,世莫得见。此据《流沙坠简》及《汉晋西陲木简汇编》立论。二书所载,有年号者,上自天汉,下迄元康。

汉简北宋出土者,早已无存,仅于彙帖中尚存其文,已经转相临写,非复原来面目。明清人所见汉代字迹,莫非碑刻。且传世汉碑,多东汉人作,偶见西汉石刻,或相矜诧,或疑为伪物。五凤古刻,或石或砖,偶有流传,稀同星凤焉。

今距此诗作时又四十余年,战国秦汉竹帛之遗,纷至沓来,使人目不暇给,生今识古,厚福无涯,岂止书学一道,隶书一体而已哉!

二

翠墨黝然发古光,金题锦帙照琳琅。
十年校遍流沙简,平复无惭署墨皇。

陆机平复帖。张丑云："墨有绿色。"

帖文云："彦先羸瘵,恐难平复。往属初病,虑不止此,此已为庆,承使唯男,幸为复失前忧耳。吴子杨往初来主,吾不能尽,临西复来,威仪详跱,举动成观,自躯体之美也。思识□爱(或释量)之迈前,执(势)所恒有,宜□称之。夏伯荣寇乱之际,闻问不悉。"

彦先为贺循字,循多病,见于《晋书》本传。或谓彦先卒于陆士衡之后,则此非贺氏。然"恐难平复",只是疑词,非谓即死也。此帖当书于陆氏入洛之前,所谓"临西复来",殆吴子杨将往荆襄一带,行前作别耳。

此帖自宋以来,流传有绪。传世晋人手札,无一原迹,"二王"诸帖,求其确出唐摹者,已为上乘。此麻纸上用秃笔作书,字近章草,与汉晋木简中草书极相似,是晋人真迹毫无可疑者。帖中字有残损处,释文有据偏旁推断者。

三

大地将沉万国鱼,昭陵玉匣劫灰余。
先茔松柏俱零落,肠断羲之丧乱书。

王羲之丧乱帖。

帖首云："丧乱之极,先墓再离荼毒。"此首作时,当抗战之际,神州沦陷,故有此语。"离"同罹。

唐摹王帖,本本源源,有根有据者,首推万岁通天帖,其次则日本所传丧乱帖及孔侍中帖。此时万岁通天帖硬黄原卷尚未发现,故只论及此帖。

丧乱帖传入日本,远在唐代,当是留学僧、遣唐使所携归者。卷中有"延历敕定"印记,可证其摹时必在公元 8 世纪以前。此帖与孔侍中帖在当时或属一卷,后为人所割分,以其摹法相类也。

丧乱帖笔法跌宕,气势雄奇。出入顿挫,锋棱俱在,可以窥知当时所用笔毫之健。阁帖传摹诸帖中,有与此帖体势相近者,而用笔觚棱转折,则一概泯没。昔人谓,不见唐摹,不足以言知书,信然。

四

底从骏骨辨媸妍,定武椎轮且不传。
赖有唐摹存血脉,神龙小印白麻笺。

王羲之等若干人在会稽山阴兰亭水边修禊赋诗事,早有文献记载,兰亭序帖,乃当日诸人赋诗卷前之序。流传至唐太宗时,命拓书人分别勾摹,成为副本。摹手有工有拙,且有直接勾摹或间接勾摹之不同,因而艺术效果往往悬殊。今日故宫博物院所藏有神龙半印之本,清代题为冯承素摹本,笔法转折,最见神采。且于原迹墨色浓淡不同处,亦忠实摹出,在今日所存种种兰亭摹本中,应推最善之本。

勾摹向拓,精细费工,在唐代已属难得之珍品,至宋代更不易得。于是有人摹以刻石,其石在定武军州,遂称为定武本,北宋人以其易得,于是求购收藏,遂成名帖。实则只存梗概,无复神采。试与唐摹并观,如棋着之判死活,优劣立见矣。至清代李文田习见碑版字体刻法,而疑禊序,不过见橐驼谓马肿背耳。

五

风流江左有同音,折简书怀语倍深。

一自楼兰神物见,人间不复重来禽。

楼兰出土晋人残笺云:"□(无)缘展怀,所以为叹也。"笔法绝似馆本十七帖。楼兰出土残纸甚多,其字迹体势,虽互有异同,然其笔意生动,风格高古,绝非后世木刻石刻所能表现,即唐人向拓,亦尚有难及处。

如残纸中展怀一行,下笔处即如刀斩斧齐,而转折处又绵亘自然,乃知当时人作书,并无许多造作气,只是以当时工具,作当时字体。时代变迁,遂觉古不可攀耳。

张勺圃丈旧藏馆本十七帖,后有张正蒙跋,曾影印行世,原本今藏上海图书馆,有新印本,其本为宋人木板所刻,锋铩略秃,见此楼兰真迹,始知右军面目在纸上而不在木上。譬如画像中虽须眉毕具,而謦欬不闻,转不如从其弟兄以想见其音容笑貌也。

六

媛翁睥睨慎翁狂,黑女文公费品量。
翰墨有缘吾自幸,居然妙迹见高昌。

六朝碑志笔法,可于高昌墓砖墨迹中探索之。

何绍基媛叟得魏张黑女墓志孤本,甚自矜重,一再临写。包世臣慎伯撰《艺舟双楫》,推挹北碑,以郑文公碑为极则。张黑女志累经影印,郑文公碑世尤习见,学人临写,俱难措手。即以媛叟功力之深,所见临黑女志虽异常肖似,顾自运之迹,竟无复黑女面目,亦足见其难学矣。慎翁楷法之精者,学王彦超重刻庙堂碑,略放则拟郑文公碑。唯见其每笔蜷曲,不见碑字敦重开张之势,故何氏于黑女志跋中讥包氏未能横乎竖直,盖由于此。

高昌墓志出土以后，屡见奇品。其结体、点画，无不与北碑相通。且多属墨迹，无刊凿之失，视为书丹未刻之北碑，殆无不可，惜包何诸公之不获见也。

七

砚臼磨穿笔作堆，千文真面海东回。
分明流水空山境，无数林花烂漫开。

智永写千字文八百本，分施浙东诸寺，事见唐何延之兰亭记。千数百年，传本已如星凤。世传号为智永书者并石刻本合计之，约有五本：大观中长安薛氏摹刻本，一也；南宋群玉堂帖刻残本四十二行，自"囊箱"起至"乎也"止，二也；清代顾氏遇云楼帖刻残本，自"龙师"起至"乎也"止，此卷为明董其昌旧藏，戏鸿堂帖曾刻其局部。近获见原卷，黄竹纸上所书，笔法稚弱，殆元人所临，三也；实墨轩刻本，亦殊稚弱，四也；日本所藏墨迹本，五也。

此五本中，以一、二、五为有据，长安本摹刻不精，累损更为失真。群玉本与墨迹本体态笔意无不吻合，惜其残失既多，且究属摹刻。惟墨迹本焕然神明，一尘不隔。非独智永面目于斯可睹，即以研求六朝隋唐书艺递嬗之迹，眼目不受枣石遮障者，舍此又将奚求乎？

八

烂漫生疏两未妨，神全原不在矜庄。

龙跳虎卧温泉帖，妙有三分不妥当。（当字平读）

唐太宗书碑有二，曾自以二碑拓本赐外国使臣，其得意可知。《温泉铭》早佚，晋祠铭尚存，但历代捶拓，已颓唐无复神采。《真绛帖》中摹刻《温泉铭》铭词一段，标题曰秀岳铭，盖据首句"岩岩秀岳"为题，并不知其为温泉铭。是潘师旦所见，已是残本。此真绛帖今存者已稀，清代南海吴荣光旧藏者，现在北京故宫博物院。吴氏曾摹入筠清馆帖，距绛帖又隔一尘矣。

敦煌本《温泉铭》最前数行亦残失，幸以下无损。米芾"庄若对越，俊如跳掷"之喻，正可借喻。

书法至唐，可谓瓜熟蒂落，六朝蜕变，至此完成。不但书艺之美，即摹刻之工，亦非六朝所及。此碑中点画，细处入于毫芒，肥处弥见浓郁，展观之际，但觉一方黑漆版上用白粉书写而水迹未干也。

其字结体每有不妥处，譬如文用僻字，诗押险韵，不衫不履，转见风采焉。

九

宋元向拓汝南志，枣石翻身孔庙堂。
曾向蒙庄闻傥论，古人已与不传亡。

虞世南汝南公主墓志，彙帖中曾见之，近代流传一墨迹本，曾经影印。其原迹今藏上海博物馆，1972年闻馆中专家谈，实属宋人摹本，余私幸昔年从影印本中判断未谬。然其摹法具在，即影印本中亦能辨出，不必待目验纸质焉。

虞书以庙堂碑为最煊赫，原石久亡，所见以陕本为多。然摹手于虞书,知其当然,不知其所以然,与唐石残本相较,其失真立见。城武摹刻本,不知出谁手,以校唐石,实为近似,昔其石面捶磨过甚,间架仅存,而笔画过细,形同枯骨矣。

唐石本庙堂碑,影印流传甚广,惜是原石与重刻拼配之本。然观《黄山谷题跋》,已多记拼配之本,知唐刻原石北宋时必已断缺矣。

积时帖昔藏石渠实笈,几经浩劫,不知尚在人间否?

十

书楼片石万千题,物论悠悠总未齐。
照眼残编来陇右,九原何处起覃溪。

见敦煌本化度寺邕禅师塔铭,乃知翁方纲平生考证,以为范氏书楼真本者,皆翻刻也。覃溪所见化度寺塔铭多矣,其所题跋考订,视为原石者数本,近代皆有影印本。

若潘宁跋本为覃溪自藏,题识尤多,蝇头细字,盈千累芮。世行影印覃溪手自钩摹之本,后附诸跋,皆潘跋本中之物,为梁章钜抽出,附于勾摹本后者。合而观之,覃溪盖认定某一种翻刻本为真,即真龙在前,亦不相识也。

明王僻旧藏本有其钤印,论晋斋曾收之。覃溪细楷详跋,以为宋翻宋拓。及以敦煌本较之,知为原石,今藏上海图书馆。想见当日经覃溪鉴定,判为翻刻,因而遂遭弃掷之真本,又不知凡几。庸医杀人,世所易见,名医杀人,人所难知,而病者之游魂滔滔不返矣。

十一

乳臭纷纷执笔初,几人雾霁识匡庐。
枣魂石魄才经眼,已薄经生是俗书。

唐人细楷,艺有高下,其高者无论矣,即乱头粗服之迹,亦自有其风度,非后人模拟所易几及者。

唐人楷书高手写本,莫不结体精严,点画飞动,有血有肉,转侧照人。校以著名唐碑,虞、欧、褚、薛,乃至王知敬、敬客诸名家,并无逊色,所不及者官耳。官位逾高,则书名逾大,又不止书学一艺为然也。

余尝以写经精品中字摄影放大,与唐碑比观,笔毫使转,墨痕浓淡,一一可按。碑经刻拓,锋颖无存。即或宋拓善本,点画一色皆白,亦无从见其浓淡处,此事理之彰彰易晓者。

宋刻汇帖,如黄庭经、乐毅论、画像赞、遗教经等等,点画俱在模糊影响之间,今以出土魏晋简牍字体证之,无一相合者,而世犹斤斤于某肥本,某瘦本,某越州,某秘阁。不知其同归枣石糟粕也。

十二

笔姿京卞尽清妍,蹑晋踪唐傲宋贤。
一念云泥判德艺,遂教坡谷以人传。

蔡京、蔡卞。

北宋书风,蔡襄、欧阳修、刘敞诸家为一宗,有继承而无发展。苏、黄为一宗,不肯受旧格牢笼,大出新意而不违古法。二蔡、米芾为一宗,体势在开张中有聚散,用笔在遒劲中见姿媚。以法备态足言,此一宗在宋人中实称巨擘。

昔人评艺,好标榜"四家",诗则王杨卢骆,文则韩柳欧曾,画则黄王倪吴,书则苏黄米蔡。此拼凑之宋四书家,不知作俑何人,其说本自俗不可医。顾就事论事,所谓宋四家中之蔡,其为京、卞无可疑,而世人以京、卞人奸,遂以蔡襄代之,此人之俗,殆尤甚于始拼四家者。"德成而上,艺成而下",见小戴《礼记》。

古之所谓德成者,率以其官高耳。此诗余少作也,当时尚不悟拼凑、调换之可笑。"一念云泥"云云,未能免腐。

十三

臣书刷字墨淋漓,舒卷烟云势最奇。
更有神通知不尽,蜀缣游戏到乌丝。

米芾。

宋徽宗以当时各书人问米芾,芾历加评骘。问以"卿书如何?"对曰"臣书刷字"。观此刷之一字,其笔法意趣,不难领略。且不仅可以想象其笔尽其力,而墨在毫中,挤于纸上,浓淡重轻,亦依稀若见。襄阳漫仕不独书艺之精,即此语妙,固不在六朝人下矣。

宝晋斋帖刻米临右军七帖,后有米友仁跋云:"此字有云烟卷舒翔动之气,非善双钩者所能得其妙,精刻石者所能形容其一二也。"右军原帖,亦刻于宝晋斋帖中,比而观之,知小米之言不虚也。

昔东坡称米氏"清雄绝俗之文,超妙入神之字",米起而自辩云,"尚有知不尽处",遂自夸学道所得。颠语、戏语,自不待深究,其书之妙,则诚有知不能尽而言不能尽者也。

十四

　　草写千文正写经,温夫逸老各专城。
　　宋贤一例标新尚,此是先唐旧典型。

　　王升、张即之。
　　"升"亦作昇,字逸老,号羔羊老人。行书似米元章,草书圆润似怀素,而秾粹过之。流传千文一卷,曾刻于南雪斋帖及岳雪楼帖,原迹今已不知存佚如何矣。
　　即之字温夫,号樗寮。楷书笔法险劲,结体精严,犹存唐人遗矩。流传写经甚多,今有影印者已数本。亦擅书大字,每行两字之长卷,亦有数本。载籍并称其榜书,则已无存矣。
　　逸老书骎骎入古,世之赝作古法书者,每以其书割截款字以冒唐贤。如余清斋帖之孙过庭千文,墨妙轩帖之孙过庭千文,俱是逸老之笔。余清底本,疑出通卷重摹,后加孙款。墨妙底本则割去王款,添"过庭"二字,不知其王升之印章犹在焉。

十五

　　朴质一漓成侧媚,吴兴赝迹日纷沦。
　　明珠美玉千金价,自有流光悦妇人。

　　赵孟頫。
　　真书行书,贵在点画圆润,结构安详。自此深造,进而益工益精,盖无不至于妍美者。韩昌黎《石鼓歌》云,"羲之俗书趁姿媚",乃针对石鼓文而言,以篆籀为雅,故作真行者,虽王羲之亦不免俗书之诮。实则篆籀又何尝无姿媚之致哉!孙过庭《书谱》云,"篆尚婉而通",试问婉通之境界,又何似乎?米元章谓柳公权书为"丑怪恶札之祖",然而《唐书》柳氏本传则谓其"体势劲媚",可知姿媚、丑怪,与夫雅俗,亦各随仁智之见耳。

赵书真迹,今日所见甚多,然在有清中叶,精品多入内府,世人可见者,率属翻刻旧帖,其中尤多伪帖。若陕西碑林之天冠山诗,用笔偏侧,结体欹斜,而通行海内,摹之者,流弊日滋。即此浇漓伪体,当时亦曾有学之得名者,致包慎伯、康长素共斥赵书,盖未尝一见真迹也。

今日传世之真书碑版,如胆巴碑、三门记、福神观记、妙严寺记等,无一不精严厚重,其他简札,更不及具陈矣。此诗少作也,故有微词可悔。

十六

丹丘复古不乖时,波磔翩翩似竹枝。
想见承平文物盛,奎章阁下写宫词。

柯九思。

元代名家之书,无不习染赵松雪法。乃至书籍刻版,亦莫非赵体。最精最似者,当推朱德润泽民,虽赵雍仲穆,亦未能十分克肖,又足见赵法之易学而难工也。柯丹丘掉臂于赵派盛行之际,而能自辟蹊径,以大小欧阳为师,所谓同能不如独诣者。

丹丘善画竹,昔吾宗老雪斋翁尝谓柯书之笔,俱似其所画竹枝,信属妙喻。盖腕力笔踪,于书于画,其用一也。历观元之吴仲圭,明之沈石田,清之龚半千、恽寿平、黄瘿瓢,无论山石轮廓,树木枝干,即人物之衣纹须发,亦莫不与画上题字同节共拍,此书家之画、画家之书,俱易辨而难赝者也。

丹丘书传世不多，所见以独孤本兰亭跋尾最佳，惜已烧残。小真书上京宫词，曾见摹本一卷，后得真迹影本，惜原卷不知何在矣。

十七

疏越朱弦久寂寥，陵夷八法亦烦嚣。
论书宁下迂翁拜，古淡风姿近六朝。

倪瓒。

倪瓒以迂自号，世传轶事，怪癖尤多。扬子云谓：诗，心声；书，心画。观其字迹，精警权奇，有阮嗣宗白眼向人之意，盖于世俗书派有夷然不屑一顾之态。按之唐宋法书，亦未见如斯格局者。或谓出自杨义和黄素黄庭经，然今日可见之黄素黄庭，唯玉虹鉴真帖中一本，支离细弱，非复六朝风度，殆出几度重摹矣。更较以西陲出土六朝写经，皆古拙有余，而精严不足。于是益见迂翁之书，非独傲睨并世群伦，亦且能度越古之作手焉。

倪书常见者，皆题画之作，世传诗稿残本、汇帖曾刻，亦有影本，潦草不精，或出抄胥之手，唯吴炳本定武兰亭后题诗一首，于世传倪书中，端推上乘。前之陶隐居，后之董香光，俱不复作，书此公案，且待具眼。

十八

万古江河有正传，无端毁誉别天渊。
史家自具阳秋笔，径说香光学米颠。

董其昌。

余于董书，识解凡数变：初见之，觉其平凡无奇，有易视轻视之感。廿余岁学唐碑，苦不解笔锋出入之法。学赵学米，渐解笔之情、墨之趣。回顾董书，始知其甘苦。盖曾经熏习于诸家之长，而出之自然，不作畸轻畸重之态。再习草书，临阁帖，益知董于阁帖功力之深，不在邢子愿、王觉斯之下也。

董氏早岁曾学石刻小楷如宣示表、黄庭经之类，继见唐人墨迹，始悟笔法墨法之道，屡见于论书及题跋之语。余遂求敦煌石室唐人诸迹而临习玩味，书学有所进，端由于此。

世人于董书，或誉或毁，莫非自其外貌著论，而董之由晋唐规格以至放笔挥洒，其途盖启自襄阳，乃信《明史》本传中"书学米芾"之说，最为得体。

十九

刻舟求剑翁北平，我所不解刘诸城。
差喜天真铁梅叟，肯将淡宕易纵横。

翁方纲、刘墉、铁保。

有清书家，有"成刘翁铁"之目。成王爵高，学问又足以济之。试读《诒晋斋集》，可知非率尔操觚者，谓其为爵所掩，亦无不可也。兹故不论。

翁方纲一生固守化度寺碑，字模画拟，几同向拓。观其遗迹，唯楷书之小者为可喜，以其每字有化度之墙壁可依。至于行书，甚至有类世俗抄胥之体者，谓之欧法，则与史事等帖毫无关涉。谓之自运，又每见其模拟一二古帖中字之相同者,吾故曰:翁之楷书,可谓刻舟求剑;翁之行书,则可谓进退失据者也。刘墉书只是其父之法,未见刘统勋书,不能知其底蕴。又自饰之以矫揉偃蹇,竟成莫名其妙之书,此我之所以不解也。

栋鄂铁氏处于乾嘉之际,法书墨迹,俱归内府,取材无所。任笔为书,不失天真之趣,为可尚也。

二十

横扫千军笔一枝,艺舟双楫妙文辞。
无钱口数他家宝,得失安吴果自知。

包世臣。以上二十首,1935年作。

包安吴文笔跌宕,虽籍安徽,而不为桐城所囿,可谓豪杰之能自立者。

其论书之语,权奇可喜,以为文料观,实属斑斓有致,如汉人之赋京都,读者固不必按赋以绘长安宛洛之图也。何以言之?试观安吴自书,小楷以所跋陕刻庙堂碑一段为最,只是王彦超重刻虞碑之态,于明人略近祝允明、王宠,于北朝人书无涉。其大字则意在郑道昭所书其父文灵公碑,而每画曲折,有痕有迹,总归之于不化。今取北朝人书迹比观之,实未有安吴之体者。地不爱宝,墨迹日出,于是安吴之文词逾其见澜翻,而去书艺逾远也。

曾有自书论书绝句一本,款署"北平尊兄",未知何人,有影印本,诗后跋语有云:"身无半文钱,口数他家宝。"

安吴晚岁寓扬州,以其好为大言,人称之曰包大话。此间于吾友医家耿鉴庭先生者。耿扬州人也。

二十一

礼器方严体势坚,史晨端劲有余妍。
不祧汉隶宗风在,鸟翼双飞未可偏。

礼器碑、史晨碑。

汉隶之传世者多矣。荒山野塚,断碣残碑,未尝不发怀古者之幽情,想前贤之笔妙。乃至陶冶者之画壑,葬刑徒者之刻字,朴质自然,亦有古趣。然如小儿图画,虽具天真,终不能与陆探微、吴道子并论也。

以书艺言,仍宜就碑版求之。盖树石表功,意在寿世,选工抡材,必择其善者。碑刻之中,摩崖常为地势及石质所限,纵有佳书,每乏精刻,如褒斜诸石是也。磐石如砥,厝刃如丝,字迹精能,珍护不替,莫如孔林碑石。历世毡捶,有渐平而无剧损焉。

汉隶风格,如万花飞舞,绚丽难名。核其大端,窃以礼器、史晨为大宗。证以出土竹木简牍,笔情墨趣,固非碑刻所能传,而体势之至精者,如春君诸简,并不出此之外,缅彼诸碑书丹未刻时,不禁令人有天际真人之想!

二十二

笔锋无恙字如新,体态端严近史晨。
虽是断碑犹可宝,朝侯小子尔何人。

朝侯小子残碑。

碑石上半残失,首行起处曰"朝侯小子"云云,不见碑主姓名,世遂以朝侯小子名之,或曰小子碑。

其石旧藏周季木先生家,曾印入《居贞草堂汉晋石影》中。顾鼎梅先生亦曾辑入《古刻萃珍》。近年石归故宫博物院,不轻易捶拓,墨本不易得矣。

此碑点画工整妍美,极近史晨一路,在汉碑中,应属精工之品。昔郑季宣、杨叔恭诸残碑,以出土时早,曾经乾嘉名辈品题,遂得煊赫于世,而小子碑字迹、镌工,俱无逊于郑杨诸碑,而名不加著者,出土年近而品题者少耳。不佞尝为友人题此碑,戏云:即为此碑吐气,我辈亦须各自奋勉。假令吾二人得为翁覃溪、黄小松,则小子碑亦可侪于郑杨诸石。假令得为欧赵诸洪,则此拓本可值重金,其斤两将逾碑石矣。

二十三

石言张景造郡屋,刊刻精工笔法足。
劝君莫买千金碑,刘熊模糊史晨秃。

张景残碑。

此石近年出土,残损无多,文辞可读。乃景出资为郡中造覆盖迎春土牛之屋,世或称之为张景造土牛碑,盖未谛审也。

此碑体势严整中不失姿媚之趣。且石初出土,字口完好。唯石质似逊于小子残碑,更拓数年,则未卜其丰采如何矣。

此类隶书,在汉碑中,本非稀见,唯古碑传世既久,毡捶往复,遂致锋颖全颓,了无风韵。世传秦鲁名碑,动称宋拓明拓,果出何年,了无确证。争得半画数点未泐,其价每过连城,究其初发于硎时,笔痕刃口,当属何状,则莫之或知也。吾每与友人品评汉碑,宁取晚出零玑,不珍流传拱璧。故于小子、张景诸残石精拓,什袭把玩,常与西陲笺牍同观,职此故耳。

二十四

北朝重造夏承碑,高肃唐邕故等夷。
汉隶缤纷无此体,笔今貌古太支离。

夏承碑疑北齐重立,如北宋之重立吊比干碑也。

汉碑隶体,千妍万态,总其归趋,莫不出于自然。顿挫有畸轻畸重,点画亦或短或长,俱以字势为准。遍观西京东京诸石刻,再印证竹木简牍,无一故作矫揉者。且汉隶既变篆籀,自以简易为主。所谓"马头人为长,人持十为斗",论文字源流者,以之为俗;当世施用者,以之为便。历观诸碑,除碑额外,隶书之碑文中,绝不掺一篆体。

掺杂篆隶之体而混于一碑中,此风实自魏末齐周开始,至隋而未息。今传夏承碑,字之结构杂用篆法,笔画又矫揉顿挫,转近唐隶之俗者,其整体气息,绝似兰陵王高肃碑、唐邕写经记一派。古碑重写重刻,历代不乏其例,吾故疑此碑为北朝重立者。

二十五

军阀相称你是贼,谁为曹刘辩白黑。
八分至此渐浇漓,披阅经年无所得。

曹真残碑。

此碑文中有"蜀贼诸葛亮"之语,初出土时,为人凿去"贼"字,故有贼字者,号蜀贼本,无贼字者,号诸葛亮本。继而"诸葛亮"三字又为人凿去。世虽以"蜀贼"字全者相矜尚,然实未尝一见也。有其字者,多出移补,或翻刻者。

桀犬吠尧,尧之犬亦吠桀也。犬之性,非独吠人,且亦吠犬,唯生而为桀之犬,则犬之不幸耳。人能无愧其为人,又何惭于犬之一吠哉!明乎此,知凿者近于迂而实者近于愚矣。

汉隶至魏晋已非日用之体,于是作隶体者,必夸张其特点,以明其不同于当时之体,而矫揉造作之习生焉。魏晋之隶,故求其方;唐之隶,故求其圆,总归失于自然也。

此类隶体,魏曹真碑外,尚有王基残碑,实则尊号、受禅、孔羡诸石莫不如此。晋则辟雍碑,煌煌巨制,视魏隶又下之,观之如嚼蔗滓,后世未见一人临学,岂无故哉!

二十六

清颂碑流异代芳,真书天骨最开张。
小人何处通温清,一字千金泪数行。

张猛龙碑,"冬温夏清"字未泐者,传为明拓。

真书至六朝,体势始定。羲献之后,南如贝义渊,北如朱义章、王远,偶于石刻见其姓名。其他巨匠,湮没无闻者,不知凡几,盖当时风尚,例不书名也。张猛龙碑在北朝诸碑中,允为冠冕。龙门诸记,豪气有余,而未免于粗犷逼人;邙山诸志,精美不乏,而未免于千篇一律。唯此碑骨格权奇,富于变化,今之形,古之韵,备于其间,非他刻所能比拟。

温清清字,碑书作清,与智永千文同,知南北朝时尚不作,只是写清读靖耳。经书传写,偶有异文,后儒墨守,竟同铁案焉。

功获此碑旧拓本,温清未泐。小子早失严怙,近遘慈艰,碑文不泐,若助风木之长号也。

二十七

数行古刻有余师,焦尾奇音续色丝。
始识彝斋心独苦,兰亭出水补黏时。

余藏本尾有残损,曾以向拓法补全之。

其本淡墨精拓,毫芒可见。世传重墨湿墨本,模糊一片,即使损字俱存,亦何有于书法之妙哉!

此损之尾,不知何时何故,失去数行。有善工以具字本补之,拓墨风神,毫无二致。但多残损点画数处,因假友人所藏明拓本勾摹敷墨,以补其缺。出示观者,每不能辨。指示余所钤印处,始哑然而笑。余颇自诩,今后虽有同时旧拓善本,亦不以此易彼焉。譬如赵子固得定武兰亭,舟覆落水,登岸烘焙,此后其本转以落水得名。余之决眦勾摹又数倍于烘焙之力矣。

二十八

世人那得知其故,墨水池头日几临。
可望难追仙迹远,长松万仞石千寻。

"积石千寻,长松万仞",碑中语也。

余于书,初学欧碑、颜碑,不解其下笔处,更无论使转也。继见赵书墨迹,逐其点画,不能贯穿篇章,乃学董,又学米,行联势贯矣,单提一字,竟不成形。且骨力疲软,无以自振。重阅张猛龙碑,乃大有领略焉。

北朝碑率镌刻粗略,远逊唐碑。其不能详传毫锋转折之态处,反成其古朴生辣之致。此正北朝书人、石人意料所不及者。张猛龙碑于北碑中,较龙门造像,自属工致,但视刁遵、敬显隽等,又略见刀痕。唯其于书丹笔迹在有合有离之间,适得生熟甜辣味外之味,此所以可望而难追也。

昔包慎伯遍评北碑,以为张猛龙碑最难模拟,而未言其所以难拟之故。自后学言之,职此之故而已。

二十九

江表巍然真逸铭,迢迢鲁郡得同声。
浮天鹤响禽鱼乐,大化无方四海行。

张猛龙碑书势与瘗鹤铭同调,文有"禽鱼自安"及"鹤响难留"之句。

梁刻瘗鹤铭在镇江焦山,魏刻张猛龙碑在山东曲阜,书碑时正两政治集团对峙,"岛夷"、"索虏",诟詈不休之时,而书风文笔,并未以长江天堑有所隔阂。乃知中华文化,容或有地区小异,终不影响神州之大同也。

自拓本观之,瘗鹤铭水激沙砻,锋颖全秃,与张猛龙碑之点画方严,一若绝无似处者。自书体结构观之,两刻相重之字若鹤字、禽字、浮字、天字等等,即或偏旁微有别构,而体势毫无差异。乃知南北书派,即使有所不同,固非有鸿沟之判者。今敦煌出现六朝写经墨迹,南北经生遗迹不少,并未见泾渭之分,乃知阮元作"南北书派论",多见其辞费耳。

三十

铭石庄严简札遒,方圆水乳费探求。
萧梁元魏先河在,结穴遥归大小欧。

六朝书派,至大小欧阳,始臻融会贯通。端重之书,如碑版、志铭,固无论矣。即门额、楹联、手板、名刺,罔不以楷正为宜。盖使观者望之而知其字、明其义,以收昭告之效耳。扩而言之,如有人于门前贴零丁,曰"闲人免进",而以甲骨金文或章草今草书之,势必各加释文,始能真收闲人免进之效。简札即书札简帖,只需授受两方相喻即可,甚至套格密码,唯恐第三人得知者亦有之,故无贵其庄严端重也。此碑版简札书体之所以异趋,亦"碑学"、"帖学"之说所以误起耳。

碑与帖,譬如茶与酒。同一人也,既可饮茶,亦可饮酒。偏嗜兼能,无损于人之品格,何劳评者为之轩轾乎?

唐太宗以行书入碑,盖以帝王之尊,不尽顾及路人之识与不识。武则天以草书入碑,其碑乃以媚其面首者。燕昵之私,中冓之丑,何所不至?彼不顾路人之全不能识,而路人亦正掩目而走,又何须责以金石体例乎!

三十一

出墨无端又入杨,则摹松雪后香光。
如今只爱张神囧,一剂强心健骨方。

右六首皆题张猛龙碑。

碑主张君名猛龙,字神囧,此囧字聚讼最多,实则因字即囧、囧之别构耳。郭宗昌《金石史》释为字,又注其音为勿骨切,固风马牛不相及也。

其后碑石微剥,晚拓本字又似囧,于是又有释因者,盖以古渊字附会也。

余所获明精拓本,其字囧分明为"口"中"只"字,继见魏齐郡王妃常季繁墓志中此字作囧,其为同之别构,益足信而不疑。盖囧有围义,人居之围墙,马牛之圈囤,义皆可通,故古太仆官职司养马,乃有囧卿之号。而龙喻神驹,豢龙必以神囧,此张君名字相应之所取义,固彰明较著者焉。近代顾燮光先生著《梦碧簃石言》,于张猛龙碑条之注中曾详举异说,折中定为囧字,是鄙说之所本也。

三十二

题记龙门字势雄,就中尤属始平公。
学书别有观碑法,透过刀锋看笔锋。

龙门造像题记数百种,拔其尤者,必以始平公为最,次则牛橛,再次则杨大眼。其余等诸自郐。

始平公记,论者每诧其为阳刻,以书论,固不以阴阳刻为上下床之分焉。可贵处,在字势疏密,点画欹正,乃至接搭关节,俱不失其序。观者目中,如能泯其锋棱,不为刀痕所眩,则阳刻可作白纸墨书观,而阴刻可作黑纸粉书观也。

此说也,犹有未尽,人苟未尝目验六朝墨迹,但令其看方成圆,依然不能领略其使转之故。譬如禅家修白骨观,谓存想人身,血肉都尽,唯余白骨。必其人曾见骷髅,始克成想。如人未曾一见六朝墨迹,非但不能作透过一层观,且将不信字上有刀痕也。

余非谓石刻必不可临,唯心目能辨刀与毫者,始足以言临刻本,否则见口技演员学百禽之语,遂谓其人之语言本来如此,不亦堪发大噱乎!

三十三

王帖唯余伯远真,非摹是写最精神。
临窗映日分明见,转折毫芒墨若新。

今存之晋人帖,世上流传而非由出土者,只有二纸。一为平复帖,一为伯远帖,其余莫非辗转勾摹,其能确出唐人之手者,已不啻祥麟威凤矣。伯远原居三希之末,而快雪唐拓,中秋米临,今日已成定谳。论者于伯远犹在即离之间。

余尝于日光之下,映而观之,其墨色浓淡,纯出自然。一笔中自具浓淡处无论已,即后笔遇搭前笔处,笔顺天成,毫锋重叠,了无迟疑钝滞之机。使童稚经眼,亦可见其出于挥写者焉。

唯其纸少麻筋,微见蛀孔,或有疑之者。余近见敦煌所出北周大定元年写经,正有蛀孔。盖造纸因地取材,藤麻互用,苟其书风不古,纸质徒精,亦未见其可据也。

三十四

琅琊奕代尽工书,真赝同传久不殊。
万岁通天留向拓,金轮功绩过天枢。

武则天欲观王方庆家藏其累世先人遗墨,方庆进之,则天命工摹存副本,事载史乘。今残存羲之以下数帖,方庆进呈时署年万岁通天,后世即以名其帖卷。原摹本,纸质加蜡,勾笔极细。棘刺蝇须,不足为状也。

近世此卷未发现之前,论唐摹右军帖,多推日本流传之丧乱帖、孔侍中帖。盖以其有"延历敕定"之印,著录于《东大寺献物账》,足以确证其为唐摹者。今此卷自石渠宝笈流出,重现人间,进帖之年月具在,勾摹自出当时。复有北宋史馆之印,南宋岳倦翁跋,卷中羲献帖外,复有僧虔诸贤之迹。其堪矜诩处,殆不止问一得三矣。

武则天荒淫酷虐,原不足奇,盖历代之统治者皆然,如狼嗜肉而蚊嗜血,其本性所赋者耳。可奇者在自立天枢,以夸功德,留为民族史策之丑,而不自知。今观其摹留此帖,不谓为功不可也,一惠可节,稍从末减!

三十五

或言异趣出勾摹,章草如斯世已无。
梁武标名何足辨,六朝柔翰压奇觚。

佚名章草异趣帖,旧题梁武帝,以其作释典语耳。

此帖两行,字大径寸,体作章草。文曰"爱业愈深,一念修怨,永堕异趣。君不"。笔势翔动,点画姿媚,而古趣盎然,绝非唐以后人所能到。今传世诸章草法书,唯出师颂墨迹可相伯仲,所谓索靖月仪,徒成桃梗土偶而已。

米元章墨迹元日等帖及群玉堂帖所刻论晋武帝书等帖,皆力追此种,可谓形神俱得者。然元章论月仪云:"时代压之,不能高古。"今以异趣较之,元章亦不能逃乎时代也。

此帖昔由西充白氏售诸海外,余闻之白氏云实出唐人勾摹,然自影本观之，毫锋顿挫，一一不失，即做六朝真迹观，又何不可。

章草法书，近世出土不鲜。自汉晋笺牍，至唐世所书经论，皆真实不伪者，以云其善，容不尽能，况善而且美者乎？此帖真虽未足，而善美有加，章草之帖，端推上选。

三十六

永师真迹八百本，海东一卷逃劫灰。
儿童相见不相识，少小离乡老大回。

智永千文墨迹本，唐代传入日本，持较北宋长安刻本及南宋群玉堂帖刻残本四十二行，再证以六朝墨迹，知其当为永师真迹。

此本自卷改册，不知何时。约当有清季世，入于谷铁臣氏之手，转归小川为次郎氏。始影印行世。有内藤虎次郎氏长跋，以为即《东大寺献物账》中所载之王羲之千文，其言是也。世传千文为集右军畸零单字而成，说虽不经，而其来甚远，账中误题，并无足异。其为遣唐使者携归者则断然不疑者也。永师写千文八百本，散施浙东诸寺，当年唐日交通，必经海道，浙东得宝，事理宜然。

内藤氏跋疑为唐摹，又见其毫锋墨沉悉出自然，并非双钩廓填者比，乃谓勾摹复兼临写，诚未免遁词知其所穷矣。余尝戏书其后云："当真龙下室之时，为模棱两可之论。"此盖时代所限，无如之何。如今所见之西汉帛书，使姚际恒、廖平、康有为见之，又莫非刘歆所造者矣。

三十七

隋贤墨迹史岑文，冒作索靖萧子云。
漫说虚名胜实诣，叶公从古不求真。

佚名人章草书史岑出师颂。米友仁定为隋人书。宋代以来丛帖所刻，或题索靖，或题萧子云，皆自此翻出者。此卷墨迹，章草绝妙。米友仁题曰隋人者，盖谓其古于唐法，可称真鉴。昔人于古画牛必属戴嵩，马必属韩干。世俗评法书，隶必属蔡、钟，章必属索、萧，亦此例也。

墨迹本有残损之字，有笔误之字，丛帖本中，处处相同，故知其必出一源。余所见各帖本笔画无不钝滞，又知其或出于转摹，或有意求拙，以充古趣，第与墨迹比观，诚伪不难立判焉。

世又传一墨迹本，题做索靖。染纸浮墨，字迹拘挛。宋印累累，无一真者。后有文彭跋数段，曾藏于浭阳端氏，见其所著《壬寅消夏录》，涵芬楼有影印本。后归余一戚友家，曾获见之，盖又在丛帖刻本之下也。

余常遇观古画者，于无款之作，每相问"这到底是谁画的？"因悟失名书画之——妄添名款者，皆为应此辈之需耳。

三十八

真书汉末已胚胎，钟体婴儿尚未孩。
直至二唐方烂漫，万花红紫一齐开。

唐人真书。

自古字体递嬗，皆有其故。人事日趋繁缛，器用日求便利，此自然之理也。文字为日用之工具，字形亦必日趋便利，始足济用也。试计字体变迁,甲骨不出殷商,金文延续稍久,小篆与秦偕亡,隶书限于两汉。此谓其当日通用之时,不包括后世仿古之作也。唯真书自汉末肇端,至今依然沿用,中间虽有风格之殊,而结构偏旁,却无大异。其故无他,书写既能便利,辨识复不易混淆,其胜在此,其寿亦在于此。

以艺术风格言,钟繇古矣,而风致尚未极妍;六朝壮矣,而变化容犹未富。至于点画万态,骨体千姿,字字精工,丝丝入扣者,必以唐人为大成焉。此只论其常情,非所计于偏嗜耳。"如婴儿之未孩",老子语也。

三十九

六朝别字体无凭,三段妖书语莫征。
正始以来论篆隶,唐人毕竟是中兴。

平生不喜雅俗之说,文字尤难以雅俗为判。盖文字者,符号也,安见一二三即雅,而｜｜｜｜｜｜即俗乎?唯文字贵在通行,符号取其共识。如不能通行共识,便成密码。途人共好,遂谓之俗,苟为密码,则虽欲求其俗,亦不可得矣。《干禄字书》所标俗体,以视六朝别字,犹多易识,乃知闭门造字,专辄为书,人不能识,斯真俗不可医者也。

六朝俗书,以天发神谶为戎首。扁笔作隶,曹魏已肇其端。其笔毫绝似今之扁刷,而三段神谶碑则以扁刷作篆。车轮四角,行远何堪,况其事其文,俱属吴国之妖孽,不谓为俗,殆不可焉。

平心而论,正始之三体石经,非独第一字犹存孔壁遗型,第二第三字亦莫非举世共识之体。中经六朝,至唐人始遥接典范。今人不敢薄唐篆而轻议唐隶,吾未见其有当也?

四十

事业贞观定九州,巍峨宫阙起麟游。
行人不说唐皇帝,细拓丰碑宝大欧。(观从平读)

九成宫醴泉铭。

唐太宗集矢于弟兄,露刃于慈父,翦灭群雄,自归余事。避暑九成,甘泉纪瑞,所以粉饰鸿业者至矣。魏钜鹿之文,欧渤海之字,俱一时之上上选也。然今之宝此碑者,一波一磔,辨入毫芒;或损或完,价殊天地者,但以其书耳。至其文,群书具在,披读非难,而必挂壁摊床,通观首尾者,意不在文明矣。文且无关,何有于事?事之不问,何有于人?乃知挂弓之虬须,有愧于书碑之鼠须多矣!

每见观碑之士,口讲指画者,未尝有一语及于史事,以视白头宫女,闲说玄宗,情殊冷暖,其故亦有可思者。此石今在西安,累代毡搥,已邻没字。而观者摩挲,犹诧为至宝。至椎场翻摹,秦家精刻,至今尚获千金之享,故昔人云:翰墨之权,堪埒万乘也!

四十一

买椟还珠事不同,拓碑多半为书工。
滔滔骈散终何用,几见藏家诵一通。

前诗意犹未尽:夫古董家藏金石,争奇斗胜,辨点画之秾纤,较泐痕之粗细,其意不在文,固人所共喻者。若叶鞠裳先生撰《语石》,自石刻之渊源、形制、文体、书风,以至论人、考史、佚事、余闻,莫不爬罗搜剔,细大无遗。乐石之学,至此可谓独辟鸿蒙,兼包并孕者矣。唯其自述收集拓本,指归仍在于书,以为书苟不佳,终不入赏。鞠翁犹复如此,又遑论于孙退谷、翁覃溪诸家哉。

然自书法言之,崇碑巨碣,得名笔而益妍;伟绩丰功,借佳书而获永。是知补天之石,尚下待于毛锥;建国之勋,更旁资于丹墨。虽燕许鸿文,韩柳妙制,于毡蜡之前,仅成八法之楦,又何怪藏碑者多而读碑者少乎?

夫撰文所以纪事,濡丹所以书文,而往往文托书传,珠轻椟重。岂谀墓过情者,有以自取耶?

四十二

集书辛苦倍书丹,内学何如外学宽。
多智怀仁寻护法,半求王字半求官。

怀仁集王羲之书圣教序。

唐太宗好王羲之书,一时风靡。其自书晋祠、温泉二碑,即用羲之行押之体,行书入碑,盖自兹始。僧怀仁刻圣教序,逐字集摹王书以成,正可谓双重护法。

古代碑上文,大都列三人衔名,曰篆额,以篆书题额也;曰撰文,撰作碑文也;曰书丹,以朱色书其文于石上,以其笔迹鲜明,易于刊刻也。而集字则不然,必先以蜡纸摹得真迹上字,再以细线勾勒每一点画之背,轧附于石上,然后奏刀,逐线刻之。古碑后或著石工姓名,然皆只称刻石或称镌字而已。唯此碑后有勒石者,有刻字者。盖勒石者,谓勾字附于石上也;刻字者,谓以刀刻石成字也。昔传集字二十年始成,以其工度之,殆非过夸。

佛家以佛书为内典,其学曰内学;教外典籍为外典,其学为外学。书艺于佛家,亦属外学。怀仁集字,千古绝技,而集字书经咒,颇有误字,知其外学精于内学也。

四十三

集王大雅亦名家,半截碑文语太夸。
写得阉妻颜色好,圆姿替月脸呈花。

大雅集王羲之书兴福寺碑残石,功德主为宦官某氏。碑记其妻云:"圆姿替月,润脸呈花。"

按此碑残存下半段,故俗呼为半截碑,世之残碑仅存半截者多矣,而此碑独以半截著称,亦可见其于群碑之中,位望特尊,有如赞拜不名焉。其功德主名"文",姓氏适在碑之上半,已无可考。碑文撰者名字缺失,集字人大雅亦失其姓。

碑文直云:"唯大将军矣,公讳文。"世或误观"矣"字为"吴"字,读成"吴公讳文",遂有呼为吴文碑者。又因有雷轰荐福碑故事,竟误以此碑当之,谓其残断,即由雷轰,乃有径题曰荐福碑者。误传之语,此碑独多,当由集摹王书宝之者众耳。然其摹集,拼凑益多,更少顿挫淋漓之胜,远不如怀仁圣教也。

六朝唐人碑志中,每多隽语。此碑圆姿二语,读之更欲令人绝倒。不知作者为有心嘲弄,抑为随俗称扬,以唐人于闺阃姿容,并不以赞为渎也。

四十四

草字书碑欲擅场,羽衣木鹤共徜徉。
缑山夜月空如水,不见莲花似六郎。

升仙太子碑。

碑称武则天撰文并书,字做草体,亦不必究诘其是否代笔也。草字入碑,前此未有,以碑文所以昭示于人,草书人不易识,乃失碑文之作用,然于此碑,俱非所论也。

则天媚其面首张昌宗,无所不至。昌宗既号为王子晋后身,乃著羽衣,骑木鹤,舞于殿庭,以娱鸡皮老妪。此妪亦为之树丰碑,立巨碣,大书而深刻之。此际王之与张,追魂夺舍,颠倒衣裳,几可谓集丑秽之大成矣。然而事犹未了也。

缑山有古墓,世传为王子晋瘗蜕之所。则天命发之,棺椁全空,唯余一剑,埋幽无志,取证莫从。于是腾笑余波,难于收拾。乃为晋瘗起坟,树碑记事,命薛稷书之。以不知名氏,但题曰"窅冥君铭"。汇帖有节摹其铭文者,全碑损本,不知尚有流传者否?

掩骼埋胔,古称善举。不然,宝其铜剑,精考细拓,锢藏深锁,奇货以居。而残骸余胔,信手抛掷,转不如龟背牛胛,犹获棱盛。则杳窅君者,亦多幸矣。

四十五

书谱流传真迹在,参差摹刻百疑生。
针膏起废吾何有,曾拨浮云见月明。

孙过庭《书谱》墨迹本，前人或疑其未真，余曾撰文考之。

昔人少见法书墨迹，又习于板刊阁帖，石刻碑文。观其点画全白，笔无浓淡，遂有毫锋饱满、中画坚实等种种揣测。《书谱》又但传明人翻刻太清楼本，毫颖全秃，字字柴立。积非成是，遂成吴郡书风之标准。及墨迹复出，笔踪墨沉，轻重可见，而群疑蜂起，莫衷一是矣。

疑者以为宋元人临者有之，以为明清人自停云馆帖摹出者有之，其故无他，点画不与枣板上草书相似耳。最可异者，真本太清楼刻残帙出，观者固信其真矣，字字校之，与墨迹悉符，而疑墨迹者依然如故焉。余初犹诧疑者校对之疏，继悟点画中之浓淡，刻本无而墨迹有，故疑者终不释然耳。呜呼！脏腑洞察，已属常科，而枣石膏肓，犹同玉律，积习成痼，可不畏哉！

四十六

青琐婵娟褚遂良，毫端犹带绮罗香。
可怜鼓努三龛记，乍绾双鬟学霸王。

伊阙佛龛碑。

褚河南书，世称为青琐婵娟，不胜罗绮。观于雁塔圣教序，正符所喻，亦褚书之本来面目也。至于女道士孟法师碑，则有意求其严整，未免有矜持之态。唯字不盈寸，引弦尚不难于中鹄。至伊阙佛龛碑，则不然矣。

昔日丰碑，贵在大书深刻，结字欲其充实，行毫欲其饱满，所谓擘窠书者，正贵其填足方格也。盖行押书挑剔撩拨，便于简札，唐代之前不以入碑。晋祠、温泉，帝王之笔，作古自我，莫之敢议也。不宁是也，楷正之真书，于书碑者尤或嫌其未古，必搀以隶意，始觉庄严。如北齐诸刻，文殊般若碑,泰山金刚经,呼为隶则似真,呼为真又似隶。胥直此之由也。

河南书趣,本不适于方整,而此碑独架构求其方,笔势求其挺,于是鼎折膑绝,两败俱伤,则误追隶意,舍长就短之故耳。

四十七

翰林供奉拨灯手,素帛黄麻次第开。
千载鹡鸰留胜迹,有姿无媚见新裁。

鹡鸰颂。
此颂因为唐明皇御撰,后有敕字,遂号为御书。然明皇书有裴耀卿奏记批答及石台孝经批字,笔势与此并不尽合,因启后人之疑。疑者有二类,其一疑为米临,此已不足多辩。其一谓为硬黄摹本,其说谓米元章记其所见者为绢素本,米氏鉴定,不能有讹,此非绢本,必属不真。且硬黄摹书,已成常谈,此本既为硬黄,苟非摹书,又将何属?余昔年曾见原迹,墨痕轻重,迥异勾填,然则此桩公案,究竟如何剖决?

一日阅宋代诏敕、告身,皆出御书院、制诰案书手所写者。文属王言,后有敕字,然无一本出宋帝亲笔。又见乾嘉时南斋翰林奉敕以精笺绿御制诗文,或高头巨卷,制逾寻常;或寸余小册,仅盈掌握。而同一诗文,累见复本。盖词臣精写,以代印刷,清代尚尔,遑论李唐。米氏所见绢本与此纸本,可谓同真同伪。同真者,同出开元翰林供奉也;同伪者,同非明皇手书也。至于硬黄必用以摹书之说,则痴人前不必说梦矣。

四十八

跌宕为奇笔仗精,飙如电发静渊渟。
学来俗死何须怪,当日书碑太呈能。

李邕。相传有自论其书之语云,似我者俗,学我者死。

行押书碑,自晋祠铭始。李靖诸碑继之,而纤弱不能跨皂。怀仁集王右军书,只是巧艺之工,无关书碑之事。李泰和出,行书书碑,始称登峰造极。盖碑版铭石,书贵庄重,而行押佻举,两不相侔。李书则以蝉联映带之笔,做泉注山安之势。欹侧之中,具方严之度。书丹之道,至此顿开天地。

李氏书碑,云麾二李之外,麓山最为煊赫。石室、灵巖,刻手不精,东林、追魂,只传翻刻而已。刻手最精者,推李思训碑,其起止截搭,作用亦最明显,一若其体之固然者。然吾得麓山碑阴,排列出赀人名,字不盈寸,明人以大字题名覆其上,拓者遂少。其字既小,又属例列衔名,不如碑面之精意,其跌宕之姿,竟无所施展。乃知其百态纷呈,未免出于有意耳。

四十九

真迹颜公此最奇,海隅同慰见心期。
请看造极登峰处,纸上神行手不知。

颜真卿瀛洲帖,有"足慰海隅之心"之句。

鲁公书,非独为有唐八法之宗,亦古今书苑不祧之祖。其铭石之作,上下千年,纵横万里,莫不衣钵相沿,千潭月印,已无待末学小子之喋喋也。而宋人独尊其行押,如苏东坡、米溪堂,至以杨凝式配享,号为颜杨。盖墨迹流传,宋时尚裸。观夫忠义堂帖宋拓真本中,简札翩翩,足以洞心骇目。岁序迁流,累经尘劫,宋人所见,今殆百不一存焉。

今世传墨迹,可列上驷者,只见四事:楷书大字首推告身。然名家书告,唐代虽一时偶有其事,并非每告必出名家。且自书己告,实事理之难通者。湖州帖全属宋人笔习,其非唐迹,已不待言。唯祭侄、瀛洲二卷,则赤日经天,有目共见。瀛洲一帖,尤为欣快时所书。昔人以宋拓圣教序谥为墨皇,正当移标此迹也。

东坡论笔之佳者,谓当使书者不觉有笔,可谓妙喻。吾申之曰,作书兴到时,直不觉手之运管,何论指臂?然后钗股漏痕,随机涌现矣。

五十

敏捷才华号立成,杜家兄弟远闻名。
正藏文轨传东国,多仗中台笔墨精。

日本天平皇后藤原氏行书《杜家立成杂书要略》一卷,皆拟尺牍之文,乃隋人杜正藏所撰,见《隋书·文学传》。

后氏藤原,名光明子,圣武帝之后。圣武殂后,后曾建紫徽中台,辟官属。中台者,殆犹中土宋代皇后之称中殿耳。

此卷五色笺上所写,行书古厚深美,流漓顿挫,允推上品。日本列之于国宝,宜也。近世为中国所知,始于杨惺吾之《留真谱》,顾仅摹刻数行。又于所跋宋拓索靖月仪帖言及之,谓是唐人之作。日本内藤湖南复遍考隋唐史籍中经籍、艺文诸志,广事比较古代模拟尺牍之文,见所著《研几小录》。然犹未得作者主名,盖未检《文学传》耳。

《文学传》称其父子兄弟俱以文采世其家,故号杜家。遇题赋物,援笔即就,故号立成。正藏曾撰《文轨》,传于新罗、百济。此殆《文轨》中之书简一卷,自新罗以入日本者。如有继严铁桥补辑全隋文者,亟当录入。

五十一

东瀛楷法尽精能,世说词林本行经。
小卷藤家临乐毅,两行题尾署天平。

东瀛所传古写本,多出唐时日本书手所录。如《世说新书》残卷、《文馆词林》若干卷,《佛本行集经》虽后有隋代尾款,实出迻录者,皆笔法妍丽,结体精美,即在中土,亦属国工。或以为即唐土名手所书,恐未尽然也。试观《东大寺献物账》,及藤原后所造诸经,固出天平书手之彰明较著者,其与《世说》等迹,并无二致。盖当时楷手高品,犹恪守唐格,和样之书,尚未形成也。

乐毅论为右军真迹,南朝至唐,屡经鉴家道及。而宋后所传,但有石刻。枣石上辨小楷,如蚊睫操刀,只成谐喻,而辨"海"字之有无,未免深堪悯笑矣。至明吴廷得旧摹本,刻入余清斋帖,微见行笔顿挫之意,又启石墨家之聚讼。

藤原后临本既出,无论其于右军真迹,相距何如,但观其结字,固足与石刻相印证,而纵横挥洒,体势备见雄强。右军已远,典型犹在,岂余一人之私言耶!

五十二

羲献深醇旭素狂,流传遗法入扶桑。
不徒古墨珍三笔,小野藤原并擅场。

日本嵯峨帝、橘逸势、释空海书,号为"三笔"。藤原佐理、藤原行成、小野道风,号为"三迹"。日本书道,实传东晋六朝以来真谛,盖自墨迹熏习,不染刀痕蜡渍也。

嵯峨帝书以李峤诗为最胜,颇似欧阳信本。橘氏书愿文,跌宕纵横,未见其匹。弘法大师书,传流较多,诸体并长,必以风信帖为最胜。此皆真行之典范,与中土中唐以来名家,固兄弟行也。

稍后佐理、行成,草书最妙,笔端风雨,不减颠素。昔王梦楼题日本书有"但觉体类芝与颠"之句,可谓先得我心。

道风书有屏风稿,点画圆融,有右军快雪时晴帖遗意。又传临右军草书诸帖,远胜枣板规模。唯此临王诸帖又传为行成之笔,疑莫能明耳。

五十三

笋茗俱佳可径来,明珠十四迈琼瑰。
精纯虽胜牛腰卷,终惜裁缣吝袜材。

怀素苦笋帖,绢本真迹。其文云:"苦笋及茗,异常佳,乃可径来。怀素白。"

怀素草书传世墨迹,今日得见者,只有四事:1. 自叙帖长卷;2. 小草书千字文;3. 食鱼帖;4. 苦笋帖。请分别论之:

怀素自叙长卷,摹本最多。北宋时苏舜钦得一本,前缺一纸共六行,苏氏自为补全。其本是真是摹,并不可知。传至清代,只存石渠宝笈所藏一卷,粗如牛腰,即今日流行影印之底本。四十年前,曾屡获目睹,再以摄影本印证之,自首至邵周、王绍颜跋,皆出勾摹。此后杜衍以下诸跋,始为真笔,并无苏舜钦自跋。知非苏氏之卷。无论其为何人勾摹,精细圆转,实为勾魂摄魄之工焉。绢本小草千文卷,笔意略形颓懒,盖晚年之迹也。食鱼帖近时重现,亦属精摹之本。以精美跌宕求之,苦笋当推第一。唯卷中诸古印,俱出妄人伪钤,且笺笺两行,真有惜墨如金之感。真美精多,兼备何易。劫火不及,巍然留于沪上博物馆中,亦足慰矣!

五十四

劲媚虚从笔正论,更将心正哄愚人。
书碑试问心何在,谀阉谀僧颂禁军。

柳公权书神策军碑、玄秘塔碑。

柳书碑版,传世甚多。今所存者,必以神策军、玄秘塔二碑为最精。玄秘刻手,犹偶有刀痕可见,唯神策孤拓,无异墨迹焉。

柳书,史称其体势劲媚,此言最为确论。至于史传载其对穆宗有心正笔正一语,实出一时权辞,而后世哄传,一似但能心正,必自能书,岂不慎乎?忠烈之士,如信国文公;禅定之僧,如六祖惠能,其心不可谓不正矣。而六祖不识文字,信国何如右军,此心正未必工书之明证也。且神策军操之宦官,腥闻彰于史册,玄秘塔主僧端甫,辟佞比于权奸,柳氏一一为之书石。当其下笔时,心在肺腑之间耶?抑在肘腋之后耶?而其书固劲媚丰腴,长垂艺苑。是笔下之美恶,与心中之邪正,初无干涉,昭昭然明矣。

余为此辨,非谓心正者其书必不善,更非谓书善者其心必不正。心正而书善者世固多有,而心不正书更不善者,又岂胜偻指也哉!

五十五

诗思低回根肺腑,墨痕狼藉化飞腾。
满襟泪溅黄麻纸,薄幸谐谈未可听。

杜牧自书张好好诗真迹,其结句云:"洒尽满襟泪,短章聊一书。"此卷硬黄麻纸,墨痕浓淡相间,时有枯笔飞白,中有点定之字,知非出于他人重录。斯樊川之亲笔,人间之至宝也。唐代诗人字迹,即石刻本,且半属依托者,尚不易多见,况豁然心胸,丝毫无容置疑,若此卷者乎!

此卷前有月白绢渗金书签,盖出宣和御笔。四十年前,尚黏连卷首。其后突经扰攘,装池零落,绢签亦失。辗转归张伯驹先生,余获观之。曾于影印本前记所见云:"三生薄幸,五国仓皇,俱于纸上,依稀见之。"一日张葱玉、谢稚柳、徐邦达三先生来寒斋,葱玉于敝案头翻观书帖。忽闻拍案而呼曰:"快来看,此处有妙文。"及共观之,乃指此四句也。今葱玉弃其宾客,已十八年矣,每读樊川遗迹,复忆挚友燕谈,何胜人琴之痛也!

五十六

谢客先书庾信诗,早悬明鉴考功辞。
腾诬攘善鸿堂帖,枉费千思与万思。

宋人狂草书庾信步虚词诸作一卷,昔人旧题为谢灵运书,丰坊曾详辨之，书于卷后拖尾，复有人作文征明派之小楷重书一通，附于其后。丰氏所辨，以为谢氏不能预书庾诗，其理至明。而果出谁笔，则仍自存疑，犹不失盖阙之义。其后董其昌继跋之，谓狂草始于伯高，遂直定为张旭之迹。仁智异见，固无妨于并存。唯其刻入戏鸿堂帖时，后加短跋，则谓丰氏跋"持谢书之说甚坚"，且自诩辨非谢书，于伯高之迹，有再造之功。则直成诬罔，盖欺世人之不易亲见丰跋也。

董氏以府怨遭民抄，曾致书其友人吴玄水以自辩，吴氏复书首云："千思万思思老先生。"以董号思白，书语嘱其自省己愆也。

此卷自董题之后相沿以为张旭真迹。按其中庾句"北阙临玄水，南宫生绛云"，玄水书作丹水。北水南火，水黑火红，此五行说，久成常识矣。而改玄为丹，其故何在？按宋真宗自称梦其始祖名玄朗，遂令天下讳此两字。此卷狂草，盖大中祥符以后之笔耳。

五十七

非狷非狂自一家，草堂夏热起龙蛇。
壶公忽现容身地，方丈蓬山是韭花。

杨凝式墨迹四种。

杨凝式书，宋人推挹极高，每与颜鲁公并称，号为颜杨，盖由唐启宋，书法上一大转轴。唯其平生所书，多在寺观园林之壁上，犹之唐人绘画，每随殿宇摧颓而同归于尽。世行碑版，杨书竟无一石焉。

宋人丛帖，如淳熙秘阁续帖、凤墅帖等，俱见杨书之目，而帖既凋残，今偶见存本，其中亦未存杨帖。只余汝帖中云驶等八字，已无神采可观。

其墨迹今世幸存者，尚有四种：卢鸿草堂图后有杨书跋尾一段，天真烂漫，一气呵成，持比鲁公祭侄稿，竟无多让，见此乃悟颜杨并称之故。

其次韭花帖，小真书精警奇妙，得未曾有，摹本甚多，百爵斋藏本乃其真迹。夏熟帖挥洒酣畅，惜过于糜烂，存字完者无多。神仙起居法小草书，行笔流滑，帖后一"残"字，笔顺竟连绵倒写，迹近游戏，殆适风疾发时所书耳。此帖亦有摹本，故宫藏者为真迹。

五十八

江行署字实奇观，韩马标题见一脔。
有此毫锋如此腕，罗衾何怕五更寒。

南唐后主李煜书。

李后主书，宋人亦每称之。宋丛帖中常载其目。今惟汝帖残石中存其五言律诗一帖，顾已剥蚀模糊，非复真面目矣。凤墅帖残本七卷中，有中主之书，而缺后主。才人不幸，而为帝王，笔砚平生，竟无寸札之留，只余啼血号天，小词数首，亦可哀已。

今世传有古画题署二事，以余考鉴，盖同出李后主之笔。唐韩干画马卷首有"韩干画照夜白"六字，下有花押一。其邻近隔水处有吴说题识，云"南唐押署所识物多真"，知其为南唐之字，笔法健拔，与汝帖中字相类，可知为后主笔。此其一也。又赵干画江行初雪图，卷首有"江行初雪，画院学生赵干状"十一字，字大如钱，笔势亦与汝帖中迹相类。或谓此为画者之款，然唐宋画人应诏之款，无在卷首作大字者。此盖后主之标题，"赵干状"者，犹云赵干所画者耳。此其二也。观其笔势，似欲锥破统万城墙者，乃知虚张声势，无救亡国也。

五十九

行押徐铉体绝工,江南书格继唐风。
名家汴宋存遗矩,只有西台李建中。(铉有平读)

徐铉、李建中。

徐铉书,世传多篆字,如所摹绎山碑、碣石颂,其荦荦者。栖霞有其兄弟题名,亦篆书,但作"徐铉徐锴"四字。近世出土温仁朗墓志为大徐篆盖,新发于铆,最见真貌,然非真行墨迹。譬之峨冠朝服相见于庙堂之上,不如轻裘缓带促膝于几拓之间为能性情相见也。

大徐简札墨迹,数百年所传,唯贵藩一帖。其帖曾入石渠宝笈,而三希堂、墨妙轩俱未摹勒,不知其故。今屡见影本,笔致犹是唐人格调,札尾具名处作一花押。不见此札,不知大徐墨迹之真面目,亦不知唐代书风,与时递嬗,至宋而变,其变如何也。

北宋时后于大徐亦存唐人余风者,李建中其人也。今存土母等四帖,笔法与大徐绝相类,札尾犹作花押,亦见一时习尚。

米芾论月仪帖云,"时代压之,不能高古",大化迁流,豪杰莫能逆转,"二王无臣法",岂诡辩哉!

六十

编摹底本自升元,王著徒蒙不白冤。
淳化工粗大观细,宋镌先后本同源。

淳化阁帖,大观帖。
魏晋以来法书墨迹,历经离乱,至宋所存无几。试观《宣和书谱》所载，名目虽繁，以今存古迹之曾经宣和著录者，已真伪参半。米芾得见数纸晋人墨迹，以其确出晋人手写而非勾摹者，已不惜一再记之，诧为稀有。徽宗富贵天子，元章书画祖师，所见止此。常人欲观六朝隋唐法书者，其难自可想见！

以古法书之难见也，故淳化阁帖在当时累次翻摹，风行天下，绝非偶然。阁帖固有传播之功，唯枣板摹刊，失真自易，其得谤亦在于此。而王著竟为众谤所丛，是盖随声不察者多耳。

勾稽宋人所记，盖南唐曾以向拓集摹历代法书，共成十卷。其纸用油素，法用勾填，既非原迹，故称"仿书"。"仿书"者，犹今所谓"摹本"。昔人勾摹，亦称曰拓，非南唐刻石、宋人翻刻之谓也。大观出其南唐集拓底本，重加精刊，如今之善本古书，虽曾影印，以其不精，再加精工重印耳。此椿公案，情理如斯，愿与赏音共商之。

六十一

晋代西陲纸数张，都成阁帖返魂香。
回看枣石迷离处，意态分明想硬黄。

西域出土晋人墨迹。

昔言草真行书者，莫不推尊晋人为大河之星宿海，然晋人真面，究有几人得见？米元章云："媪来鹅去已千年，莫怪痴儿收蜡纸。"盖北宋所见，已但凭硬黄摹拓本矣。元章实晋斋，自诧所收为真晋人书者，不过谢安慰问，羲之破羌，献之割至。三帖原本，至今又无踪迹，见者唯元章自刻本与夫南宋人翻本而已。

孰意地不爱宝，汉晋墨书，累次出土。木简数盈数万，大都汉代隶草，可以别论。其真书则佛经、笺牒，亦复盈千累万。至草书之奇者，如楼兰出土之"五月二日济白"一纸,与阁帖中刻索靖帖毫无二致,"无缘展怀"一纸则绝似馆本十七帖。其余小纸,有绝似钟繇贺捷表者。吾兹所谓相似,绝非捕风捉影,率意比附之谈。临枣石翻摹之阁帖时,能领会晋纸上字,用笔必不钝滞。如灯影中之李夫人,竟可披帷而出矣。

六十二

百刻千摹悬国门,昔人曾此问书源。
赫然一卷房中诀,堪笑黄庭语太村。

黄庭经是否王羲之书,本无定论。梁虞和记羲之事,谓换鹅所写为道德经。至李白诗则云:"山阴道士如相见,应写黄庭换白鹅。"诗人隶事,本与考订无关。句律所关,又用平不能用仄。且黄白相对,妍丽可观,自此艺术点染,竟成书林信谳矣。

黄庭之所以遭人附会羲之,唯在"永和山阴县写"诸字,试问永和之年,山阴之地,执笔之人,难道只有一王羲之其人乎?

此经翻刻本之多,不让兰亭之千百成群。原本添注涂抹,或即造经者起草之本。心太平本,七字成文,则是经人誊清修润者。道藏吾未尝窥,但观《云笈七签》中本,亦是七字成文者,观整齐加工之本,转觉涂注本之略存起草面目矣。"养子玉树"一行有涂抹之笔,翻刻本作"双钩"一条,宋刻作一白道,犹存抹笔之迹象焉。

六十三

失名人写孝娥碑,拟不于伦是诔辞。

谶语毕陈仍进隐,长篇初见晋传奇。

曹娥碑。

昔人于事物,每好求其作者以实之,于是俗语不实,流为丹青者有之;李代桃僵,张冠李戴者亦有之。小楷书帖之悉归王羲之,犹如汉碑之悉归蔡邕也。此帖本无书者姓名,南宋群玉堂帖但署"无名人",较为近理,其余丛帖莫不属之羲之也。

余尝考之,其文与《水经注》中所引,殊不相合。《水经》多载名胜古碑,其言自非无据者。且帖中行文叙事,多是节妇殉夫之典,与孝女殉父渺不相关。至于遣词,尤多纰漏累赘之处,谓为"绝妙好词",转同讥讽。拙作有"绝妙好词辨"一篇,曾详论之,兹不复赘。

此盖一篇小说,刘义庆曾用之于《世说新语》,刘峻作注,已拈出曹操未尝渡江之疑。书苑中固多好文章,如唐何延之兰亭记,与此皆传奇。此篇尤早于唐人,稀世之辑传奇小说者,搜索未及也。

六十四

子发书名冠宋初,流传照乘四明珠。
寥寥跋尾谁能及,不是苏髯莫唤奴。

周越。越字子发。"落笔已唤周越奴",苏轼句也。

周子发书,为北宋一大家,而遗迹流传极少。石渠旧藏王著书真草千文,后有周跋,四十年前已成劫灰。今所存者,唯石刻四事,皆跋尾也。

其一,陕刻镶素律公帖,后有周氏跋,笔势雄强飞动。前段行草,末行年月独作真书。黄庭坚少时曾学越书,后颇不足于少作。世遂耳食以议周氏书风,实皆未见其迹也。米芾谓"人称似李邕,心恶之",此与黄氏悔学周越何异,于邕书又何损乎?且黄作草书长卷,尾款多作真行,殆亦习于周法耳。其二,柳公权跋本洛神赋十三行,后有周跋,楷书作钟繇派,宋刻吾未尝见,但见明玄宴斋精摹本。其三,有清中叶出土欧阳询草书千文残石,尾有周跋,即作欧体。其四,泰山种放诗后一石,右上角有周氏观后短题,石顽刀钝,刻法最粗。平生所见,只此而已。

六十五

矜持有态苦难舒,颜告题名逐字摹。
可笑东坡饶世故,也随座主誉君谟。

蔡襄真书有两种,一是虞世南体,谢赐御书诗是也。此乃北宋前期通行流派,如刘敞等属之。一是颜真卿体,颜公告身后蔡氏题名是也。二体俱不免于矜持。其行草书手札宜若可以舒展自如矣,而始终不见自得之趣,亦不成其自家体段。此病非独蔡书为然,明代祝允明书亦复如是。此非后生妄议前贤,知书者必不河汉斯论。

欧阳永叔于蔡书誉之于前,苏东坡继声于后,至称为宋朝第一,未免阿好,然亦非绝无缘故者。文与艺俱不能逃乎风气,书家之名,尤以官爵世誉为凭借。就其一时言之,书艺专长者,诚非蔡氏莫属。苏黄起而振之,其意初不在书,此其所以能转移积习也。尚有须进一解者,夫能转移积习者,唯由其意不在书,世每见有刻意求名,凭空转移,以自矜创获者,则其所以都不能及苏黄也。

至于四家之目,本属俗说,谈之齿冷。四家中蔡之一姓,为襄为京,乃至为京为卞,俱非吾所欲论者。

六十六

梦泽云边放钓舟,坡仙墨妙世无俦。
天花坠处何人会,但见春风绕树头。

苏东坡书太白仙诗。

东坡书经元祐党籍之禁,毁灭者多矣。偶逃烬火者,亦多遭割截名款。然其书流传,依然如故,世人见而识之,什袭实之,并不在款识之有无也。书卷传世者,必以黄州寒食诗及所谓太白仙诗者为巨擘。仙诗笔致尤挥洒流畅,且有金源诸家跋尾,倍堪珍重也。

诗盖东坡自作,托为仙语,且诡称道士丹元所传,一时游戏,后世或竟编入太白集中,岂尽受其识语所欺,亦由诗笔超逸,足乱青莲之真耳。

其诗为互自古诗二首,第一首云"朝披梦泽云,笠钓清茫茫。寻丝得双鲤,内有三元章"云云。次首云:"人生烛上花,光灭巧妍尽。春风绕树头,日与化工进。"窃谓坡书境界,亦正如其诗所喻,绕树春风,化工同进者。

六十七

字中有笔意堪传,夜雨鸣廊到晓悬。
要识涪翁无秘密,舞筵长袖柳公权。

黄庭坚书,以大字为妙,其寸内之字,多未能尽酣畅之致。行书若松风阁诗,阴长生诗;草书若忆旧游诗,廉蔺列传,青原法眼语录等,皆字大倍一寸,始各尽纵横挥洒之趣。

涪翁论书谓字中须有笔，如禅家之句中有眼。又自谓其早岁之书，字尚无笔。安有有字而无笔画者？此盖机锋譬喻之语耳。仆尝习柳书，又习黄书，见其结字用笔，全无二致。用笔尽笔心之力，结字聚字心之势，此柳书之秘，亦黄书之秘也。

黄书用笔结字，既全用柳法，其中亦有微变者在，盖纵笔所极，不免伸延略过，譬如王濬下水楼船，风利不得泊。此其取势过于柳书处，亦其控引不及柳书处也。

昔传苏黄互嘲其书，有石压虾蟆，枯梢挂蛇之谑，余借松风阁诗"夜雨鸣廊到晓悬"句以喻黄书，亦枯梢挂蛇之意耳。

六十八

从来翰墨号如林，几见临池手应心。
羡煞襄阳一枝笔，玲珑八面写秋深。

米芾述张旭帖云："秋深不审气力复何如也。"笔势连绵，一气贯注，盖此十字即临张书。张旭此帖曾刻戏鸿堂帖中，然笔意绝似赵孟𫖯，殆出赵氏临本，转不如米帖中节书十字焉。米氏自矜其笔锋独具八面，盖谓纵横转换莫不如志，观此十字，益信。

米书以中岁为最精，神采丰腴，转动照人，如此帖，其最著者。他若蜀素卷，苕溪诗卷，亦皆米书之剧迹，天壤之瑰宝也。至其晚岁之笔，则枯干无韵，如虹县诗等，殆同朽骨，虽欲为贤者讳而有所不能也。

米又矜诩其小字，号为跋尾书，自称不肯轻与人书者，其中亦不无轩轾。所见墨迹，以向太后挽词为最腴润，刻本中以群玉堂帖龙真行诗为最流美。若褚临兰亭跋尾，传世墨迹三事，兰亭八柱第二柱跋，只行书之较小者，别为一种。其余二卷，皆用退笔作小楷。至破羌帖赞，纯是老手颓唐之作矣。乃知凡百艺能，不老不成，过老复衰，信属难事。

六十九

薛米相齐比弟兄，薛殊寂寞米孤行。
尚留遗派乡关著，继起河东李倜弘。

薛绍彭、李倜。

薛绍彭，字道祖，著望河东，所居号清閟阁，北宋时书苑之名家也。与米芾友善齐名，尝互争名次。薛云"薛米"，米云"米薛"，米有颠称，于此亦足见薛之风趣。唯米书遍行天下，而薛书流传极罕。今日可见者，旧丛帖摹刻手札二三事，今行影印手札墨迹数事外，唯石渠旧藏杂书真迹长卷而已。观其用笔流美，不立崖岸，真草皆近智永，而腕力未免稍弱。此殆关乎体质性情，非可以工功胜者。或因此而不耐多书，是以于书国中不敌米之霸业耳。

近年发现薛氏摹刻唐摹兰亭，后有其真书一跋，做钟繇、王庚之体，实开后来宋克之先河，乃知其毫不着力之笔，乃出有意，非由不足也。

薛氏书派，南宋初吴说傅朋实沿之而力加精密，元初之李倜士弘则绝似之，所见有陆柬之文赋跋及林藻深慰帖跋刻本，真足以绍述清閟者。倜自署河东，岂乡关风习，熏陶者多耶？

七十

多力丰筋属宋高，墨池笔塚亦人豪。

详搜旧格衡书品,美谥难求一字超。

宋高宗勤于八法,不减乃翁。而半生数变,可得而计焉。初学黄庭坚,日本曾藏其手诏石刻拓本,与涪翁之笔,几无可辨。后以金国人效其笔行间,遂改做他体,此事之见诸史乘者。又曾学米芾,其事见于英光堂米帖岳珂跋赞中,而世颇罕见其学米之迹。廿余年前,辽宁博物馆得米体大行书白居易诗七律一首一卷,后有御书印玺。石渠旧题为宋徽宗,继而鉴家复以为实属米笔,谓御书玺印为后人伪加者。既经目验,证以岳倦翁语,乃知其实为高宗学米之作,足以乱真,有如是者。

其晚年多作智永体,草书略杂章草之势,而其手病逾不可掩。从其点画结构之态,可见其捉笔必紧,管近掌心。同一扁跋,东坡之扁轻松,高宗之扁急迫。其流派所及,吴后、孝宗,下迨杨妹子无不如是,御书院供奉辈所录《毛诗》,连章累卷,更无论矣。总而品味之,都乏超逸之趣。乃知其学黄、学米极似处,正是中乏自主之力耳。

七十一

傅朋姿媚最堪师,不是羲之即献之。
草法更能探笔髓,非同儿戏弄游丝。

吴说傅朋书,于汴杭之际,实为巨擘。其墨迹虽未传长篇大轴之作,但一脔知味,亦足以见其书学之深焉。

真书以独孤兰亭后跋烬余一段为最精,字若蝇头,笔如蚊脚。而体作钟繇,雅有六朝之韵。若世传黄素本黄庭内景经,至有赞为杨许群真遗墨者,以视此烬里敷行,殆不中做傅朋之鸡犬焉。得其妙者,唯倪瓒云林,赏音必有颔余斯言者。

行书手札,流传不及十通,字字精妙,遂谓之为有血有肉之阁帖,具体而微之羲献,宁为过誉乎?

傅朋又创游丝书,有所书王介甫诗一卷,纯用笔尖,婉转作连绵大草,此非故意炫奇,实怀素自叙之更进一步。夫毫尖所行,必其点画之最中一线,如画人透衣见肉,透肉见骨,透骨见髓,其难盖将百倍于摹画衣冠向背也。

闻西安唐乾陵碑上有傅朋题名大字,至今未获寓目焉。

七十二

黄华米法盛波澜,任赵椽毫仰大观。

太白仙诗题尾富,中州书势过临安。

王庭筠、任君谋、赵秉文,皆金源之大手笔。庭筠自号黄华老人,其书全宗米法,如涿州之蜀汉先主庙碑,博州之州学碑记,皆沉重之中饶生动之致。以视米氏丰碑,如芜湖县学记者,毫无多让,其墨迹若幽竹枯槎图题尾、风雪杉松图题尾等,以书品称量,俱应在神逸之间。

任君谋有石刻杜诗古柏行,久为世人误目为颜鲁公笔。又书韩昌黎秋怀诗,天真烂漫,实得力于周子发,怀素律公帖后周跋可证也。

赵秉文,所传较少,而赤壁图后和坡韵一词,淋漓顿挫,妙运方圆于一冶,略后唯耶律楚材真书巨卷足相媲美。

他若苏书太白仙诗卷后诸跋,备有蔡松年、蔡珪诸家之迹,皆一代文献,不徒笔法之美,而江左书风,张即之外,俱未有能迨者矣。

七十三

破的穿杨射艺精，赏音还在听弦声。
渔阳笔外无余韵，难怪沤波擅盛名。

鲜于枢。

渔阳之书，早岁仍沿南宋之体，但观其独孤本兰亭跋及颜鲁公祭侄稿跋，可见一斑。此类笔迹容或不尽出早年，以其跋古法书，未免矜持，遂少挥洒之趣耳。

其最胜者，推行草大字，今传世真迹若书东坡定慧院海棠诗、昌黎石鼓歌、少陵行次昭陵诗等，俱称上选，寸余行书，亦有数奉，唯小楷余未曾见。

综而观之，无论字之大小，体之行草，莫不谨慎出之。点画似有定法，结字亦尽庄严，极少任情挥斥之笔。观其答人问书之语，曰胆胆胆。乃知其所自勉者在此，而其不足者亦必在此。

白香山云："劚石破山，先观铲迹；发矢中的，兼听弦声。"如此机锋，恰通书理。崔季珪容仪何若，今固不知，唯其代帝，必危坐正襟，此恰为使者识破处也。

七十四

绝代天姿学力深，吴兴字欲拟精金。
纤毫渗漏无容觅，但觉微余爱好心。

赵孟頫书，承先启后，其开元明以来风尚处，人所易知易见；其承前人之规范，而能赋予生气处，则人所未多察觉也。盖晋唐人书，至宋元之后,传习但凭石刻,学人模拟,如为桃梗土偶写照,举动毫无,何论神态。试观赵临右军诸帖,不难憬然而悟其机趣,其自运简札之书,亦此类也。至于碑版之书,昔人视为难事。以其为昭示于人也,故体贵庄严,而字宜明晰。往往得在整齐,失在板滞。赵氏独能运晋唐流丽之笔,于擘窠大字之中,此其所以尤难逮及者也。

唯其论书之言曰:"书法以用笔为上,而结字亦须用功。"殊未知其书之结字,精严妥帖,全自欧柳诸家而来,运以姿媚之点画,则刚健婀娜,无懈可击。苟有疏于结字而肖于点画者,其捧心折腰,宁堪寓目乎?"亦须用功",未免易言之矣。

昔人论诗,病朱竹垞贪多,王渔洋爱好。吾谓赵书亦不免渔洋之病。然"三代以下唯恐不好名",爱好究胜于自弃者也。

七十五

细楷清妍弱自持,五言绝调晚唐诗。
平生每踏燕郊路,最忆金台廼易之。

廼贤,字易之,姓合鲁氏,合鲁又作葛逻禄,译言马,故或称马易之,元代色目人也。诗集曰《金台集》。

世传其南城咏古一卷,皆五言律诗,格高韵响,宛然唐音,载在集中。所咏皆大都城南诸胜,大抵在今京师西南城内外一带。如悯忠寺为今法源寺,在广安门内。妆台、西华潭为今琼岛及太液池,则已阑入城中,于金则属城北,然则所谓南城,实以代指金都耳。其余诸胜,皆已渺不可寻。

此卷墨迹刻入三希堂帖,书风在赵松雪、张伯雨、倪云林之间。余既爱诵其诗,好临其字,尤重其为色目人之深通中原文化者。其墨迹风采,每萦于梦寐中。一日忽得其原卷照片,喜极若狂,宝之不啻头目脑髓。或笑谓余曰,此照片耳。应之曰,子试寻第二本来！字迹疏朗,工整之中饶有逸致,信乎诗人笔也。

七十六

有元一世论书派,妍媸莫出吴兴外。
要知豪杰不因人,尚有倪吴真草在。

倪瓒、吴镇。

论书法于古人,唐如欧虞,宋如苏黄,可谓杰出冠代,而唐宋两朝书人风习,固不尽出欧虞苏黄也。唯元则不然,赵松雪出,天下从风,虽其同侪,俱受熏染,无论其兄弟子孙,门生故吏矣。元人之不为松雪所囿者,屈指计之,仅五六人：周草窗天水遗民,字迹亦仍宋派,似金荪璧,而逊其工整。冯子振字欹斜,全未入矩。杨铁崖不中绳墨,有不能工整处,亦有故意欹斜处。书法行家,唯柯丹丘、倪云林、吴仲圭而已。

云林全法六朝,姿媚寓于僻涩之中；仲圭草法怀素,质朴见于圆熟之外。且倪不作草,吴不作真,而豪情古韵,俱非松雪所得牢笼,热不因人,所以无忝其为高士也。

柯、倪、吴俱以书笔作画,亦以画笔作书,其机趣之全同,亦松雪所未能者。松雪虽有"须知书画本来同"之句,顾其飞白木石,与书格尚不能一,无论其他画迹,此亦书画变迁中一大转折处。

七十七

唐摹陆拓各酸咸,识小生涯在笔尖。
只有牛皮看透处,贼毫一折万华严。

元人陆继善字继之,曾以鼠须笔勾摹唐摹兰亭。其本刻入三希堂帖。自跋云曾拓数本,散失不存,其后有人持其一本来,因为跋识云云。昔曾见其原本,笔势飞动,宛然神龙面目。纸色微黄,点画较瘦。其跋语之书,尤秀劲古淡,在倪云林、张伯雨之间。明人陈鉴字缉熙,得一墨迹本,号为褚摹。后有米元章跋,曾以刻石,世号陈缉熙本。是褚非褚,屡遭聚讼,甚至有谓其前墨迹本即陈氏所摹者。

廿年前其卷出现于人间,墨迹兰亭,纸质笔势,乃至破锋贼毫,与陆摹本毫无二致,其上陈氏藏印累累,米跋虽真,但为他卷剪移者。始恍然此盖陆氏所摹,殆散失各本中之一本也。安得起覃溪老人于九原,一订其《苏米斋兰亭考》,一洗陈缉熙不虞之誉也。

昔药山唯俨挥师,戒人看经,而自看之。或以为问,俨曰:"老僧止图遮眼,若汝曹看,牛皮也须透。"仆之细辨兰亭,自笑亦蹈看透牛皮之诮矣。

七十八

丛帖三希字万行,继之一石独凋伤。
恰如急景潇湘馆,赢得诗人吊古忙。

友人周君敏庵,最好《红楼梦》,尤爱陆摹兰亭。得三希堂帖本,把玩不释手。一日游北海,登阅古楼,盖三希堂帖石所在。遍观诸石,或完或损,而陆摹兰亭一石,独剥蚀最甚。怒焉悼之,赋诗见示,因拈此首答之。急景潇湘,红楼故实,谬蒙敏庵激赏,殆以其本地风光也。

陆摹墨迹本,四十余年前,曾丁故宫见之,当时世传影印本,只见二页,以三希石刻详校之,则利钝迥殊。夫帖刻失真犹得使人爱赏如此,则陆拓之妙,直媲唐人,何怪陈缉熙之直仞为褚摹也!

石渠实笈所藏法书,几历劫波,如今次第重出,而影印之本亦略备。虽间有毁佚,顾视靖康之际,三馆所储,殆有深幸者矣。今陈本已有精印单行之本,计三希陆本之普门示现,当亦不远。

七十九

昔我全疑帖与碑,怪他毫刃总参差。
但从灯帐观遗影,黑虎牵来大可骑。

此亦答周君敏庵之作。

敏庵既酷爱陆拓兰亭,获三希堂刻本,已惊其神妙,及见影本二页,乃憾石刻之失真。然当时影印者尚无足本,全豹仍资石刻,故拈此以慰之。

仆于石刻,见解亦尝数变。早岁初见唐碑,如醴泉铭、多宝塔碑等,但知其精美,而无从寻其起落使转之法。继得见唐人墨迹,如敦煌所出,东瀛所传,眼界渐开,又复鄙夷石刻。迨后所习略久,乃见结字之功,有更甚于用笔者,故纵刊刻失真,或点画剥蚀,苟能间架尚存,亦如千金骏骨,并无忝于高台之筑。即视做帐中灯下之李夫人影,亦无不可也。

昔人于石刻拓本,贵旧贱新,一字之多少,一画之完损,价或判若天渊,而作伪乱真,受欺者众,故有黑老虎之目。而善学者,固不争此。赵松雪云:"昔人得古刻数行,专心学之,便可名世。"信属知言。

八十

七姬志里血模糊,片石应充抵雀珠。
孤本流传余罪证,徒留遗恨仲温书。

七姬权厝志者,潘元绍家七妾骈死藁葬之墓志也。张羽撰文,宋克书丹,卢熊篆盖。

潘元绍为张士诚婿,士诚势蹙,元绍出兵败绩,归家逼其七妾同死。焚其尸而共瘗一塚,作此志铭。其文首称"七姬皆良家子",以下称七姬之美姿容,识礼义,感主恩,愿同死等等,悉冠以"皆"字,一似田横义士,重见于巾帼;秦穆三良,犹逊其慨慷。张宋诸贤,当时之巨子,元绍杀妾后,尚有暇为此,而三贤执笔,莫敢或违。其视七姬之骈颈就缢,相去仅一息之有无耳。文人生丁乱世,不得不就人刍豢,及其栈厩易主,终不能自获令终。若张宋诸人,复见胁于于皇寺僧以死,其尤可哀者矣。

此志原石传本极少,所见仅有二本,其一尚出翻摹。且拓墨模糊,展观令人想见七姬血肉,吾转恨世间有此二本之存也。虽然,煌煌史册,不诬有几,留此数行,以为殷鉴可乎?

八十一

黄庭画赞惟糟粕,面目全非点画讹。
希哲雅宜归匍匐,宛然七子学铙歌。

黄庭经、东方朔画像赞、乐毅论等小楷帖,先不论其是否王羲之书。

即其摹刻之余,点画形态,久已非复毛锥所奏之功。以其点画既已细小,刀刃不易回旋,于是粗处仅深半黍,而细处不逾毫发。迨捶拓年久,石表磨失一层,于是粗处但存浅凹,而细处已成平砥。及加蜡墨,遂成笔笔相离之状。譬如"入"字可以成"八","十"字可以成"卜"。观者见其斑驳,以为古书本来如此,不亦慎乎。

明人少见六朝墨迹,误向世传所谓晋唐小楷法帖中求钟王,于是所书小楷,如周身关节,处处散脱,必有葬师捡骨,以丝絮缀联,然后人形可具。故每观祝希哲小楷,常为中怀不怡。而王雅宜画被追摹,以能与希哲狎主齐盟为愿,亦可悯矣。

汉铙歌声词淆乱,至不成语,而明人盲于佞古,竟加仿效。石刻模糊,书家亦囫囵临写。风气所关,诗书无异也。

八十二

无今无古任天真,举重如轻笔绝尘。
何事六如常耿耿,功名愧儑下场人。

唐寅。

明贤书,迨乎中叶,旌旗始变。其初二沈及台阁诸老,循规蹈矩,未见新意。

祝允明出,承徐有贞、李应祯之绪,略轶藩篱,未成体段。文征明于书有识有守,功力深而年寿富,独立书坛,几与赵子昂相埒。其天资人力,如五雀六燕,铢两无殊,信手任意之笔,不屑为,亦不能为也。

唯六如居士,以不世之姿,丁弥天之厄,抑塞磊落,雄才莫骋。发之翰墨,俱见枥弛不羁之致。其于书,上似北海,下似吴兴,以运斤成风之笔,旋转于左规右矩之中。力不出于鼓努,格不待于准绳,而不见其摹古线索。天赋之高,诚有诸贤所不可及者。

科名得失,于六如何所损益?而"南京解元"一印,屡见高钤;名场失意之诗,累形低咏。傀儡下场,即其自嘲之句,亦可叹也。

八十三

憨山清后破山明,五百年来见几曾。
笔法晋唐原莫二,当机文董不如僧。

憨山德清,破山海明。

先师励耘老人每诲功曰,学书宜多看和尚书。以其无须应科举,故不受馆阁字体拘束,有疏散气息。且其袍袖宽博,不容腕臂贴案,每悬笔直下,富提按之力。功后获阅法书既多,于唐人笔趣,识解稍深,师训之语,因之益有所悟。

明世佛子,不乏精通外学者,八法道中,吾推清、明二老。憨山悬笔作圣教序体,传世之迹,亦以盈寸行书为多。观其行笔之际,每有摇曳不稳处,此正袍袖宽博,腕不贴案所致。而疏宕之处,备饶逸趣。破山多大书行草,往往单幅中书诗二句。不以顿挫为工,不做姿媚之势,而其工其势,正在其中。冥心任笔,有十分刻意所不能及者。余昔得破山一幅,书"雪晴斜月浸檐冷,梅影一枝窗上来"二句,以奉先师。后得憨山书苦雨五律四首一卷,师已不及见矣。

八十四

钟王逐鹿定何如,此是人间未见书。
异代会心吾不忝,参天两地一朱驴。

八大山人书,早岁全似董香光,其四十余岁自题小像之字可见也。厥后取精用宏,胆与识,无不过人,挥洒纵横,沉雄郁勃,不佞口门恨窄,莫由仰为赞誉!

大抵署传綮款时,已渐趋方劲,所以破早岁香光习气也。署八大山人款后,亦有一时作方笔者,且不但字迹点画之方,所画花头树叶乃至鸟眼兔身,无不棱角分明,观之令人失笑。其胸襟之欲吐者,亦俱于棱角中见之。再后渐老渐圆,李泰和之机趣,时时流露,而大巧寓于大拙之中,吾恐泰和见之,亦当爽然自失,能逮其巧,不能逮其拙焉。

世事迁流,书风递变。晚明大手笔,亦常见石破天惊之作。然必大声镗鞳,以振聋聩,不若山人之按指发光。所谓"嬉笑之怒,甚于裂眦"者也。

山人署名,每自书"驴"、"屋驴"等,从来未见自书"秊"字者。久之乃悟秊盖晚明时驴字之俗体,与古文之"秊"字无涉。正如西游记夯汉之为笨汉,与夯土之"夯"无涉也。传画史者不忍直书马旁之驴,而转从俗作耳。

八十五

破阵声威四海闻,敢移旧句策殊勋。
王侯笔力能扛鼎,五百年来无此君。

王铎。

昔人以"雄强"评右军书,而右军又为韩退之讥为"姿媚"。然则雄强固非剑拔弩张之谓,而姿媚亦非龋齿慵妆之谓也。右军往矣,宗风所振,后世书人,得其一体,即足成家。究之能得姿媚者多,能得雄强者少也。

明季书学,阁帖之派复兴。大率振笔疾书,精神激越。四十年前赏鉴家塔式古丈,名塔齐贤,字式古,曾教功曰,"明人笔,有所向无前之势",可谓一语道破。观夫倪鸿宝、黄石斋、张二水、傅青主诸家,莫不如是。如论字字既有来历,而笔势复极奔腾者,则应推王觉斯为巨擘。譬如大将用兵,虽临敌万人,而旌旗不紊。且楷书小字,可以细若蝇头;而行草巨幅,动辄长逾寻丈,信可谓书才书学兼而有之,以阵喻笔,固一世之雄也。

"王侯笔力能扛鼎,五百年来无此君。"倪云林题王黄鹤画之句,吾将移以赞之。

八十六

头面顶礼南田翁,画家字说殊不公。
千金宝刀十五女,极妍尽利将无同。

南田翁恽寿平,生丁桑海之际,崎岖戎马之郊。事迹谱于传奇,节概标于信史。一水一石,巍并西山;一草一花,香齐薇蕨。数艺苑畸人于明末清初唯八大山人与南田翁而已。

南田之画,以写生绝诣,攫造化之魂,所标徐、黄、赵昌等,不过借掩俗人之口。至其书法,实传家学,以视先德,但见略加秀丽风韵。得力虞褚黄米,取精用宏,而往哲精华,无不资其炉冶。所谓六经皆我注脚,此其所以为大手笔也。

流传题画稿本巨册,片语只词,胥先起草,纵横修短,一一安排。乃知阮步兵之脱略礼法,转见其为至慎之人。而翁之书笔,世人但观其秀丽,不知正是大道至柔,得致婴儿之道也。

每闻人评恽书,曰"画家之字",一似仅足为丹青之附庸者,其谬妄自不待言。古乐府云:"千金买宝刀,悬著中梁柱。一日三摩挲,剧于十五女。"知此者,方足以观南田翁之书,方足以论南田翁之书!

八十七

耕烟画笔天瓶字,格熟功深作祖师。
更有文风同此调,望溪八股阮亭诗。

取金于沙,得三弃七,而其三,莫非真金也。既而锤之如纸,研之如泥,布地装门,入眼莫非金色时,刮而称之,或不足三中之一。此理也,亦可以喻夫艺事。

有清八法,康、雍时初尚董派,乃沿晚明物论也。张照崛兴,以颜米植基,泽以赵董,遂成乾隆一朝官样书风。盖其时政成财阜,发于文艺,但贵四平八稳。而成法之中,又必微存变化之致,始不流为印版排算之死模样。此变化也,正寓于繁规缛矩之中,齐民见其跌宕,而帝王知其驯谨焉。此际之金,又不足九中之一矣。

姑冒枝蔓之嫌,兼论其他诸艺:若王翚之画,其笔可同庖丁之刃,山川气象,无复全牛。而每见摹古册中,常厕以效颦董其昌全乖画理之作,盖迫于俗论所尚也。久之,虽摄取山灵之笔,亦俱入砖型瓦缶之中,而了无生气矣。至于方苞古文之为化妆八股,王士祯诗歌之为傀儡生旦,其理不难推而得之也。

八十八

坦白胸襟品最高,神寒骨重墨萧寥。
朱文印小人千古,二十年前旧板桥。

二百数十年来,人无论男女,年无论老幼,地无论南北,今更推而广之,国无论东西,而不知郑板桥先生之名者,未之有也。先生之书,结体精严,笔力凝重,而运用出之自然,点画不取矫饰,平视其并时名家,盖未见骨重神寒如先生者焉。

当其休官卖画,以游戏笔墨博蹉贾之黄金时,于是杂以篆隶,甚至谐称六分半书,正其嬉笑玩世之所为,世人或欲考其余三分半书落于何处,此甘为古人侮弄而不自知者,宁不深堪悯笑乎?

先生之名高,或谓以书画,或谓以诗文,或谓以循绩,吾窃以为俱是亦俱非也。盖其人秉刚正之性,而出以柔逊之行,胸中无不可言之事,笔下无不易解之辞,此其所以独绝今古者。

先生尝取刘宾客诗句刻为小印,文曰"二十年前旧板桥"。觉韩信之赏淮阴少年,李广之诛灞陵醉尉,甚至项羽之喻衣锦昼行,俱有不及钤此小印时之躁释矜平者也。

八十九

持将血泪报春晖,文伯经师世所稀。
楔帖卷中瞻墨迹,瓣香应许我归依。

功周晬失怙,先母抚孤,备尝艰苦。功虽亦曾随分入小学中学,而鲁钝半不及格。十六七始受教于吴县戴绥之师,获闻江都汪容甫先生之学。旋于新春厂甸书摊上以银币一元购得《述学》二册,归而读之,其中研经考史之作,率不能句读,而最爱骈俪诸文。逮读至与汪剑潭书,泪涔涔滴纸上,觉琴台、黄楼诸篇又有不足见其至性者焉。

初于《述学》中见定武兰亭跋,不觉为之神往。后见扬州翻摹本,知其原卷中只有先生手书跋尾二则,其余诸条,悉为赵晋斋据《述学》补录者。继获其帖之影印本,帖前丁以诚写先生小像,神态如生。跋尾墨迹,顿挫淋漓,亦非石本所能毕肖。

先生虽宝惜兰亭,顾得帖时已四十二岁,前此熏习,实以怀仁圣教为多。功平生鉴阅书画,不为不多,而所见先生墨迹,并印本计之,不过五六事,转觉兰亭为易得矣!

九十

高邮之后有番禺,安雅终推学者书。
一代翁刘空作态,几经鸣鼓召吾徒。

王念孙、陈澧。

乾嘉学者,有大工力于书者,宜莫钱竹汀先生若。然控笔略失于重,隶书更不免有钝滞之讥。戴东原先生书,曾见殿试策、手简、手稿,似无以书传世之想。朱笥河先生好作隶古定体,手写华山碑跋是也。其他随笔挥洒书札、楹联,无一毫馆阁习气。唯所传极鲜耳。

若高邮王怀祖先生手稿、函札,所见极多,无意于书,而天真平易,生平学养,俱见于点画之间,信乎学者之笔也。

较后则推番禺陈兰甫先生书。以翁正三曾提学粤东,先生不免间接染其余习。然其融合欧米,不但终成自家面目,亦见自家性情。所作书札,皆娓娓论学,首尾千百言,无矜持,无懈怠。昔人论师道有言教身教之说,余谓观学人之笔,可谓并受书教焉。

当时名家,成王以爵重,可以别论。余则翁、刘各标重望,而搏土揉脂,但见其处处作态,人目令人不怡,殆所谓艺成而下者乎?

九十一

琳琅诗富容夷韵,洞达书饶婉娈情。
一事惜翁真可惜,误将八股榜桐城。

姚鼐。

惜抱翁文名震天下,与其乡先辈方望溪齐名,世号方姚。无论方氏平生不为诗,即以文论,方又何堪媲姚哉。大抵姚见世面,通人情;方则自卖头巾,而诸头巾却不相许也。

姚之诗,容夷跌宕,视随园,有时竟有突过者,遑论其并时余子。至于书,又有过其诗文处。盖无意求工,却处处见深造之功,自得之趣。曾见近代赵尧生先生题其书札文稿墨迹之诗,有"纸墨似相恋"之句,真妙于形容。宋人论欧阳永叔书,谓其"以尖笔作方阔字",吾觉惜抱正有同调。

曾见明人杨继鹏于皖中刻董香光书曰铜龙馆帖,惜抱笔势绝似之,盖其入手所自也。望溪以八股之法为古文,又以古文之法为八股,遂成其所谓桐城文派,惜抱亦不免为其所欺。

九十二

一般风气一乡人,岁月推迁有故新。

四体历观程穆倩，始知完白善传薪。

凡百艺能，莫得逃乎时代，亦莫得超乎地域。作者师承授受，口讲指画，波摹磔拟，不似则为不中程，固属有意所成之家法；亦有生于其时其地，谊非师生，耳濡目染，无意中而成其流派者。

余素厌有清书人所持南北书派之论，以其不问何时何地何人何派，统以南北二方概之，又复私逞抑扬，其失在于武断。然苟能平心静察，形质性情，或为父子兄弟，或为异县他乡。时代所笼，则异中有同；地域所区，则同中有异。虽豪杰奋志，壁垒全新；或商人射利，纤毫必似。及入识者眼中，其异其同，仍莫能掩也。

嘉庆中完白山人书法篆刻，如异军突起，震烁一世。包慎伯撰《艺舟双楫》，复为之建旗竖鼓，历述山人遍临汉魏群碑，各若干本，取资广而用力深，一若天资学诣，迥不因人者。余尝见康熙时歙人程穆倩诸体书及印谱，因觉完白之篆刻用笔行刀，其来有自，即隶书行书，亦莫不肖似。右下一捺，其肖弥甚。乃知按模脱墼，贤者不为，而登楼用梯，虽仙人不废焉。

九十三

惊呼马背肿巍峨，那识人间有橐驼。
莫笑挚经持论陋，六朝遗墨见无多。

仁智异乐，酸咸异嗜，各好其好，本无强同之理，而世人好辨，强人从我，学问之道，其弊尤烈。

经学之今古文，道学之朱陆派，读书人为之齿冷久矣。至于医术、丹青、烹饪、音乐等，入主出奴，喧嚣不堪入耳。至于书道，争端更有易启者。盖医术有生死可征,丹青则人马可辨,烹饪则猫犬亦识其香,音乐则鱼鸟亦歆其韵,唯书道则不然。不识一丁者,亦可照猫画虎,率尔操觚;略识之无者,更得笔舌澜翻,呈其臆论。此辈浅学,闻者嗤之,其谬尚不难破败;唯世之达官且号为学人者,纵或指鹿为马,闻者莫敢稍疑,阮元之"南北书派论"是也。其于唐宋法书,汉晋墨迹,寓目既稀,识解更无所有。其所论列,譬如独坐路歧,指评行客,肥者氏赵,瘦者氏钱,长则姓孙,短则姓李而已。语云:"少见多怪,见橐驼谓马肿背。"堪为掔经室主诵之。至其陋谬之例,有目共见,吾又何暇列举乎!

九十四

无端石刻似蜂窝,摸索低昂聚讼多。
身后是非谁管得,安吴包与道州河。

人之性情源乎禀赋,而识解则必资于见闻。佛寺道观,满壁鬼神,纵或三头六臂,其每头每臂,固皆取象于人之一体。遗腹子不梦其父,未曾亲见其父也。顾陆张吴,丹青绝世,然未闻能画世所未见之物焉。

书法习尚,代有变迁。所谓"臣无二王法,二王亦无臣法",并非谐语。以时世既异,其法亦必两有不能者。复古创新,同借所因,心目苟无,豪杰莫能措手。徒呈之口,悻悻之心,多见其无益耳。

有清中叶,书人厌薄馆阁流派,因以迁怒于二王欧虞赵董之体。兼之出土碑志日多,遂有尊碑卑帖之说及南北优劣之辨。阮元、包世臣发其端,何绍基、康有为继其后,于是刀痕石璺,尽入品题;河北江南,自成水火。暨乎石室文书,流沙简牍,光辉照于寰区,操觚之士,耳目为之一变。于是昔之断断然累牍连篇者,俱不足识者之一哂。此无他,时世不同,目染有所未及而已。

九十五

　　秦汉碑中篆隶形，有人傅会说真行。
　　逆圈狂草寻常见，可得追源到拉丁。

　　书体之篆隶草真，实文字演变中各阶段之形状，有古今而无高下。譬之虫豸，卵子圆而小，幼虫长而细，蛹如桶状而微椭，蛾同蝶形亦能飞。虫先于蛹，并不优于蛹也。卵小于虫，未必美于虫也。贵远贱近，文人尤甚。篆高于真，隶优于草，观念既成，沦肌浃髓，莫之能易焉。
　　然真行之体，行来已千数百年，久为日用所需。仓颉复起，亦必回天无术。若乾嘉时江声艮庭，所书文稿笺札，莫非小篆，见者不识，竟成笑柄。亦有既不得不用真行今草，又不甘其不古者，于是创为篆法隶法、篆意隶意之说。笔圆而秃者，谓有篆法，笔方而扁者，谓有隶法，并不计其字体之今古繁简焉。于无可征验之中，收指挥如意之效，遂有谓右军之书，必如二爨始称真迹者。
　　怀素自叙卷中狂草，间有行笔反圈，做逆时针方向者，余每戏指示人，谓为得拉丁笔法。盖崇洋媚古，其揆莫二，惜谈篆法隶意者，见不及此耳。

九十六

　　贬赵卑唐意不殊，推波南海助安吴。
　　纡回楫橹空辞费，只刺衰时馆阁书。

历代俱有官样书体,唐代告敕,若颜真卿体,若徐浩体,其后各卷俱冒称颜徐真迹,然而尚未全归一致。至宋则一律作怀仁集王圣教序体,以其风格出自御书院,当世遂号曰院体。明代告身,所见者全是沈度一派。翰林馆阁之书,若姜立纲、程南云,亦是沈度一体之略肥者。有清康熙时风行董其昌体,似尚无统一之规格。至乾隆时张照体出,御书采之,遂成所谓南书房体,可谓初期之馆阁书。然殿试策尚不尽如是,所见钱大昕、戴震之策,固甚简便也。嘉道以后,标举黑大光圆之诀,白折大卷,全同印版,号曰卷折体,则后期之馆阁书也。蓬山清秘,尊之若在九天;而世人退而议其书风,贬之如坠九地。何以故?以帝王一人之力,欲纳天下之书于一格耳。

包世臣《艺舟双楫》讥赵孟頫书如市人入隘巷,无顾盼之情。验以赵书,并非如此,盖借以讽馆阁书体耳。至康有为《广艺舟双楫》,进而痛贬唐人,至立"卑唐"一章,以申其说。察其所举唐人之弊,仍是包氏贬赵之意而已。

《双楫》论文与书也,《广双楫》但论书,时人号之为"艺舟单橹"。

九十七

少谈汉魏怕徒劳,简牍摩挲未几遭。
岂独甘卑爱唐宋,半生师笔不师刀。

文字递嬗,其书写之法,自然不同。虽有时代之异,然非前必优后必劣也。且真草以至行书,自魏晋至隋唐,逐渐完美,世人习用至今,已有千数百年之经历。其前虽为篆隶,但习真行者,非必先学篆隶始能做真行笔势也。不独此也,今人久习篆隶,甚至有翻不能为真行者。唐人艳称滕王善画蛱蝶,然未闻滕王先工画卵蛹而后始工画蝶也。

清初朱竹坨、郑谷口好作隶书,学曹全碑,与其真行用笔相似,观者不以为工。邓石如篆隶,世无问言矣,而行草纠绕,虽包慎伯之倾心推挹,于其行草犹稍以为未足。若钱十兰、黄小松,篆隶工矣,而真行署款,亦未能与其篆隶齐观。此篆隶与真草行书并不同法之明证,非能工于彼即工于此也。自两汉简牍出土以来,始知汉人作书,并不如拓秃石刻之矫揉,而邓石如诸贤,则未尝一睹汉人墨迹也。

余学书仅能作真草行书,不懂篆隶。友人有病余少汉魏金石气者,赋此为答。且戏告之曰,所谓金石气者,可译言"斧声灯影"。以其运笔使转,描摹凿痕;结字纵横,依稀灯影耳。

九十八

亦自矜持亦任真,亦随俗媚亦因人。
亦知狗马常难似,不和青红画鬼神。

刘墉书骄恣偃蹇,了无足取。其自论作书甘苦,却有道着实际处。观其与伊秉绶书云:"气骨膏润,纵横出入,非吾所难;难在有我则无古人,有古人则无我。奈何奈何!"所谓有古人者,似碑帖中字也;所谓有我者,自成体段也。不佞于此,亦有同感焉。临古法书,求其肖似,而拘泥矜持,不啻邯郸之步。迨乎放笔自运,分行布白,可得己出矣,而点画荒率,每招杜撰之讥。且自运稍久,临古又无入处。其病所由,盖临古不深,而自运又复不熟耳。乃知书虽一艺,但非率尔可工。其心须放,其眼须精,其手须勤。回忆每临帖一通之后,放笔作字,必有一丝进境,然无从有意求之。

人莫逃乎时代风气,虽大力者,创造与规避,两不可能。唯有广于借鉴,天然消化耳。石刻斑驳,壁上之鬼神也;墨迹淋漓,人间之狗马也,欲有借鉴,唯画狗马而不画鬼神,其券可操之于己耳。"鬼物图画填青红",韩退之句也。

九十九

用笔何如结字难,纵横聚散最相关。
一从证得黄金律,顿觉全牛骨隙宽。

赵子昂云:"书法以用笔为上,而结字亦须用功。"此语出自宗师,宜若可信。谁知习书以来,但辨其点画方圆,形状全无是处。其后影摹唐楷,见其折算,于停匀中有松紧,平正中有欹斜。苟能距离无谬,纵或以细线画其笔画中心,全无轻重肥瘦,悬而观之,仍能成体。乃知结字所关,尤甚于用笔也。

又用世俗流行之九宫格、米字格作字,上字之脚,每侵入下格,递侵之余,常或一行四格之中,只能容得三字。以注意力必聚于格之中心也。偶以放大画图所用划有细小方格之坐标玻璃片,罩于帖上,详量每字中笔画之聚散高低,始知结字之秘。盖字中重点,并不在中心一处。

其法将每大方格纵横各画十三小方格,中间三小格纵横成十字路,每行小格为五三五。自左上一交叉点言,其上其左俱为五,其下其右俱为八。此十字路中四交叉点,各为五比八之位置,合乎黄金分割之理焉。余别有文述之,兹不能详。

一百

先摹赵董后欧阳,晚爱诚悬竟体芳。
偶作擘窠钉壁看,旁人多说似成王。

右四首自题所书册后者。
以上八十首为1961年至1974年作。

余六岁入家塾,字课皆先祖自临九成宫碑以为仿影。十一岁见多宝塔碑,略识其笔趣。然皆无所谓学书也。

廿余岁得赵书胆巴碑,大好之,习之略久,或谓似英煦斋。时方学画,稍可成图,而题署板滞,不成行款。乃学董香光,虽得行气,而骨力全无。继假得上虞罗氏精印宋拓九成宫碑,有刘权之跋,清润肥厚,以为不啻墨迹,固不知其为宋人重刻者。乃逐字以蜡纸勾拓而影摹之,于是行笔虽顽钝,而结构略成,此余学书之筑基也。

其后杂临碑帖与夫历代名家墨迹,以习智永千文墨迹为最久,功亦最勤。论其甘苦,唯骨肉不偏为难。为强其骨,又临玄秘塔碑若干通。偶为人以楷字书联,见者殷勤奖许之曰,此深于诒晋斋法者,而余固未尝一临诒晋帖也。吁!此不虞之誉耶,取径相同耶?乡曲熏习耶?抑生物之"返祖"耶?俱不得而知之矣!